The Black Company
4 SHADOW GAMES

黑色佣兵团
④暗影游戏

(美)格伦·库克 GLEN COOK——著
梁文琴、张晓玲——译

江苏凤凰文艺出版社
JIANGSU PHOENIX LITERATURE AND ART PUBLISHING

图书在版编目（CIP）数据

黑色佣兵团 . 4, 暗影游戏 / (美) 格伦 · 库克
(Glen Cook) 著 ; 梁文琴 , 张晓玲译 . -- 南京 : 江苏
凤凰文艺出版社 , 2021.11
书名原文 : The Black Company 4 Shadow Games
ISBN 978-7-5594-5885-8

Ⅰ . ①黑… Ⅱ . ①格… ②梁… ③张… Ⅲ . ①长篇小
说 – 美国 – 现代 Ⅳ . ① I712.45

中国版本图书馆 CIP 数据核字 (2021) 第 166509 号

著作权合同登记号：10–2017–462

黑色佣兵团 4 暗影游戏

(美) 格伦 · 库克 著 梁文琴 张晓玲 译

责任编辑 白 涵
出版发行 江苏凤凰文艺出版社
南京市中央路 165 号，邮编：210009
网 址 http://www.jswenyi.com
印 刷 三河市金泰源印务有限公司
开 本 880mm × 1230mm 1/32
印 张 10.25
字 数 250 千字
版 次 2021 年 11 月第 1 版
印 次 2021 年 11 月第 1 次印刷
书 号 ISBN 978 - 7 - 5594 - 5885 - 8
定 价 49.80 元

目录

第一章

十字路口

我们七个站在十字路口，望着东边路上扬起的尘土。最后这一刻还是到来了，就连一向不羁的独眼和地精也黯然不已。奥托的马突然大声嘶鸣，他一只手捂住它的鼻孔，另一只手轻拍它的脖子，在他的安抚下，马渐渐安静下来。此时应是安静的，我们需要为这个时代的终结而默哀。

东边路上尘埃落定，他们离开了。鸟鸣声渐起，我们仍然站在原处。我从褡裢里拿出一个旧的记事本，坐在地上开始写："沉默，宝贝儿，事情已经结束了，托克兄弟刚离开，他们往王侯城的方向去了。黑色佣兵团不再！"我的手抑制不住地发抖。

但我会继续一直保留那些编年史，二十五年的习惯哪能说丢就丢。而且，那些帮我来回搬运这些记事本的好心人说不定喜欢里面的内容。心已归于死寂，躯体依旧蹒跚前行。兵团覆灭然名声犹盛。

而我们，无情的神啊，亲眼见证了这盛名的力量。

“那就这样吧。”我把记事本放回褡裢里，拍去腿上的尘土，凝神望向我们明天要走的路。远处低矮的山连绵成了一道篱笆墙，山上葱葱树木成了作势起跳的绵羊。

“远征要开始了，我们还有时间走十二英里。”

那就“只”剩下七八千英里的路程了。

我打量着几个同伴。

独眼是个法师。他是一个世纪以来最老的成员，整个人灰头土脸，像只皱巴巴的黑李子干。头上一顶破旧的黑色软毡帽，一只眼睛戴着眼罩。那顶帽子几乎是什么倒霉事都遇上了，但次次都坚强地幸存下来。

跟独眼的帽子一样坚挺不倒的还有奥托。奥托是个普通人，他受过上百次的伤，但却上百次地安然渡过，导致别人眼中的他总有种格外受众神眷顾的错觉。

奥托的伙伴老哈也是普通人，同时也是个幸存者。我惊讶地发现他的眼角居然有一滴泪水。

还有地精。地精是什么样的人呢？答案好像都在他的名字里，又好像都不在。他也是个法师，个头矮小脾气臭，永远都在与独眼争吵，一旦失去这个对手，他就该颓废而亡了。他的招牌动作是蛙脸微笑。

我们五个在一起有二十来年了，几个人一起变老，因此对彼此太熟悉，太了解。我们好像一只垂死生物的肢体，组成最后一道壮观有力的防线，留名青史。不过我担心我们会给黑色佣兵团的历史抹黑，毕竟，我们看起来并不像全世界最优秀的士兵，反而像一帮子土匪强盗。

我还有两个同伴。摩根，二十八岁，队伍中最年轻的一员，独眼有时叫他小狗崽子。他是在我们叛离帝国后加入的。他很安静，独自一人默默承受着众多痛苦和不幸，他无依无靠，只有佣兵团，然而即便在这里，他也依然是个孤独的局外人。

其实，我们其他人又何尝不是如此！

我的最后一个同伴是夫人，曾经的“那位夫人”。迷失的女士，美丽的女士，既是我的美梦，又是我的噩梦。她比摩根更沉默，与之不同的是，她的沉默源于绝望。曾经的她什么都有，然后她放弃了，现在的她一无所有。

她所知的一切都毫无价值。

一阵冷风吹过，吹走了通往王侯城那条路上的尘土。我最爱的一些人已经永远地离开了我的生命。

再待下去也没什么意思。“把肚带紧一紧。”我先示范了一下，又检查了其他马匹驮兽。“上马，独眼。你打头。”

地精不干了，“我要跟他屁股后头吃土？”气氛终于有些活跃起来。如果独眼打头阵，那就意味着地精要殿后。他们这些法师力气不大，但是非常有用。两人一前一后让我很有安全感。

“这次也该轮到他了吧，你不觉得吗？”

“那些事根本不需要轮班！”他试图像别人那样咯咯笑，最终挤出的却还是他的招牌蛙脸笑容，丑得像个鬼。

独眼瞪了他一眼，那表情也是让人一言难尽。他没说话，径自打马向前。

摩根跟在后面五十码的位置，他那十二英尺的长矛直愣愣地竖着。长矛上曾经飘扬着我们的军旗，现在却拖着一块四英尺的黑色破布。形式不同，象征意义不可同日而语。

我们知道自己是谁，其他人不知道，但这是好事，佣兵团的仇敌太多了。

摩根后面是老哈和奥托，他俩照看马匹等驮兽；其后是女士和我，我俩后面也跟着几只牲畜；最后是地精，他距离我们约有七十码。我们与世界为敌，因为我们一直在路上。抑或反之？

我也想过安排骑士护卫和侦察兵，但是我们只有七个人，实在是心有余而力不足，好在我们有两个法师。

我们全副武装，希望别人会觉得我们像刺猬一样不好对付。

东边的路已经消失在视线之外，只有我还在回首，希望沉默会察觉到自己遗失了什么，但是我心里很清楚，这是不切实际的幻想。

从情感上讲，早在数月之前，在洒满鲜血、敌意滔天的陵山战场上，沉默和宝贝儿就已经与我们分道扬镳。

在那里，一个世界被拯救，很多其他东西却被丢失。余生我们将一直苦苦思索这其中的代价。

心之所向不同，前路自然迥异。

“好像要下雨了，碎嘴。”夫人说。

她这话吓我一跳，倒不是说她在撒谎，天的确是要下雨的样子，而是自北境那可怕的一天后，这是她第一次主动发声。

可能她快恢复过来了。

第二章

一路南行

“越往前走，越感觉像春天。”独眼说。他心情不错。

最近，我时不时看到地精露出不怀好意的小眼神儿。用不了多久，这俩家伙就会找借口重拾旧怨、花样斗法，在闲暇时候娱乐大众了。

就连夫人的心情也有所改善，虽然她比之前更寡言了。

“休息完了，”我说，“奥托，把火扑灭。地精，你打头阵。”我凝视脚下的路。再有两周我们就到查姆城附近了，我没有透漏给大家去那儿干什么。

我注意到有秃鹫在空中盘旋，前面有死物，就在路旁。

我不喜欢预兆，它们让我感觉不舒服，那些鸟儿让我感觉不舒服。

我抬手一指，地精点头道：“我过去看看，大家散开些。”

“对。”

跟在他身后的摩根后退了五十码，奥托和老哈也退开一些；但是独眼还是紧跟在夫人和我身后，他踩着马镫从马背上站起来，视线紧随地精。“感觉不太妙，碎嘴，”他说，“我有种不好的预感。”

虽然地精没有发出警告，但是独眼的感觉没错，那些不祥的鸟儿确实预示了一件坏事的发生。

一辆精致漂亮的马车在路边翻了车，马车四驾中有两匹还套着马具，已经死了，可能是伤重而亡；另外两匹不知所踪。

马车旁散落着几具尸体，是六个穿制服的护卫和一个马夫，还有一匹死去的骑乘马。马车内是一男一女和两个孩子，全部被杀害。

“老哈，”我说，“看看有什么线索。夫人，你认识这些人吗？能不能辨认出他们的徽章？”我指着马车门上的纹饰问。

“铁架猎隼。帝国总督。但这不是他，他更老、偏胖。这些人可能是他的家人。”

老哈告诉我们：“他们在向北走，突然间被强盗袭击。”他举起一截脏布条，“对方也没落到好。”见我没有吱声，他示意我看布条。

“灰色少年军。”我若有所思。灰色少年军是驻扎北境的帝国军。“这里离他们的地盘有点远吧。”

“逃兵，”夫人说，“军队开始解散了。”

“有可能。”我皱起眉头，希望他们这种衰落状态一直持续下去，直到我们走上正轨。

夫人沉吟道：“三个月前帝国还很安全，美丽的少女可以独自旅行。”

事实没有她说的那么夸张，不过也差不多。陵山斗争之前，各省份都在十劫将势力的监管之下，所有不被允许的邪恶行为都会受到迅速而残暴的报复。然而无论何时何地，总有一些不知天高地厚的愚蠢家伙去触碰底线，又有其他人迫不及待纷纷效仿。在帝国对其不再有震慑力时，这种现象愈演愈烈。

希望这些逃兵的出现没有引起怀疑，我的计划还要借助旧日的身份。

“我们开始挖坑吧？”奥托问。

“再等一下。”我说，“大约什么时候发生的，老哈？”

“约莫两小时前。”

“之后再没有人来？”

“没有，他们就这么离开了。”

“这伙强盗就这么把尸体扔下就走了，如果他们逃过惩罚，”独眼低声说，“那一定是上辈子积德。”

“也许他们是故意这么做的，”我说，“他们可能想自己抢占地盘，另起炉灶。”

“有可能，”夫人说，“碎嘴，小心点。”

我挑了挑一边眉毛。

“我不想失去你。”

独眼捧腹大笑，我老脸通红，不过很高兴看到她有了点儿活力。

我们掩埋好尸体，没动马车。履行完了文明义务，一行人重新踏上旅程。

两小时后，地精骑马回来。摩根站在拐弯处。我们现在进了一片树林里，林间的道路修缮得很好，两旁的树木都被清理过。这是条军事运输道路。

地精说：“前面有家客栈，我不喜欢那种感觉。”

夜幕快要降临，我们整个下午都在埋死人。“看着有人气儿吗？”埋完死人后，这个村庄越来越透着一种怪异。我们一路上一个人也没遇见。树林周围的农场都废弃了。

“满满的人气儿。客栈里有二十个人，马厩里有五个人，外加三十匹马。树林里还有二十个人和四十匹马。还有很多别的牲畜。”

言外之意很明白：是路过还是迎头面对麻烦？

大家讨论很热烈。奥托和老哈认为直接进去即可，如果形势有变，我们有地精和独眼两位法师。

独眼和地精不喜欢这样的安排。

我建议投票决定。摩根和夫人弃权，奥托和老哈主张停下休息，独眼和地精死死盯着对方，两人都在等对方先表态，好投反对票膈应对方。

“那我们去客栈，”我说，“这两个小丑意见肯定不一致，但占多数票的仍然是……”话音未落，两个法师居然成为友军，齐齐表示同意进客栈，目的就为了证明我的话做不得真。

三分钟后，那家摇摇欲坠的客栈映入我的眼帘。一个大块头站在门口打量地精。另一个人坐着一把快要散架的椅子，靠在墙根，嘴里叼着不知是一截木棍还是一根稻草。门口那个人退回屋里。

灰色少年军，老哈称为强盗的那帮人，我们来路上看到的“杰作”的主人。灰色只是我们来的地方的制服颜色，我用北境军队最通用的语言福斯博格语问坐在椅子上的人：“这里开门营业吗？”

“开。”坐在椅子上的人眯起眼睛，他在好奇。

“独眼，奥托，老哈，看好牲畜。”我低声问，“有什么发现，地精？”

“有人刚从后门出去，里面的人都站起来了，但目前来看没有麻烦。”

坐在椅子上的人不喜欢看我们耳语，“你们打算待多久？”他问。我注意到他一只手腕上有一个文身，这再次证明他来自北境。

“就只是今晚。”

“我们人很多，但会想办法给你们安排个地方。”这人很冷静。

这帮逃兵就是些见不得光的蜘蛛。客栈是他们的基地，他们在这里划定目标，再到路上动手做那些肮脏事。

客栈里鸦雀无声。我们进门时仔细观察着里面的男人和几个看起来饱受蹂躏的女人，他们看起来很不对劲。路边客栈一般都是家庭经营，店里闹哄哄，有孩子，有老人，还有其他乱七八糟的，而这里只有健壮的男人和状态糟糕的女人，其他什么都没有。

厨房门边有张挺大的空桌。我背靠墙坐下，夫人重重地坐在我旁边，我能感受到她浑身散发的怒气，这些人看她的眼神让她很不舒服、很不习惯。

虽然一路风尘仆仆，穿的也都是破衣烂衫，她仍然光彩照人、十分美丽。

我把一只手放在她的一只手上，不是为了宣告所有权，而是在暗示她要克制。

一个十六岁的胖女孩，瞪着惊恐的双眼，过来问我们有几个人，对食物和住处有什么要求，需不需要加热洗澡水，打算逗留多久，钱币是什么颜色。她看起来恹恹的，但是工作做得很好，让人挑不出错，就好像她已经不抱任何希望，只惧怕做错事要付出的代价。

我有种直觉，她是这家客栈真正的主人之一。

我扔给她一枚金币。我们在离开陵山之前洗劫了一些帝国宝藏，现在手头有很多金币。钱币翻转，光泽诱人，那些假装没在关注这边的男人眼睛突然一亮。

独眼和其他人迈着重重的步伐走进来，拖出椅子坐下。这个黝黑的小个子低声说：“树林里有动静，他们计划对付我们。”他的左嘴角一咧，扯出一个像极青蛙的笑容。我猜测他可能有自己的打算，他就喜欢看坏蛋搬起石头砸自己的脚。

“兵来将挡水来土掩，”我说，“如果他们是强盗，我们就让他们上绞刑架自绝。”

他不明白我的意思。我的点子一般都比他的卑鄙，因为我失去了幽默感，只求极致的恶。

黎明前我们起床。独眼和地精使了个他们最喜欢的咒语，让客栈里所有人都陷入沉睡。

然后他们溜去树林故技重施，剩下我们几个准备驮兽和装备，我和夫人起了小冲突，她想让我帮帮被强盗控制的女人们。

“如果我试图纠正遇到的每一个错误，那我永远到不了卡塔瓦。”

她没再回应，几分钟后我们上马离开。

独眼说我们已经接近森林尽头了。“这地方看着不错。”我说。摩根、夫人和我转身进入路西侧的林子，老哈、奥托和地精去了路东侧。独眼回身在原地等候。

他动作不明显。地精也在忙活着。

“如果他们不来怎么办？”摩根问。

“那就是我们猜错了，他们不是强盗，我会让风送去对他们的歉意。”

一时间四下归于沉寂。当我去查看前路的情况时，独眼已经不再是一个人，他的身后出现了六个骑兵。我的心在抽痛，他的幻影我都认识，是我早已亡故的旧日伙伴。

我退回去，心里比想象中更深的触动。我的情绪一直没有好转。阳光透过森林树冠照进来，细碎地落在已逝朋友的替身上。他们手持盾牌和武器，鬼魂一般，悄无声息。

他们只是独眼施法制造的假象。路对面的地精也召出他自己的幻影军团。

考虑到所用的时间，这两人的本领称得上大师级别。

这一点毫无疑问，就连夫人也表示认同。

“蹄声，”我说了句废话，“他们来了。”

我心思百转，我在同花顺上下注了吗？难道有点过于大胆了？如果他们要打……如果地精或独眼撑不住……

“现在考虑这些已经晚了，碎嘴。”

我看向光彩照人的夫人，想起了她是谁。她在微笑，她能读懂我的心思。从前那些更大的游戏中，她有多少次在孤身奋战？

强盗沿路骑马追来，看到独眼时困惑地放慢了速度。

我举步向前，林中的幻影马匹随着我移动，窸窸窣窣，有马具的声音，有碰到树木的声音。那么逼真，独眼，这招相当高明！

对方共有二十五人，他们吓得脸色煞白，看到夫人和摩根长矛上挑着的幻影军旗后，更是面如死灰。

黑色佣兵团的名气还是很大的。

二百只幻影弓被拉满，二十五个人急忙抬手遮挡。

“我建议你们放下武器，下马。”我对他们的队长说，他干巴巴地咽了几下口水，权衡一番后一一照做。“现在给马儿们让个路，你们这些淘气的小家伙。”

他们挪到一旁，夫人打了个手势，马匹全部掉头，嘚嘚地走向真正指挥它们的人，地精。他让马匹从旁经过，它们要回客栈宣告噩梦的终结。

漂亮，哎呀，太漂亮了，一点儿疏漏都没有。我们当年就是这样的套路，计谋和诡计。洗洗牌，做个局就能打败他们，为何还要弄得自己也跟着受伤呢？

我们将俘虏绑在一条绳子上，以便完全控制他们，然后向南行进。地精和独眼休息放松时，这时幻影就派上用场了。法师们认为这样不公平。

两天后我们到达威斯特城。独眼和地精再次摆出气势宏大的幻影阵仗，帮夫人押送逃兵俘虏到卫戍部队指挥官那里。我们只杀了两个人，他们就都乖乖过去了。

终于解决了一路上让我们分心的麻烦。随着时间的推移，我们距离查姆城越来越近。我不得不面对这样一个事实：麻烦在向我们遥遥招手。

我的同伴认为大部分编年史在我手中，其实不然，它们在帝国的人手里。皇后之桥一役我们惨败，至今让我十分痛苦，编年史就是那时被夺走的。对方本来承诺归还，但不久又发生陵山危机，导致归还一事受阻。之后，我只好自己前去取回。

第三章

塔格洛斯酒馆

威洛在椅子上蜷了蜷，找了个舒适点的姿势。女孩们咯咯笑着互相推搡，看谁敢去碰他那一头玉米丝色的头发。其中一个眼神儿里透着志在必得，她鼓起勇气，伸出手指，顺着头发捋下去。威洛朝房间对面的科尔迪·马瑟挤眼。

美女如云、左拥右抱，这就是生活——只要她们的父亲和兄弟别察觉。这是每个男人的梦想——潜藏着老一套的致命风险。如果这种生活一直继续下去，不被打扰，他很快就会成为塔格洛斯最快乐的四百磅重的懒汉。

谁会想到？像这样一个刻板守旧的城里的一家简单酒馆，一个像遍布街角的众多酒馆一样不起眼的地方，居然是如此新奇的存在。如果不是祭司突然转性变得勤快，故意使坏，他们定能不知不觉发大财。

当然，他们在这里是异乡人，整个城市都对他们充满好奇，想要一览他们的面目。就连那些祭司和他们的小女娃也不例外，他们那些棕色皮肤的小女儿更是如此。

来这儿的路途漫长而又疯狂，每一步都糟糕至极，但是一切都值得。

他双手抱在胸前，由着女孩儿们为所欲为。他能处理、能忍受。

他看着科尔迪打开另一桶苦啤酒，那是他酿的劣质生啤。这些塔格洛斯蠢货付的酒钱是正常价的三倍。这究竟是什么样的地方，连啤酒都没见过？答：没有特殊才能，却渴望旅行、梦想发现的人们所在的地方。

科尔迪端着一杯酒过来，他说："斯旺，再这样下去，我们得雇人帮我酿酒。再过几天酒就卖光了。"

"有什么可担心的？这还能持续多久？这些祭司快要放出憋的大招了，接下来他们会找借口让我们停业。考虑考虑再去哪里找这么赚钱的营生吧，别担心啤酒酿得不够快。嗯，怎么了？"

"什么怎么了？"

"你刚才突然眼神一冷。"

"一身煞气的黑鸟刚从前门走进来。"

威洛拧身看向房间一头。果然，是尖刀回来了。精瘦高挑，皮肤黝黑，光头锃亮，身上的肌肉随细小的动作微微起伏，他看起来像一尊闪闪发光的雕塑。他四下打量一番，然后朝威洛的桌子大步走来，径自坐下。女孩儿们向他暗送秋波。他和威洛·斯旺一样，浑身透着异域情调。

"你是过来拿你的分红，顺便谴责我们这些差劲的家伙毒害小孩吗？"威洛问。

尖刀摇头，"那个老间谍暗烟又做梦了。女士找你。"

斯旺忽地把脚放到地上。真是煞风景！女士怎么就不能离他们远点！“这次又是什么？他在做什么？亨普？”

“他是个法师。他什么不做也招人烦。”

斯旺又骂了一句，“你怎么看，我们就这么离开这儿？把科尔迪酿的马尿都卖光然后回到河流的上游？”

尖刀脸上慢慢绽开一个灿烂的笑容，“年轻人，太晚了。你已经被选中。你肯定跑不远。那个暗烟，也许在你们那儿不值一提，但是在这儿，他可是能呼风唤雨的角儿。如果你想跑路，你会发现连你的脚趾头也被打上了结。”

“这是原话？”

“他们倒没这么说，但意思是这个意思。”

“那他这次梦见了什么？为什么要拖我们下水？”

“暗影长老。更多的暗影长老。他说，聚集在暗影之关。他们将停止讨论，开始行动。他说月影被召唤。还说我们很快就能在塔格洛斯地区看到他们。”

“这有什么。自从我们来这儿，几乎一直有这种消息传来。”

尖刀的脸色严肃起来，“嘿！这次不一样！现在人心惶惶，草木皆兵，你懂我的意思吧。暗烟和女士这次是担心得不行。而且最近引起他们注意的不只是暗影长老，他们还让我告诉你黑色佣兵团要来了，说你会知道这意味着什么。”

斯旺像是肚子上挨了一拳似的哼唧起来。他站起来，喝光科尔迪拿来的啤酒后转头看了一圈，仿佛不相信自己的眼睛，“这是我听过最愚蠢的事情，尖刀。黑色佣兵团？来这儿？”

“据说这才是激怒暗影长老们的原因，威洛，他们很恼火，非常恼火。河流下游这边是他们北边最后一个自由的地方。你知道暗影之关另一边是什么情形。”

“我不相信，你知道他们到这儿得走多远吗？”

“大约跟你和科尔迪走得一样远。”尖刀曾跟威洛、科尔迪·马瑟南行两千英里。

“是啊！尖刀，你告诉我，除了你、我和科尔迪，还有谁会像个傻子似的无缘无故跑这么远？”

“暗烟说，他们有理由。”

“什么理由？”

“我不知道。你按女士说的，回去那边。也许她会告诉你。”

“我去。我们都去。只是要耽误些时间，晚点去。一有机会我们一定滚出塔格洛斯。如果暗影长老要来搅事，黑色佣兵团也要来，我趁早躲远点。”

尖刀身体后靠，一个女孩趁机往他跟前凑。他的脸上写满问号。

斯旺说：“在家那会儿我见识过那些浑蛋的手段。我看到玫瑰城被他们围攻，然后……相信我，尖刀，非常厉害的咒语，要多惨烈有多惨烈。如果他们真要来，如果他们到这儿时我们还没走，你会宁愿自己被鳄鱼吃掉也不愿落到他们手里。”

尖刀一直没搞明白为何他会被扔去喂鳄鱼；威洛也不明白为何自己还说服科尔迪一起把他拖出来。虽然尖刀后来一直挺靠谱——他还了这份人情。

“我认为你应该帮助他们，斯旺，”尖刀说，“我喜欢这个小镇，我喜欢小镇上的人。他们犯的唯一错误是不够聪明，没有把所有的神庙都烧掉。”

“

尖刀，我帮不上忙。”

“这里只有你和科尔迪对军事有所了解。”

“我就在军营里待了俩月，连齐步走都没捯饬明白。科尔迪更是没胆儿再搞这些，他只想把有关那些事的记忆全部忘掉。”

他们的谈话多数入了科尔迪的耳，他走过来说：“我的情况没那么糟，威洛。如果是为了正确的事，我不反对进军营，之前只是搭错了伙。我同意尖刀的说法，我喜欢塔格洛斯，我也喜欢这里的人。我愿意尽我所能帮助他们逃脱暗影长老的魔爪。”

“你听到他说什么了吗？黑色佣兵团！”

“我听到了，我还听到他说他们想谈一谈，我认为与其在这儿吵吵着这不做、那不做，还不如先去打探清楚发生了什么事。”

“好吧，那我也变换立场。坚守阵地，诸如此类的。尖刀，你那爪子离穿红衣服的那个远点儿，我先下的手。”说完，他大模大样地离开。

科尔迪·马瑟笑呵呵地说：“尖刀，你现在掌握找到威洛的窍门了。”

“如果形势照我说的那样发展下去，根本用不着别人，他自己指定跑在对抗暗影长老的最前头。你就是对他严刑拷打，他也不会承认自己对塔格洛斯抱有特殊的感情。”

科尔迪·马瑟笑出声，“你说得对。他终于给自己找到一个家，没人能把他撵出去，无论是暗影长老还是黑色佣兵团。”

“他们真像他说的那么可怕？”

“更可怕，比他说的可怕得多。你在家乡听过的所有传说、你在这里听人说的所有故事、所有你能想到的，再加倍，那才差不多。他们很卑鄙、很强大、很厉害。最糟糕的是他们很狡猾，你根本想象不到他们有多狡猾。四五百年的存在组织，他们的恶劣程度可想而知，就连神都不想去招惹他们。”

“母亲们，把你们的孩子藏好，”尖刀说，“暗烟做了一个梦。”

科尔迪变了脸色，“对，我听说法师可以把梦变成现实。也许我们应该割断暗烟的喉咙。”

威洛回来了，他说：“也许我们应该先去探探情况再采取行动。”

科尔迪暗笑，尖刀也咧嘴一笑，然后他们把酒客赶走，每个人还不忘跟一个或几个姑娘订下“约定”。

第四章

黑暗之塔

我踌躇了五天，终于鼓起勇气，在早饭后开了个小型交流会，清晰而又快速地介绍了会议主题：“我们下一站要去高塔。”

“你说啥？”

“你疯了吧，碎嘴？”

“就知道太阳下山后应该留意他。”一个个“你肯定知情”的眼刀子扫向夫人。她不予理睬。

“我以为她跟我们是一伙，谁能料到真相恰恰相反。”

只有摩根没有加入鄙视夫人的阵营。嗯，这个摩根是个好小伙。

夫人当然早就知道我们需要在高塔逗留。

“伙计们，我说真的。”我说。

如果我要严肃起来，独眼也会端正态度。“为什么？”他问。

我往后缩了缩，“去拿回落在皇后之桥的编年史。”我们在那儿被打得落花流水。能够突破帝国军的包围，全是因为我们是最优秀的，而且又绝望又卑鄙。我们付出的代价是半个佣兵团。那时，除了编年史，我们需要面对更重要的问题。

“我以为你早就拿到了。”

“我去要了，也被告知可以拿回。但是我们那会儿很忙，记得吗？帝王，瘸子，猎狗——蟾蜍杀手，那些家伙！根本没有机会去拿书。”

夫人颔首赞同。她开始进入角色了。

地精摆出最狰狞的表情，像只长着大尖牙的癞蛤蟆，“所以在我们离开陵山之前你就完全知道要走这么一遭？”

我点头承认。

“你这个奸诈小人。我打赌这段时间你肯定一直在憋些让我们送命的疯狂烂招儿。”

我再次点头承认，他说的大部分都没错。“我们要像高塔的主人一样，大摇大摆地骑马过去。你要让卫戍部队认为夫人还是老大。”

独眼哼了一声，重重地跺着脚走向马匹。地精站起来，居高临下地盯着我。盯了好一会儿，他讥笑道：“我们就这么趾高气扬地走进去把书夺回来，对吗？就像老者过去常说的那样，厚颜无耻，再厚颜无耻一点。”他没有问出真正想问的问题。

但是，夫人还是回答了，“我保证。”

地精没有再问下一个问题。没有人问下一个问题。夫人也没有再作答。

夫人要骗我们很容易。如果她想，她可以信守承诺然后把我们当早餐吃掉。

归根结底，我的计划（原来如此）完全依赖于我对她的信任。我的伙伴们却没有这份信任。

但是，他们毫无理由地全身心信任我。

高塔是世界上最大的单体建筑，形似一个毫无特色的黑色立方体，每个维度高五百英尺。这是很久很久以前，夫人和十劫将从坟墓归来后负责的第一项工程。十劫将从高塔出发，一步步建立起自己的军队，最后征服半个世界。现在，它的阴影仍然笼罩着一半的大地。因为很少有人知道，为了战胜一支更古老、更黑暗的力量，十劫将——帝国的心脏和血液，已经牺牲了。

高塔只有一个地面入口，通往入口的路笔直得像几何学家的梦。路旁的景观像公园一般，只有经历过的人才能相信这里曾有过史上最血腥的战争。

我经历过。我记得。

地精、独眼、老哈、奥托也记得。独眼尤其记得。正是在这片土地上，他消灭了谋害自己兄弟的怪物。

我回想起那时的轰鸣、骚乱、尖叫和恐惧，回想起交战时法师给人们施加的惊惧，再次思考那个不止一次在我脑海中闪过的问题："他们真的全部死在这里了吗？他们死得太过容易。"

"你说的是谁？"独眼问，他不需要时刻帮夫人伪装。

"十劫将。我在想当初摆脱瘸子时那么费劲，怎么十劫将那么容易就倒下了，短短一两天的时间全军覆灭，无影无踪。所以有时我会怀疑其中有诈，是不是还有两三个仍然活着。"

地精尖声道："可是当时有六个阴谋同时展开，碎嘴。他们全都在背后给彼此捅刀子。"

"但是我只亲眼看到两个人挂掉，你们一个也没见到，你也只是听说。也许在这所有的阴谋背后还隐藏着另一个阴谋，也许……"

夫人古怪地看我一眼，那眼神暗含忖度的意味，好似她自己没怎么想过这一点，也不喜欢我现在挑起的话头。

“在我看来他们死得透透的，碎嘴，”独眼说，“我看到了很多尸体，你看那边，他们的坟墓上都有标记。”

“那不意味着墓里面有人。我们两次亲看见睹渡鸦死去，一转身，他又活生生地站在那儿，还活蹦乱跳的。”

夫人说：“我允许你把他们挖出来，碎嘴。”

她轻飘飘地瞥我一眼，显然有点怪我，也许还带点调侃，“不用跟我客气，也许哪一天我很无聊，没事可做的时候会去看看那些腐烂的尸体。”

“嗨！”摩根道，“你们这些家伙不能说点别的吗？”事实证明这是个错误的建议。

奥托哈哈大笑，老哈开始哼唱，奥托和着调子唱起来：“虫子爬进，虫子爬出，蚂蚁在你鼻子下吹奏风笛。”地精和独眼随后加入。摩根威胁着要过去吐到他们身上。

我们努力不去在意即将来临的黑暗。

独眼停下，说道：“十劫将都不是那种能蛰伏多年的人，碎嘴。如果还有人活着，我们早就发现迹象了。起码我和地精会听到些风声。”

“也许你说得对。”但我还是不放心，可能我其实并不希望十劫将全部死去。

我们逐渐接近高塔门口的斜坡，多年来，这座建筑第一次显露出生命的迹象。人们出现在高高的城垛上，穿得像五彩斑斓的花孔雀。有一小撮着急忙慌地从门口出来，正式迎接他们的女主人。独眼看到他们的服装后嘘声嘲笑。

他上次来这儿时肯定没胆儿这么做。

我靠过去小声说：“小心点，那些人穿的衣服是她设计的。”

我希望他们是在真心实意地问候夫人，希望他们心里没有更邪恶的想法。这取决于他们从北境得知了什么样的消息。毕竟，坏事传千里。

“伙计们，厚颜无耻，”我说，“时刻谨记要厚颜无耻。要大胆、傲慢、哄得他们团团转。”我看向黑黢黢的入口，顿时反应过来，“他们知道我在这儿。”

“所以，我才觉得可怕。”地精尖着嗓子道，然后高声大笑。

高塔日渐宏大。从未来过这儿的摩根早已惊得合不上下巴，奥托和老哈一本正经地假装没有被那堆砖石所震撼，地精和独眼忙得顾不上看，夫人不可能感到震惊，当年她亲手建造了这个地方，那时她比现在更强大，也更年轻。

我完全进入角色。我认出那个主持欢迎仪式的上校，之前来高塔索取编年史时与他有过交集，彼此之间顶多算得上模模糊糊有点印象。

他也认出了我，同时一脸困惑。约莫一年前，我和夫人一同离开高塔。

“最近怎么样啊，上校？”我问道，脸上露出一个大大的、友好的笑容，“我们终于回来了。顺利完成任务。”

他看向夫人，我也从眼角扫向她，现在该她粉墨登场了。

她摆出最傲慢的表情，我几乎要以为她是霸占这座高塔的恶魔——好吧，她的确是，只不过是曾经。曾经的她在失去力量后并没有死去，是吧？

貌似她要占去我的角色，高塔卫兵在欢迎他们的女主人，我闭眼叹气。

我信任她，但一直有所保留，因为你无法预测别人，尤其是那些绝望的人。

在高塔深处不为人知的地方，一直存在她重返帝国的机会，让臣民以为她未曾改变。没有什么能阻挡她。

她甚至可以在履行承诺取回编年史之后就走上回归之路。

这条路，我的伙伴们坚信，是她终将会走上的。他们惧怕幻影女王归来后颁布的每一道旨意。

第五章

帝国的枷锁

夫人恪守了诺言，进入高塔几个小时后，在众人还被她的归来震得回不过神时，我就拿回了编年史。但是……

“我想继续跟你们一起走，碎嘴。”到达这里的第二天傍晚在城垛上看落日时，夫人对我说。

我巧舌如簧，说些“嗯……嗯……但是……”诸如此类的话，妥妥的殿堂级忽悠大师。真是见鬼了，她为何会有这样的想法？在高塔里，她拥有一切。只要一点小心翼翼的伪装，她就能成为世界上最强大的人，并以此身份度过余生。为何要跟我们这样一帮疲惫的老头子走，明知我们心无所向，前路迷茫，大概只因良心难安才一路前行。

“我在这里再无牵挂，”她如是说，仿佛这话能证明什么，“我想……我只是想过一过普通人的生活。”

“你不会喜欢的。与你做夫人的生活相差甚远。”

“但是我从来没有喜欢过，在过上那种生活并意识到自己真正拥有的东西之后更是如此。你不会告诉我不要离开吧，对吗？”

她是在开玩笑吗？是的，我不会。总之，表面看是如此，但我预计一旦她在高塔重整旗鼓便再不会这样想了。

念及于此，我陡然有些惊惶。

“我能走吗？”

“如果你想就可以。”

“有个问题。”

只要牵涉到女人，什么时候没有过问题？

“我不能马上就走。这里的事情一团糟，我需要几天整顿整顿。这样我离开时也问心无愧。”

我预料中的麻烦一个也没有出现。她的臣民全都不敢审视她。有这么一帮无脑的观众，独眼和地精所做的一切都成了无用功。据说，夫人重新掌事了。在她的保护下，黑色佣兵团不日将再现江湖。这些足可哄骗她的臣民。

如此甚好！实际上再行几周便可到达猫眼石城，从猫眼石城到帝国境外的港口只需完成苦痛海上短短一段航程。我想趁好运还没用完离开这儿。

“你懂得，不是吗，碎嘴？只需要几天而已。真的，只要一切回归正轨。帝国是一台好用的机器，只要总督们确信有人在看管，机器就会平稳运行。”

“好了，好了，我们可以再待几天。只要你能让这儿的人跟你保持距离就行。而且你自己也注意躲着点，不要让他们有机会近距离打量你。”

“我不会的。碎嘴？”

“啊？”

“教你的祖母怎样在床上俘获男人。”我愕然，随后朗声大笑。她越来越有人气，也更会自嘲了。

她的想法是好的。但是，一个帝国的统治者，无论男女，都逃脱不了为琐碎政务所累的命运。日升日落，一天又一天，一天再一天，日子就这么一天天过去。

我可以自娱自乐，偷偷摸摸地出没于高塔的各个图书馆，钻研来自统治集团或之前的珍本，解开有关北境历史纠缠不清的谜团，但是对其他人而言这段日子非常煎熬。他们无事可干，只能天天提着心吊着胆地东躲西藏，或者对着地精和独眼耍恶作剧，虽然很少能成功。对我们这些没有天赋的人而言，高塔只是一堆黑漆漆的岩石，但是对于他们两个法师，这是一台轰鸣作响的巨大魔法引擎，里面居住着不胜其数的黑魔法法师，时刻活在恐惧之中。

独眼比地精适应得更好一些。他时不时偷跑出去，在曾经的战场上回忆往昔。有时我会加入他，中途每每忍不住诱惑，想接受夫人的邀请去挖开几个坟墓瞅瞅。

“还在介意那点事儿？”一天下午独眼问道，我正倚靠着半圆弧状的墓碑顶，碑上有一个被称为无面的十劫将成员的名字和魔符。独眼的语气很严肃。

“不全是，”我承认道，“我无法实打实确定，何况现在也没什么影响。但是当你回想发生在这里的事情，根本讲不通。我是说，当初看着很合理，好像一切都顺理成章，不可避免。一场大杀戮除去了一波反叛军和大多数十劫将，大权旁落于夫人之手，同时她以帝王自居，但是随后发生的事情……”

独眼开始慢慢走动，我跟在后面。他来到一个没有任何标记的地方，但我知道这里深深刻在他的脑海里。叫作“邪兽”的怪物丧命于此，这个怪物——可能——杀害了他的兄弟，惨剧发生在很久以前，那时我们刚与夫人派去猫眼石城的使者搜魂有来往。“邪兽”是一种吸血豹人，原活动于南境独眼家乡的丛林中。独眼花了整整一年才抓到这只凶兽，报了仇雪了恨。

“你在想当初除掉瘸子时花费的心力。”他说，有些神思恍惚，我知道他正回忆起一些被刻意遗忘的往事。

我们从来不确定被杀死的那只邪兽就是杀害咚咚的凶手。因为当时十劫将搜魂与另一个十劫将化身联系密切，有迹象表明那天晚上化身可能就在猫眼石城，并变成邪兽的样子以确保统治家族覆灭，好让帝国接管，坐享渔翁之利。

如果独眼弄错报仇对象，如今时过境迁，说什么都来不及了。化身是查姆城一战中的又一受害者。

“我的确在想瘸子，”我承认道，“我在那家客栈里杀了他，独眼，我下了狠手，如果他没再出现，我永远都不会怀疑他没死。”

“不怀疑这些？”

“有些怀疑。”

“你想天黑后溜出来挖一个看看？”

“有什么意义呢？里面肯定有尸体，也没有办法证明他们不是正主儿。”

“被其他十劫将和盟会成员所杀，与被你这种没有天赋的人杀害有些微不同。”

他是指没有魔法天赋。“我知道，所以我没有特别执迷于这些乱七八糟，因为知道杀死他们的人确实有杀死他们的能力。”

独眼盯着地面，那里本该有个十字架，邪兽就被钉在上面。过了一会儿，他打了个寒战，回到现实，“好吧，现在这些都不打紧，都过去很久了，虽然离我们并不遥远。我们离开这里就遥远了。”他把黑色的软毡帽往前一扯，挡住刺眼的阳光，抬头仰望高塔。有人在看我们。

“她为什么想跟我们一起走？我一直想不通这个问题。这对她有什么好处？”

独眼一脸古怪地瞅着我。他把毡帽推回去，双手叉腰，歪头琢磨一阵，然后慢慢地摇头，“碎嘴，有时你简直让人难以置信。你为什么在这儿等她，而不是就此离开，走他几英里？”

这是个好问题，每次我试图审视这个问题时都会不自觉逃避。“呃，也许是因为我对她有点好感，并且认为她理应过上正常的生活。她很好，真的。”

一丝笑意在他脸上一闪而过，他回身对着没有标志的坟墓说：“碎嘴，少了你，生活得少了一多半乐趣。看着你糊里糊涂过日子着实让人受教不少。我们还有多久能离开？我不喜欢这个地方。”

“我不知道，再有几天吧。她必须先处理好一些事情。”

“这只是你说的……”

我有些急躁地打断他的话：“时机到了我自会跟你说。”

时机似乎永远到不了，日子一天天过去，夫人仍然被困在政务织就的大网里不得脱身。

高塔颁布法令后，各省的消息相继涌入，每一条都需要及时处理。

我们被困在那个可怕的地方足足两周。

“你赶紧带我们离开，碎嘴！”独眼强烈要求道，“再待下去我就神经衰弱了！”

“你们也知道，有些事她非做不可。”

“照你这么说，有些事我们还非做不可咧。谁规定我们非做不可的事得给她非做不可的事让位？”

地精也正颜厉色地冲我来了，“我们忍你这份痴心忍了快二十年，碎嘴，”他夸张地说道，“因为有趣儿，无聊时可供消磨时间。但是！我决定下死手扼杀这份乐趣。我绝对说到做到！就算她把我们都提拔成陆军元帅也不成！”

我顶住扑面而来的一阵怒火。话糙理不糙，地精说得对。我没有理由待在这儿，把大家置于最大的危险之中。等得越久，越有可能出纰漏。高塔卫兵已经够我们应付了，我们与他们的女主人对抗了那么多年，现如今却这么亲近，这简直让他们深恶痛绝。

“我们早上就离开。”我说，“我向大家道歉，从被大家推选为佣兵团的领导者那一刻起，我便不再只是碎嘴这个人。现在我却忘记了这一点，请大家原谅。”

碎嘴可是个狡猾的老家伙！独眼和地精登时有些窘迫。我咧嘴笑道：“所以现在去打包吧。天一亮我们就出发。”

半夜她把我叫醒，那一瞬间我还以为……

我看到她的脸色，她都听到了。

她请求我再多待一天，最多两天。她也不想再待下去，她失去了所有这一切，在这儿的每一刻都让她觉得讽刺。她想离开，想跟我们一起走，想跟我——她唯一的朋友，在一起。

她让我心都碎了。

虽然写成文字有些愚蠢，但是男子汉要做事业。我有点儿自豪，因为我没有对她让步。

“不会有结束的时候的，”我告诉她，“总会有一件亟须完成的事情。我原地不动，卡塔瓦不会自己靠近我，但是死神会。我也很珍视你。我不想离开……死神潜伏在这里的每一片阴影里，搅动着每一个憎恨我的人的内心。”帝国也是如此，在过去这些天，很多昔日的贵族有了对我恨之入骨的借口。

“你答应我要在猫眼石城一起用餐的。”

我答应你的事多了去了，我心道，但嘴上回答说：“我确实答应过你，这个承诺仍然作数，但是我必须得带伙计们离开这里。”

见她莫名有些焦虑不安，我陷入沉思。我看到她被拒绝时眼睛里闪着阴谋的火苗。她要算计我方法多得是。我们两人都很清楚这一点，但是利用私人手段达到政治目的，她从未做过这种事。起码从未对我做过。

我想，我们每个人在某一时刻都会遇到这样一个人，面对他/她，我们被迫彼此坦诚相待，他/她对我们的称誉替代了世界对我们的全部看法。我们欺骗世界相信自己只是简单善良的普通人，我们有各种图谋，有卑鄙肮脏的贪婪和欲望，我们自我膨胀，然而这一切与这份称誉相比都不值一提。我们是彼此的树洞，树洞里充盈着真实。

我们只互相隐瞒了一件事，因为担心一旦说开会牵连其他，并且会打破已有的信任。

就连爱人之间也不见得完全坦诚吧？

“我预测到达猫眼石城需要三周时间，找一个可靠的船长并劝服独眼渡过苦痛海再花一周，所以二十五天后我就能到达花园。我会提前预订当晚的山茶花室。”我拍拍放在胸口的东西，那是一个漂亮的皮夹子，里面有任命我为帝国军队将军的委任书和指定我只对夫人本人负责的证件。

太宝贵了，太宝贵了，无怪那些老贵族厌恶我。

事情莫名其妙就发生了，我自己也糊涂得很。难得她没有颁布法令或签署公告。我们只是开了个玩笑，随后我就被一帮裁缝团团围住，他们把我塞进一整套帝国服饰里。我永远也搞不明白绲边、徽章、扣子、勋章和那些花里胡哨、华而不实的小装饰品的意义。裹着这杂七杂八的一堆东西，我感觉自己像个蠢货。

我不需要花很多时间去揣摩一些可能性，虽然一开始我将其理解为一个精心策划的恶作剧。

她的确拥有那种幽默感，总是不把这个一点儿都不幽默的庞大帝国当回事。

我现在很确定她其实很久之前就发现了各种可能性。

总之，我们当时在讨论猫眼石城的花园和那里的山茶花室，以及那城市巅峰时期的社会百态。“我会在那里吃晚餐，”我告诉她，“欢迎你加入。”

她的表情很纠结，肯定有事瞒着我。她说：“好的，如果我在城里的话。”

每当这种时刻我都会感到非常不适，因为所做所言无一正确。我找不到破解之法，只好求助于碎嘴的惯用伎俩。

我开始退缩。

我就是这么对待自己的女人们，在她们痛苦时当缩头乌龟。

我几乎快退到门口了。

而她走过来抱住我，一边脸颊贴在我的胸口。

我的女人们就是这么对待我这个感情白痴的，用这种不为人知的浪漫。我是说，我都不需要认识她们，她们就能对我来这手。她们真正想折磨我时会泼我一脸冷水。

我静静地拥着她，直到她想放手。我转身离开，谁也没有再看彼此一眼，确是如此。她没有去调配重型武器对付我们。

多数时候她行事磊落，这一点我还是信得过的。即便是机警狡猾的夫人，她心里总归是有杆小秤的。

使者这一职务带来的是各种特权和大量财富。我招来那帮裁缝，让他们在我的伙计们身上尽情发挥。我分发了委任书，魔杖一挥，独眼和地精变身上校，老哈和奥托成了团长，我还对摩根施法，让他看起来像个副团长。我还去预支了三个月的钱款，整得其他人满腹狐疑。我感觉独眼之所以想赶紧离开，是因为他想找地儿滥用新近获得的特权。不过眼下他大部分时间都在与地精拌嘴，争论谁的级别更高。这俩家伙从来没有询问过为何我们的境遇会突然改变。

最奇怪的是，在她召我去接受委任书时，坚持要记录我的真实姓名。我好一会儿才想起自己的名字是什么。

不同于来时的穷酸样，出发时的我们威风凛凛、气势慑人。

我坐在一辆黑铁马车里，拉车的是六匹暴脾气的黑色公马，摩根驾车，奥托和老哈骑马，他俩算是护卫。后头跟着一溜儿带鞍的骑乘马。独眼和地精对马车表示强烈鄙视，他们俩一前一后，中间是像拉车的马匹一样兴奋异常的高头大马。哦，还有一支二十六人的骑兵卫队为我们保驾护航。

她赠送我们的马匹是一种品种优良的野马，从来都只赠给帝国最骁勇的战士。很久以前的查姆城战役中我曾骑过一次，那时我和她在追踪搜魂，这种马可以一直奔跑而不觉疲惫。它们是一种神奇的动物，是一份珍贵异常的礼物。

这些不可思议的事情怎么会发生在我身上?

一年前我还窝在世界的犄角旮旯——惶悚平原的一个地洞里，和另外五十人一起日夜担忧害怕被帝国军发现。我有近十年的时间没穿过新的或干净的衣服，洗澡和修面的机会如同宝石一样珍贵、罕见。

马车里，我的对面放着一把黑色的弓，那是很多年前她送我的第一件礼物，那时佣兵团还没有背弃她。弓本身就相当贵重。

命运的巨轮啊!

第六章

猫眼石城

老哈目不转睛地看我精心打扮一番，感慨道：“老天！你看起来还真像那么回事，碎嘴！”

奥托说：“就洗个澡、刮个脸，居然有这么惊人的变化。那个词怎么说来着，‘尊贵典雅’。”

“简直就是超自然的奇迹，小奥。”

“你们这帮家伙就可劲儿讽刺吧！”

“我说真的，”奥托说，“你看起来真不赖！如果再来一顶小假发遮住你那快退到后脑勺的发际线……”

好吧，他确实挺真心实意的。“呃，那么，”我不自在地嘟囔，赶紧换了个话题，“我说真的。好好管管那俩家伙。”到这儿才四天，我就已经帮地精和独眼收拾了两次烂摊子。虽然使者可以遮掩、禁言、调解矛盾，但人家能力也是有限的呀！

“就只有我们仨，碎嘴。”老哈抗议道，“你想怎么样？他们就是不服管。”

“我相信你们，你们总能想出妙招的。你收拾时顺便把这块废物打包一下，它也得跟着上船。”

“是，阁下，尊敬的使者！”

我正要以激昂的、诙谐的、所向披靡的言语去反驳他，摩根从门口探进脑袋，“马车准备好了，碎嘴。”

老哈扬声质问：“我们甚至都不知道他们在哪儿鬼混，怎么管？吃完午饭就不见影了。”

我出门向马车走去，祈祷自己在走出帝国前可千万别被气出胃溃疡！

我的骑兵卫队、我的黑色公马、我的当啷作响的黑铁马车，还有我，一行人畜声势浩大地穿过猫眼石城的街道。马蹄和车轮下火花飞扬。虽然这金属怪物相当夺人眼球，但我坐在里面像被锁在一个有暴力倾向的巨人疯狂击打的铁箱里。

我们一路直奔低调朴素的花园门口，驱散一众瞠目结舌的围观者。我走下马车，刻意挺直腰板，微微挥手，示意众人退后。我当年还在颠沛流离中讨生活时，忘记在哪儿了，见一个王子这样做过。大门被匆忙打开，我大步走进去。

进门后我健步如飞，调头往山茶花室走去，暗暗希冀久远的记忆不会背叛我。花园的员工们跟在后面吵吵嚷嚷，我直接选择无视他们。

途中我经过一个池塘，泛着银光的池水平静得像一面镜子，我陡然驻足，震惊得张大嘴巴。

梳洗装扮后，我确实是威风堂堂；但为什么我的眼睛像两颗红通通的鸡蛋，我张开的嘴巴像一座喷火的火炉？“我要趁睡觉时掐死那两个家伙。”我喃喃说道。

更糟糕的是，我身后的影子淡得几乎看不见，这意味着我这个使者根本就是黑暗力量幻化出来的假象。

那俩天杀的大祸害和他们天杀的恶作剧。

我再次迈开步伐时，发现花园里几乎座无虚席，但没人说话。所有的客人都在看我。

我曾听说如今花园的生意比不得从前。

人们来这儿是为了看我。当然，新任将军，来自黑暗高塔的不知名使者。狼群总是想一睹老虎的真面目。

我应该早就预料到这种情形。护卫队有四天的时间散播消息。

表面上，我用尽洪荒之力去“装模作样”，心里却像个怯场的小孩，小鼓直敲。

我避开众人视线，在山茶花室入座。幻影们在我身边嬉戏。员工过来给我点单，他们殷勤得让人反感。

该死，我心里居然感到一丝丝受用。这一丁点儿的受用足够说明有些人为何贪求权力。但我不是那些人，谢谢诸位看官，我太懒惰。而且很不幸的是，我恐怕是那种把责任看得比山还重的人。若是让我管事，我定会不忘初心，坚守本分。我可能缺少一种折腾出大事的反社会精神吧。

在你习惯了光顾那些有啥吃啥、不吃挨饿的小店，冷不丁面对一桌丰盛大餐时，这剧本可要如何演下去？这时就要看个人本领了。充分利用一旁战战兢兢、唯恐我一个不开心就吃人的员工，提出这样那样的要求，凭借医生惯有的直觉挖掘弦外之音，一整套下来要得那叫一个行云流水。他们去厨房时我表示无须着急，因为可能还会有同伴加入。

我并非在期待夫人，只是做戏罢了。我打定主意独自进餐。

其他客人为了围观这个新鲜出炉的大人物，不断找借口从我旁边经过。我开始后悔没带护卫过来。

远方好似有隆隆雷声传来，近处响起锣锤开道的声音。一时间花园里先是哗声四起，而后骤然陷入死一般的寂静，最后，寂静中传来整齐划一的踢踏声。

我不敢相信自己的眼睛，即便我已经起立向她致敬，我还是难以相信。

高塔卫兵走上前，立定，分散站开。地精夹在队伍中间，一二一二地喊着号子，俨然是个趾高气扬的乐队指挥。他像刚去烈火腾腾的地狱走了一遭，浑身冒着火苗，身后拖着长达几英尺的腾腾烟雾，这会儿估计亲娘都认不出他。他走出队伍，进入洞室，暗暗打量一番，翻了个白眼，对我使了个眼色，然后走到远处的台阶上面朝外站定。

他们究竟在搞什么鬼？他们的恶作剧本就够人喝一壶的，难道这是升级版？

然后，夫人出现了，如梦似幻，光芒四射，摄人心魄，我双脚并拢，立正鞠躬。她纡尊加入我时真是让人赏心悦目。她伸出一只手，尽管往昔岁月艰难，我没有忘记该有的吻手礼节。

这下猫眼石城的人更有谈资了吧？

独眼跟在夫人后面，周身环绕黑色的雾气，里面隐约可见有眼睛的幻影。他也对洞室进行一番打量。

他原路返回时，我开口道："我要把那顶帽子烧掉。"他穿得像个人五人六的贵族，却仍然戴着那顶破烂帽子。

他咧嘴一笑，尽职尽责地立定站好。

"你点餐了吗？"夫人问。

"点了，但只点了一人份。"

一小撮员工被花园主人驱赶着，连滚带爬地从独眼身边经过，一个个吓得面如土色。如果说他们之前的行为让我有些反感，现在面对夫人这做派简直是令人作呕，真是让我大开眼界。

这是漫长又安静的一餐。我满腹疑惑，频频向对面投去询问的眼神，却总也得不到答复。虽然夫人的言语行为间透着了然，对我而言，这绝对是一次难忘的用餐体验。

问题是，我们演得太过，看热闹的人觉得无聊，我们自己也无聊。

我承认，这一路走来，我没想过她会出现。她说，我的离开让她意识到如果再不放手，她就再也无法摆脱帝国责任的禁锢，除非死去不得逃脱。

“所以你就这么走了？高塔会乱套吧。”

“不会，我做了保障措施。我把权力授予可靠的人，这样帝国的发展会逐渐倚靠他们，最终牢牢掌握在他们手中。我撒手不管这回事他们甚至都意识不到。”

“希望如此。”我一贯认为，该发生的总会发生。

“跟我们没关系吧？到那时我们早就在十万八千里之外了。”

“道德上，如果半个大陆都陷入内战中，会有关系。”

“我以为我道德层面的牺牲已经够多了。”气氛顿时冷下去。我怎么就不能闭上这张大嘴巴呢！

“对不起，”我说，“你说得对，我没想到这一点。”

“我接受你的道歉。不过我要向你坦白一件事。我自作主张改变了你的计划。”

“啊？”这会儿我的脑瓜子倒转得飞快。

“我取消了你的商船旅行。”

“什么？为什么？”

“帝国使者乘坐破旧的粮食驳船出游，传出去不体面。你太小家子气了，碎嘴。搜魂建造的‘黑翼’就停靠在港口。我已经下令做前往绿玉城的出海准备。”

我的神啊！就是那艘把我们载到北境的倒霉船。“我们在绿玉城不是很受欢迎。”

“绿玉城现在是帝国省份，边界扩展到海那边三百英里处。你忘记你也是促成此事的一大功臣了吗？”

我倒是想忘记，“没有，但是过去几十年我一直在关注别的地方。”如果边界已经扩展到那么远，那帝国的铁骑必定已踏上我家乡的柏油路。我从未想过南边省份的总督会把手伸到沿海城邦以外的领土。毕竟只有珍宝诸城有战略价值。

“现在轮到谁心里难受了？”

“谁？我吗？你说得对，让我们尽情享受这高雅文明的一刻吧！以后就没机会了。”我们四目相对，她的眼睛里流露出挑衅，我移开目光，“你怎么把那俩家伙招到麾下的？”

“送了他们点东西。”

我哑然失笑。当然，有钱能使鬼推磨。“黑翼什么时候可以起航？”

“两天后，最多三天。还有，我在这里不会再处理帝国事务。”

“哦，不错。我现在撑得慌，再吃就吐了。我们应该消消食，或者找点事做。哪里安全一些？我们可以去遛遛。”

“你可能比我更熟悉猫眼石城，碎嘴。我之前从未来过这儿。”

我大概露出了吃惊的表情。

“我不可能每个地方都去。有段时间我在北部和东部忙得团团转，有段时间我忙着把我丈夫拉下台，有段时间我忙着抓你。我从来没有过外出游玩的清闲时间。”

“感谢星辰。”

“你说什么？”

“我这是在称赞你年轻姣好的容貌。”

她半信半疑地看我一眼，说道：“我保留意见，你都记到编年史里去吧。”

我笑而不语，几缕烟趁机钻到我的牙缝里。

我发誓我要给那俩家伙点颜色看看！

第七章

暗烟和女士

威洛认为暗烟是掉在人群里可以一眼被认出的那种人，他个头矮小，瘦骨嶙峋，面似靴皮，怪里怪气，浑身像被人涂了黑胡桃壳色的染料，却又失手漏掉几处。他的手背、一条胳膊和一边脸上有浅红斑点，貌似是被人泼硫酸腐蚀的。

暗烟没招惹过威洛，但威洛看他就是不顺眼，尖刀倒是不在意，说到底他其实不在意任何人。科尔迪·马瑟说他保留意见。威洛只在背地里表示厌恶，因为暗烟就是这样一个人，还跟女士是一伙。

女士也在等他们。在威洛看来，她的肤色比暗烟和城里多数人更深，面相凶恶，让人不敢多看；她的个头在塔格洛斯女人里算中等，以斯旺的标准衡量不是很高，若非有一种“我是老大”的气势，很难引起别人注意。她穿得不比威洛在街上看到的老女人强多少。科尔迪说那些老女人是黑乌鸦，总是裹着一身黑，像路过珍宝诸城时见到的老农妇。

他们没能查到女士的来历，只知道她是个人物。她在普拉布林德拉的宫殿有人，关系很硬。暗烟为她效劳，渔妇们没有买通法师。总之，他们两人举手投足皆是官僚做派，却以为自己装得很平民，似乎不晓得普通人是什么样。

他们见面的地方是别人家里。“别人”是很重要的人，但具体是谁威洛也不清楚。阶级立场和等级制度这一套在塔格洛斯行不通，一切都被宗教搞砸了。

他们已经到了。威洛走进房间，径自坐到一张椅子上。必须得摆摆架子，他可不是甲板上跑腿的毛头小子。科尔迪和尖刀更谨慎。但在听到威洛接下来说的话时，科尔迪不禁嘴角抽搐，他听见威洛说：“尖刀说你们想解解暗烟的噩梦？也许是他产生了幻觉？”

“你很清楚我们为何找你，斯旺先生。几个世纪以来，塔格洛斯及其属地一直奉行和平主义，战争没有必要，也早已被遗忘。我们的邻居也曾饱受重创……”

威洛问暗烟：“她能讲塔格洛斯语吗？”

“如你所愿，斯旺先生。”威洛捕捉到女士眼中一闪而过的狡黠，“当年自由军团倒是在这儿打得畅快，结果三百年来人们看到剑就吓得尿裤子。”

“嗯哼，”威洛扑哧笑出声，“还不错，这样我们才能正常交流嘛！说说是怎么回事。”

“我们需要帮助，斯旺先生。”

威洛沉吟：“我先理理头绪，约莫七十五或一百年前玩箭术等运动，但从来不玩人对人这种；然后暗影长老到来，接管特莱格伍科和奇欧鲁尼，并改名为暗影之光和暗影之关。”

“奇欧鲁尼意指暗影之门。”暗烟说。他的声音与遍布斑点的皮肤遥相呼应，也透出一股怪异，有点像捏着嗓子的尖叫，瘆得威洛汗毛倒立。“对，意思变化不大。他们来了，像传说中的基纳释放出邪恶的力量。换句话说，教唆人们学会战争。”

“很快，他们开始建立自己的帝国，如果没有在暗影之关遇上麻烦，也没忙着窝里斗，他们早在十五年前就攻占这里了。我当然知道。早在你们几个开始骚扰我们的时候，我就在四处打听了。”

“然后呢？”

“所以，十五年来你一直知道他们总有一天会来，却什么也没做。现在突然得知那一天很快到来了，就随便从街上抓来三个家伙，骗他们相信自己能创造奇迹。对不住，姐们儿。威洛·斯旺不买账。你的魔法师在那里，让暗烟老头给你从帽子里变鸽子吧。”

“我们没有在寻找奇迹，斯旺先生。奇迹已经发生。暗烟梦到了。我们是在寻找创造奇迹的时机。”

威洛嗤之以鼻。

“我们十分清楚现实中形势有多危急，斯旺先生。暗影长老出现时我们就已经清醒地认识到这一点，从未扮鸵鸟逃避现实。我们一直在根据文化背景采取最切实可行的措施。我们鼓励民众面对外敌入侵奋起反抗，告知他们这是光荣伟大的举动。”

“你给他们灌输那么多，”尖刀说，“他们已经做好赴死准备了？”

“他们唯一能做的就是，”斯旺说，“死亡。”

“何出此言？”女士不解。

“没有组织。”科尔迪说，他一直是说得少、想得多的那个，“要想组织起来难度很大。几个主要教派家族的成员不可能互相服从。”

“没错，因为存在宗教矛盾，我们无法组建一支军队，而我们实际可能需要三支。但是，可以让大祭司们以为解决这些内部矛盾需要组建军队。”

尖刀哼着鼻子道：“他们应该把神庙都烧掉，把祭司都掐死。”

“我的弟弟常有同感，”女士说，“我和暗烟认为，他们可能会服从无派别、有才能的外来人员。”

“啥？你要给我个将军当当吗？”

科尔迪哈哈大笑，“威洛，如果老天也这么看得起你，你就该称霸世界了。你以为你是暗烟梦见的奇迹？他们不会让你当将军的，起码不会让你当货真价实的将军。除非需要做局拖延时间，这还有点可能。”

“你说啥？”

“是谁一直说自己只在军营里待了俩月、连齐步走也没学会？”

“呃，”威洛思考片刻，“我好像懂了。”

“事实上，你们都会当上将军，”夫人说，“我们需要倚重马瑟先生的实战经验，当然最终决定权在暗烟手里。”

“我们必须争取时间，”法师接腔道，“争取大量的时间。未来某一天月影会派一支五千人的联军侵略塔格洛斯。我们必须避免挨打，如有可能还要发起反击。”

“理想很丰满，现实很骨感。”

“你们愿意付出代价吗？”科尔迪问，那语气，好像这事儿能成似的。

“该付出的代价一定会付，”女士说，“无论什么。”

威洛紧紧盯着她，直到再也憋不住，他脱口问道：“又是承诺又是计划的，夫人，你到底是何方神圣？”

“我是拉蒂莎·德拉，斯旺先生。”

“我的个天！”威洛喃喃道，“王子的姐姐。”就是有些人嘴里那个那些地方的真正老大。“我知道你是个人物，但是……”他连脚指甲盖都慌了。不过，威洛・斯旺就是威洛・斯旺，他很快摆出一贯的姿态，身体后靠，双臂抱胸，脸上咧开一个大大的笑容，“我们有什么好处？”

第八章

猫眼石城：乌鸦

帝国一派祥和的表象背后是旧秩序的分崩离析。漫步在猫眼石城的街头时，你能感受到那种松弛散漫。人们肆无忌惮地谈论新任领主，言语间毫无敬畏之心。百年权威人士独眼说黑市商人增多，我无意中还听到有人为打击犯罪动用了私刑。

夫人似乎不以为意，“帝国正在逐步步入正轨。战争已经结束了，没必要紧揪着过去不放。”

“你是说是时候放松一下了吗？”

“为什么不呢？你可以尽情感慨和平是如何如何来之不易。”

“话虽如此，但是我个人很欣赏相对秩序、公共安全法律的实施。这些……”

“贴心的碎嘴，你的意思是，我们其实没那么恶劣。”

她比谁都清楚，我一直都这么认为，“你知道我不相信存在纯粹的邪恶。”

“但我相信。在北境你的朋友们将银钉刺入一棵被公认为神明之子的树苗时，我更是深信不疑。”

“就连帝王可能也有可取之处，也许他对他的母亲很好。”

“他几乎要把她的心挖出来吃掉，而且还是生吃。”

我本想说些“他是你的丈夫”这类的话，但没有必要再找借口改变她的心意。她已经被逼得够狠了。

我岔开话题。我刚才一直在评论夫人所在的世界的变化，这是不合适的行为。真正让这话题告一段落的是有十二个人来问他们是否能加入黑色佣兵团。他们都是老兵，这意味着他们目前正当服役年龄却成天无所事事。过去发生战争那些年，街上一个闲人都见不着。青壮年们不是加入灰色少年军这种队伍，就是跟着白玫瑰混。

我当场拒绝了六人，率先录取了一个镶着金门牙的家伙。自封为授名者的地精和独眼给他起名闪亮。

其余五个人中有三人甚合我意，剩下两人让我很为难，录取或拒绝都找不到合适的理由。于是我谎称五人全部被录取，并让他们在黑翼出发前及时去船上报到；然后找到地精商议一番，他说他会保证我不喜欢的那两个人错过登船时间。

那时我第一次注意到那些乌鸦。我没有多想，只是有些好奇为何我们到哪儿都能见到乌鸦。

独眼想跟我单独谈谈，“你有没有查探一下你女朋友现在待的地方？”

“想都别想。”我已经懒得跟他争论夫人是不是我女朋友这个话题了。

“你应该去查查。”

“现在说这个有点晚，我默认你去查过了。哪里让你不满了？”

“这事不是手到就能擒来的，碎嘴。要想仔细察看一番很有难度，因为她带来一整支该死的军队。我感觉她打算要一直拖着这支军队，我们走到哪儿，她拖到哪儿。”

“她不会的。也许她是这片领土的统治者，但她没有权力统领黑色佣兵团，这个组织里的所有人都听从并只听从我的指挥。”

独眼热烈鼓掌，“说得不错，碎嘴。颇有团长的风范，你连站立的姿势都像极了他，像一只随时准备攻击的体格庞大的老熊。”

我自认没什么创新性，但也没借鉴得那么明显吧。“所以你到底想说什么，独眼？她怎么吓着你了？”

“不是吓不吓的问题，只是感觉要小心点。她的行李有问题，她带的东西多得能装一马车。”

“女人都那样。”

“不是女人用的东西。除非她平时穿魔法蕾丝，你肯定比我清楚。”

“魔法？”

“无论那东西是什么，上面有法术，而且是相当强的法术。”

“那我能拿它怎么办？”

他耸肩，“我不知道，只是觉得应该告诉你。”

“如果是跟魔法有关，那这事该归你管。留‘只’眼睛盯着点，”我窃笑，“找到有用线索就告诉我。”

“碎嘴，你的幽默感烂到家了。”

“我知道，近墨者黑。我老娘说要离你这种人远点。快走开，帮地精给那两人捣捣乱，下点泻药什么的。不要惹事，否则我就让你坐拖在大船后面的小船，享受颠来簸去的美妙滋味。”

一个黑人要想变得脸色煞白可不太容易，但是，从黑到白，独眼成功地做到了！

我的威胁效果显著。他甚至都不让地精捣乱。

在此，我隆重介绍佣兵团的四名新成员，排名不分先后。他们分别是：闪亮、大桶（我不知道他为什么叫这个名字，他本名就是大桶）、红宝石和蜡烛。蜡烛也是本名，至于他怎么得了这么个名字，三言两语讲不清，反正既没意义又没趣儿。这几个新成员大部分时间在一旁安静地待着，做些枯燥的粗活，同时了解我们，适应环境。而副团长摩根心里乐开了花，因为队伍里终于有比他级别低的成员了。

第九章

横渡苦痛海

黎明时分，我们的黑铁马车在猫眼石城的大街上呼啸而过，车马隆隆不绝于耳，敬畏满溢无处不在。地精超常发挥，只见黑色公马吞烟吐火，铁蹄踏过之处火苗乱窜，待我们走出老远才渐渐熄灭。市民们都躲了起来，没人敢露头。

独眼被保护绳捆着，懒洋洋地靠在我身旁。夫人坐在对面，双手交叠放在腿上，马车突然倾斜也对她没有丝毫影响。

她的马车和我的马车已经分路而行，她的朝北门驶去，目的地是高塔。整座城市会——我们希望——以为她在那辆马车里。马车最终会消失在荒无人迹的国度，爽快接受贿赂的马车夫会一路西行，在遥远的海边城市开始新的生活。希望等有人注意到时，那条路线已经成为一条查无可查的死路。

夫人穿得像一个情妇，使者做起短暂的白日梦。

她俨然一副交际花出行的派头，马车里满满当当塞的都是她的行李，独眼报告说有一部分已经送到黑翼上了，也装了一马车。

独眼无精打采的，因为他被下了药。

面对即将到来的海上航行，他产生了浓浓的抵触情绪。他向来如此。

地精习以为常，早有准备，他在独眼早上喝的白兰地里滴了几滴蒙汗药。大功告成！

沿着苏醒的街道，我们一路轰隆到达水边。在陆续上工的装卸工人一脸的茫然中踏上巨大的海军码头，驶到尽头，又登上宽阔的舷梯。马蹄踏在木制甲板上哒哒作响。最后，我们终于停下来。

我从马车上下来。船长对我的到来表达出恰如其分的敬意，以及，呃，一脸怒容——因为甲板被踩坏了。我环顾四周，点点头，嗯，四个新成员都在。船长一声令下，有人动手解缆绳，有人解下马具。我看到一只乌鸦栖在桅顶上。

黑翼被服劳役的犯人划着小船拖离码头，放下船桨，只听群鼓齐鸣，船头调转，面向大海。不到一个小时，我们已经驶入航道，顺流而行，船上的大黑帆被离岸海风吹得鼓起来。自我们北行以后，船帆上的图案就再没有过变化，尽管查姆城一战打响没多久，夫人就亲手解决了搜魂。那只乌鸦还栖在桅顶上。

苦痛海在这个季节最适宜航行，就连独眼也承认这趟旅程又快又轻松。第三天早上绿玉城隐约可见，下午我们随着潮水进港。

我对黑翼到来产生的影响的预测和担忧全部变成现实。

这个大型怪物上次来时，绿玉城最后一位自由的本土暴君刚刚归天，他的继任者是搜魂选的傀儡；傀儡的继任者们是帝国的总督。

怪物船进港时，当地的帝国官员一窝蜂全涌到码头上。“蛀虫，”地精骂道，“税吏和文员躲避诚实本分的工作，就像那些生活在石缝里见不得光的小东西。”

地精如此憎恶税吏与他一部分个人经历有关，理智上我很理解。我是说，大概除了皮条客，还有比那些滥用权力去侮辱敲诈别人、引发不幸的人更低级的人类吗？我深深地厌恶这些同类。但是对于地精而言，这种厌恶变成强烈的愤恨，他一直在撺掇大家行动起来，用稀奇古怪的酷刑折磨几个税吏或者干脆弄死他们。

蛀虫们一个个哭丧着脸瑟瑟发抖。他们不知道该如何解读这艘恶意满满的庞然大物的突然造访。一位帝国使者的出现可以意味着一百件事情，但是没有一件对这里根深蒂固的官僚主义有利。

所有工作都停了下来。就连骂骂咧咧的帮派头儿也闭上嘴巴盯着这艘预兆不祥的船。

独眼暗中观察，“最好快点带我们离开，这里就是又一个高塔，而且这次人多嘴杂。”

马车已经备好，夫人坐在里面，坐骑无论大小都套上马鞍。骑兵卫队将小而轻便的封闭马车组装完毕并装满夫人的战利品。一切准备就绪，只等船长放行。

“上马，”我吩咐下去，“独眼，舷梯放下后，你的角色就是来自地狱的号角。奥托，像瘸子在追杀你一样赶着马车飞奔。”我又对骑兵卫队的指挥官说，“你开路，不要给下面那些人拖慢我们步伐的机会。”我直接登上马车。

“明智的想法，”夫人说，“赶紧离开以免落入差点将我困在高塔那样的圈套。”

“我就是担心这一点，我这个冒牌使者顶不住别人仔细打量。”还不如气焰嚣张地走一遭，让他们以为我只是个因任务所需前往南境的性情残暴、目中无人的十劫将使者，不关他们绿玉城官员的事儿。

舷梯砰的一声放下去，独眼按我的指示，号得一声比一声瘆人，我那帮凶神恶煞的同伙蜂拥而下，还没等吐着火的黑暗幻影亮相，惊得一脸呆傻的平民和大官们纷纷退开老远。我们故技重施，就像当初在猫眼石城一样，声势浩大地穿过绿玉城的街头。我们离开后，黑翼伴着傍晚的潮汐，奉命前往石榴石路，它将在那里长期巡航，打击海盗和走私犯。我们从荒诞门离开，虽然普通的牲畜渐露疲态，我们还是一路坚持直至夜幕落下。

虽然一路紧赶慢赶，跑出老远才敢扎营休息，我们还是引起了一些人的注意。早上一觉醒来，我发现摩根带着仨兄弟在等我，他们想入伙。三人分别叫克莱图斯、朗基努斯和洛夫特斯。我们上次来绿玉城时他们还是孩子。不知道他们是怎么把一路狂奔的我们认出来的。我不想再多加盘问，既然摩根说他们没问题，那就没问题吧。“没搞明白状况就急着加入，一看脑袋瓜就不灵光，那就收着吧，把他们交给老哈。”

我现在勉强算是有两支小队，奥托和猫眼石城那四人是一队，老哈和绿玉城这三人是一队。这就是佣兵团的发展史，这儿捡一个，那儿招一个，永远坚持不放弃。

一路向南再向南。中途路过莱博萨。莱博萨是佣兵团曾经执行任务的地方，也是奥托和老哈入伍的地方。他们发现这座城市完全变了，又完全没变。离开时他们走得干脆利落、毫不留恋，只是又带来一个新成员，说是侄子。“侄子”很快有了自己的名字“笑脸”，因为他总是一副阴郁的模样，还总爱挖苦人。

然后经过帕多拉。继续南行，就到了贸易路线交叉的重要枢纽。我在这里出生，在佣兵团结束这儿的任务之前加入了他们。年轻时谁还没做过点愚蠢的事。是吧。不过我因此有机会去看另一边的世界。

我下令在城墙外位于西行路边的宽阔商队营地休息一天，自己进城缅怀过去。我走在小时候跑过的街头，理解了奥托对莱博萨的评价，完全相同又完全不同。发生变化的，当然，是我的心。

我昂首阔步地穿过老街区，经过老房子，一路上没见到一张熟悉的面孔——除了瞥到一个长得像我祖母的女人，那其实是我的姊妹。我没有与她相认，也什么都没问。对这些人来说，我已经死了。

当上帝国使者也不会改变这个现实。

我们站在最后一块帝国标志牌前面。夫人正在努力说服我们的护卫指挥官，让他相信他的任务已经完成，帝国士兵越过边界会被视为挑衅，这种行为是完全不被接受的。

她的子民有时太过忠诚了。

六个驻守边界的民兵，统一穿着我们熟悉的服装分成两队站在不远处，用充满敬畏的语气小声议论我们。我们有些烦躁。

我好多年没有踏出帝国边境，面对前路隐约生出几分不安。

“你知道我们这是在做什么吗？碎嘴？”地精问我。

“我们这是在做什么？”

“旧日重现。”

旧日重现。重现我们自己的历史。简单的话，不简单的道理。

“是的，也许你说得对。我去推一把。否则我们永远都走不了。”

我走到夫人旁边，她没好气地瞪我一眼。我摆出最灿烂的笑容，说道：“看这儿。我到界线另一边了。你有什么问题吗，指挥官先生？”

他点点头。相比那个应是他上级的女人，他更敬畏我，虽然我的头衔来路不正。原因就在于他认为他必须对她履行特定的职责，就连她也不能驳回。

“佣兵团需要一些有军事经验的优秀人才，”我说，“现在我们已经在帝国境外，不需要帝国的许可。欢迎大家踊跃加入。”

他理解得很快，立刻越过边境站到我身边，还向夫人露出一个大大的笑容。

“有一点，”我说，“你加入这边后，需要像其他人一样宣誓效忠佣兵团。这意味着你将无法对更高的权威尽忠。”

夫人回了他一个大大的笑容。闻言，他又退回边界里，决定在做出承诺前再好好斟酌一番。

我对夫人说：“这适用于所有人。以前的事按下不提，但是如果你要离开帝国并继续与我们同行，也要像其他人一样遵守规则。”

她神情复杂地看我一眼，“但我只是个女人……”

“虽然这样的事情不经常有，朋友，但也不是没有过先例。这个世界对女性冒险家并不宽容，佣兵团的队伍里曾经有过女性成员。”我又转头对指挥官说，“如果你宣誓加入，那么你的誓言将即时生效，你接到命令后一旦向她请示，那么请立刻离开，没有第二次机会。你将不得不在异国的土地上独自生存。”这几天我前所未有地坚决果断。

夫人非常不淑女地叽叽咕咕老半天，然后对指挥官先生说：“去跟你的手下商量商量。”他刚一走远，她便气势汹汹地找我算账：“就是说我照你说的宣了誓，我们就不是朋友了？”

“你觉得我被选为团长后就和他们不是朋友了吗？”

“我承认我没怎么听到那些‘是，长官’‘不，长官’‘尊敬的长官’。”

“但你确实看到他们按我的吩咐做事了。”

“多数时候吧。”

“地精和独眼需要多费点口舌。怎么样？你当个士兵？”

“我有得选吗，碎嘴？你可真够混账的。”

“你当然有得选。你可以和你的护卫一起回去，继续当你的夫人。”

指挥官先生正在跟他的队伍交流，事实证明，继续南行的主意没有他和我想的那么受欢迎。大部分人没等他说完就已经着手备马北归了。

他最后带过来六个人，那六人想加入，不包括他。显然他找到了履行职责的新方式，毕竟几分钟前他还为此良心不安。

我简要问了几个问题，那六人似乎确实对继续南行很感兴趣。所以我把他们带到境外，让他们宣誓入伍，这一番装模作样全是因为夫人，我不记得以前因为谁搞过这么正式的阵仗。

我把六人交给奥托和老哈自行分配，把夫人留给自己。后来得知他们想扬名立万、名垂青史，我又把他们的名字记入编年史。

夫人对“夫人”这个称呼很满意。反正除了一种情况，任谁听到都会觉得这是个正常的名字。

乌鸦在附近的树上目睹了这一切。

第十章

暗影长老

明亮的阳光直直照入十二扇拱形窗户，然而，黑暗笼罩的地方依旧是厚重的黑暗。

宽敞空旷的地面沸腾着一池熔化的石头。火光映在漂浮在上空几英尺处呈坐姿的四个身影上，血一样鲜红。他们面向彼此组成一个等边三角形，三角形的其中一个顶点处是夫妻俩。这两人虽偶有不合，多数时间像现在一样，是并肩作战的伙伴关系。

四人之间常年争斗不停，但没有哪一方占到上风过。目前，他们处于停战状态。

形态多变的幻影在他们周身缭绕着，蜿蜒着，滑动着。模模糊糊只见几个隐藏在黑暗之中的身影，身着黑色长袍，面带黑色面罩。

个头最小那人，夫妻俩之一，开口打破长达一个小时的静寂。“她开始向南移动了。那些为她效忠并仍然承载着她不可磨灭的印记的人也在移动。他们已经渡过苦痛海，他们拥有法力强大的护身符。一路上会有很多人把自己的命运交与那面黑色军旗，其中不乏一些有能之士。若我们不加以防范，那将是十分愚蠢的行为。”

三角形的一角冷哼一声，十分不屑。

另一个角问道：“北境的情况如何？”

“强者仍旧不必担心，躺在毒树下那个较小的有了变数。它被复活并赋予了新的形态。它也往南边来了，但是它精神失常且被仇恨蒙蔽，不足为患，一个孩童就能把它处理掉。”

“我们需要担心行迹暴露的问题吗？”

“无须担心。即便在特洛格·塔格罗斯也只有寥寥几人相信我们的存在。在第一瀑布以外我们就只是传说，第二瀑布上甚至无人听说。不过自诩为沼泽地主人的那人可能对我们的动作有所察觉，他可能已经猜到有动作正在暗中酝酿。”

说话人的同伴补充道：“他们来了。她来了。但是人类和牲畜的脚程慢，我们还有一年，甚至更多的时间。”

之前表示不屑的那人再次冷哼，然后开口说道：“沼泽地是他们长眠的好地方。你们负责办好此事。你们可以搬出我威严可怖的名号震吓他们的首领。”他开始慢慢飘走。

其他人紧紧盯着他，周围明显升腾起一股戾气。

另一人拦住他，“你知道我的南部边境潜伏着不安因素，我不敢放松警惕。”

“除非有人背后插刀。我发现，只要你愿意放松警惕，那个不安因素就会变得没那么不安。”

“我以我的名义保证，我不会是破坏和平的那个，而那些从北境带来危险的人会幸存下去。在你将双手伸出幻影之外时，可以声称我是你的同伴。我不能，也不敢再承诺你更多。”他重新开始飘移。

“那就顺其自然吧。”夫妻中的女人说道。三角形里剩下的三人重新排列，“不可否认，他有一句话说得很对。那些沼泽地确实是他们长眠的好地方，如果命运没有早早料理他们的话。”

一个人咯咯笑起来，笑声渐渐尖利，折磨得幻影疯狂地四散逃命。

“一个他们长眠的好地方。”

第十一章

回到过去

起初，这些名字是回响在我耳边的童年记忆。卡莱、福莱特尔、格雷、威克斯，有些人是佣兵团的士兵，有些人则是敌人。世事变换，世界更加温暖，城市日益增多。他们的名字渐被遗忘，慢慢地只存在于传说和编年史的记载中。蒂雷、莱克斯利、斯莱特、纳布和诺德。我们脚下的土地在我见过的任何地图上都没有标记，我们路过的城市只有独眼曾经到达过，而我只在编年史里见过。博罗斯、泰列斯、威艾治、哈耶和。

我们继续南行，继续漫长的行程。乌鸦一路跟随。我们又招募到四个新成员，他们是一个叫罗伊的游牧部落的专职帐篷守卫，擅离职守加入了我们。我为摩根组建起一支小队，对此他并不热衷，他对旗手的工作相当满意，而且生出接替我整理编年史的想法。毕竟我既是团长，又是医生，身兼多项要职，任务繁重。我不忍心泼他冷水，其实接替我的最好人选是独眼。而他靠不住。

又往南走了一段时间，我们还是没能到达独眼的家乡，达洛茨·阿洛茨丛林。

独眼信誓旦旦地声称，除了在佣兵团，他这一生从未听过卡塔瓦这三个字，它一定是在比世界的最尽头还远的地方。

脆弱的血肉之躯的承受能力是有限的。

漫漫长路知难行难。黑铁马车和夫人的行李马车被众多强盗、王子和曾是强盗的王子垂涎。多数时候只需地精和独眼虚张声势吓唬一番，其他时候我们会露两手真本事，迫使他们知难而退，一退再退，毕竟，魔法可不是只能在眼前施展的。

如果要问那两个家伙在佣兵团这些年学到了什么，那答案一定是“表演技巧的提升”。你隔七十英尺都能闻到他们召唤出的幻影的口臭。

我打心眼里希望他们能节制一下，别动不动就为了埋汰对方召出那些臭气烘烘的幻影。

我决定让大家停下修整几天。我们需要恢复恢复精气神儿。

独眼提议说：“路边有个叫旅者之庙的地方。他们接收流浪人员，已经接收了两千年。是个歇脚的好去处，顺便还可以做些研究调查。”

“研究调查？”

“那可是长达两千年的旅者故事，碎嘴。只需你贡献一个故事作为交换。”

他知道把我说动了。只见他咧着嘴得意地笑。这个老浑蛋实在太懂我，没有什么能如此彻底地动摇我去卡塔瓦的坚定决心。

我吩咐下去，白了独眼一眼，“这意味着你得老老实实做点事了。”

“啥？”

“你以为我会找谁翻译？”

他懊恼地嗷叫一声，两眼一翻，“我什么时候才能学会闭嘴！”

旅者之庙坐落在一座小山山顶，是一座设有简单防御工事的寺庙。寺庙在傍晚夕阳的照射下金光闪闪，周围的树林和庙前的田野绿意浓浓，郁郁葱葱，不觉让人心如止水。

一进门，幸福安宁如波浪扑面而来，瞬间将我们浸润其中，一种回家的感觉在心里充盈。我看向夫人，她的脸上焕发出别样的光彩，我心中一动。

“我可以在这隐居。”在庙里待了两天后我对夫人说。数月以来头一次痛痛快快洗了个澡，一身干净神清气爽的我们在一个花园里安静地散步，花园里最大的不和谐因素就是麻雀们叽叽喳喳的吵闹。

她淡淡一笑，没有说话，善良地继续任我自欺欺人地白日做梦。

这里有所有我向往的东西。闲适、安静、避世、意义，能满足我对往事强烈渴望的钻研历史的机会。

最重要的是，在这里我可以暂时从沉重的责任下解脱，得一瞬喘息。佣兵团每新来一人，我的负担似乎就加重两倍，因为我要操持着喂饱他们，保证他们身强体壮，还要时刻担心他们有没有闯祸。

“乌鸦。”我喃喃自语。

“你说什么？”

“我们每去一个地方都有乌鸦。虽然我前两个月才开始注意到它们，但从那时起无论我们去哪儿我都能看到乌鸦。我一直有种强烈的感觉，它们在监视我们。”

夫人一脸疑惑地看向我。

“看。就在那儿，在那棵金合欢树上，蹲着两只，像凶兆。”

闻言她目光扫向那棵树，接着瞅我一眼说：“我看到两只鸽子。”

“但是……”其中一只乌鸦飞走了，拍着翅膀飞到庙墙外面。“那不是……”

“碎嘴！”独眼大呼小叫地冲进来，惊得小鸟飞、松鼠跑，兵荒马乱好不热闹。他丝毫不顾形象地喊道：“喂！碎嘴！你猜我发现了什么！我们当初北上路过这里时留下的编年史！”

不错，很不错。我这颗疲惫的老脑瓜一时找不到合适的语言来形容此刻的心情，激动？当然！狂喜？那是必须的。我的感觉犹如刚经历了一场畅快淋漓的性爱，又仿佛终日梦寐以求的女神唾手可得。

几册旧编年史在早年间或遗失或遭到破坏。我从来没见过它们，也不指望能再见到。

“在哪里？”我深吸一口气后问道。

“在图书馆。一个僧侣觉得你可能会感兴趣。我不记得我们北上那会儿留下过它们，不过我当时也不是很在意。我和咚咚光顾着逃命了。”

“我可能有兴趣，”我说，“可能有。”我把礼节礼貌那一套忘得干干净净，连句“抱歉”都没说，扔下夫人就走了。

也许我对她的痴迷没我想象的那么强烈。

但回过神后我又感觉自己就是个彻头彻尾的蠢货。

阅读这几册书需要多人通力合作。编年史用的语言只有寺庙僧侣还在用，而他们说的话我一个字都听不懂。所以一个僧侣读书后将内容翻译成独眼的母语，独眼再帮忙翻译过来。

译到最后我听到的内容真是有趣极了。

其中有《克洛伊之书》，克洛伊在我加入佣兵团前五十年就已经灭亡，重建后也再不复从前，一副破败模样；有《泰-拉里之书》，我只知道这个神秘的名字在后来一册里露过面；《斯凯特之书》，我之前对它一无所知；还有其他六册同等珍贵。但是没有《佣兵团之书》，也没有《奥德利克之书一》和《奥德利克之书二》，传说它们是编年史的前三册，记载着有关我们起源的故事，后面的史书有过参考，但是佣兵团建立一个世纪后便再不见踪影。

《泰–拉里之书》能找到答案。

一场战争爆发了。

任何解释里都会有一场战争。

军队调动，兵戈相见；黑色佣兵团悠长历史故事中的又一个重要节点。

书里说雇用我们的先辈的人在敌军发动第一次进攻时就被吓得抱头鼠窜，他们崩溃得那么快，佣兵团战士还没反应过来他们就跑得没影了。战士们边打边撤，退到筑防的营地，紧接着被包围，敌军几次突破防御进入营地，三册史书就是在那时丢失的。编年史作者和接替他的人都被杀害了，也无法凭记忆重新撰写。

哦，好吧，起码我还活着。

书里记录的我们将会去到的地方，远至僧侣的地图边缘和怪物出没的无人之境。又了解了过去一个半世纪的征程。希望将来我们重走旧路时能够站到包含目的地的地图中心。

既有了写作素材又得到几册编年史原本，我们简直是捡到宝了。从这一认知里清醒后，我下笔如有神，写得和独眼与僧侣翻译的一样快。

时间飞逝，一个僧侣拿来一些蜡烛。一只手扶住我的肩头，只听夫人说：“你去休息吗？我可以替你一会儿。”

整整半分钟的时间，我愣坐在原地，羞愧得面红耳赤。因为我实实在在把她撂在外面，甚至一整天连丁点儿也没想过她。

她安慰我，“我理解的。”

也许她真的理解我。她曾好几次读过《碎嘴之书》——或者后人们会称之为，《北境之书》。

有了摩根和夫人帮忙拼写，翻译进行得飞快。唯一的问题是独眼的忍耐力受到极大考验。

当然，这是相互的。我不得不拿我的编年史与他们做交换。夫人还附赠了几百个有关北境的黑暗帝国的奇闻逸事；僧侣们完全没把我的夫人与那个黑暗女王联系在一起。

独眼是个坚强的老家伙。他顶住困难，坚持不懈，在有重大发现后的第四天，他终于完成了任务。

我让摩根也搭了把手，他表现不错。为了把全部内容都誊写下来，我不得不买来四本空白记事本。

我和夫人重新回到花园，继续之前被中途打断的散步，但是我心情有些沮丧。

“你怎么了？”她不满地嗔怪我。接下来她的话让我大惊失色，她居然问我是不是有些性爱后的抑郁。只是一点嘲讽而已，我安慰自己。

“不是。我刚了解了一大堆佣兵团的历史，但是里面没有一点新的信息。”

她懂了，但是没有说话，静待我抒发不满。

“同样的故事被翻来覆去讲了上百遍，有的精彩，有的枯燥，因为编年史作者的水准不同。但是，除了偶尔几个有趣的细节，剩下的都是行军、撤退、打仗、庆祝、逃跑、登记死去的人，以及迟早向背叛我们的雇主报仇这些事。即便在那个佣兵团服役过六十五年的叫不出名字的地方也是如此。”

“吉–埃克斯利。”她好像特意练过似的准确吐出了那个地名的读音。

“对，就是那里。契约时间那么久，久到佣兵团几乎丢失自己的身份，与当地人通婚；久到佣兵团军人成为一种世袭保镖，父亲将自己的武器传给儿子。然后一如既往，那些妄想称王的人目光短浅、缺乏见识的缺点暴露。有人决定背叛我们，再然后他被割喉命丧西天。佣兵团再次出发，继续前进。”

“你一定是跳着读的，碎嘴。”

我看向她，她在偷笑我。

“呃，好吧。”我说得太笼统。事实是有个王子确实意图陷害我们的先辈，也确实搞得自己被割喉挂掉；但是佣兵团建立了一个亲切友好、感恩戴德的新王朝，并且又逗留数年，直到当时的团长突然头脑发热决定去寻宝。

“你会毫无保留地信任一帮雇来的杀手吗？”她问。

“有时吧，”我机灵地避开她话里的陷阱，“但是我们从不背叛雇主。”其实也不尽然。“每个雇主都会背叛我们，这是迟早的事。”

“包括你最亲爱的我吗？”

“你的一个总督已经捷足先登了。随着时间的推移，我们将变得没那么不可或缺，那时你不会大发善心，大方地付我们佣金并直接终止任务，而是会想方设法利用我们。”

“我最爱你这一点，碎嘴。你对人性有坚定不移的信心。”

“当然。前事不忘，后事之师！”我不满地嘟囔。

“碎嘴，你知道吗，你真的很会触动一个女人的心。”

“哈？”那是当然，我来时可是全副武装，准备了一肚子巧言妙语。

“我本来怀着一点诱惑你的小心思。但出于某个原因，我没心情了。”

好吧。不能全怪我。

沿着寺庙院墙建有一座观景台，我来到东北角，靠着垒砌的土砖回望来路，顾影自怜。男女关系这回事每隔几百年都能总结出建设性的成果。

该死的乌鸦数量更多了。现在一定有二十只。我气愤地咒骂它们。我发誓，它们居然在嘲弄我。我拿起一块松落的土砖朝它们扔过去，它们受惊飞起来，朝……

“地精！”他可能是怕我自杀特意到外面来看着我。

“啊？”

“把独眼和夫人找来，到这上面来。快点。”我转身仰头紧紧盯着刚才引起我注意的东西。

它已经不再移动，但毫无疑问，这是个身着墨黑长袍的人影，就像一顶帐篷一样实实在在、真真切切地存在着。它的右臂自然下垂，牢牢地夹着一个帽盒大小的物件。二三十只乌鸦聚集在周围，为争取站到黑影肩膀上的资格争吵不停。我距黑影至少四分之一英里远，即便如此，我仍然能清晰地感受到面具后射出的犀利灼人的目光。

大家伙儿全过来了，地精和独眼一如既往地拌着嘴。夫人问：“发生什么事了？”

“你看那边。”

大家依言望去。地精拔高声音：“所以？”

“所以？你什么意思？”

“一截老树桩和一群鸟有什么可看的？”

我再回头一看，一截树桩……但是待我仔细凝视，却发现有微光快速闪过，那一瞬间我又看到了那个黑影。我不由打了个寒战。

“碎嘴？”夫人问。她还在生我气，但仍然很关心我。

“没什么。我看花眼了。我以为我看到那破玩意儿在动。没事了。”

他们信了我的话，转身离开，还不忘重重地跺脚以示不满。我看着他们的背影，有那么一会儿以为自己感官失灵了。

待我再次回头。

那群乌鸦结伙乌泱泱飞走，其中两只直直冲我而来。树桩已经走远，它横穿山坡，仿佛打算绕寺庙环行一圈。我自言自语了一会儿，眼前的景象依旧。

我本想在有着让人心安的神奇力量的寺庙多待几天，但是我们下一个一百五十年的征程在我的内心不停地呼唤。我不再感到宁静。我心烦意乱，坐立难安。我向众人宣布自己的目标，没有一人反对，只有默认的点头，也许还有些许如释重负。

这是怎么个情况?

我坐直身体，回过神来，不再一门心思反复端详眼前熟悉的旧家具。我一直忽略了其他人的情绪。

他们也很不安。

空气中流动着异样的感觉，催促我们赶紧上路，就连僧侣们似乎也迫切盼望着我们的离开。有意思。

军人，谁遵循内心的想法，谁就能生存下去，即使那想法来得毫无意义。你感觉自己必须移动，那你就移动，原地不动就会挨揍，届时追悔莫及。

第十二章

长草的山岗

要去独眼家乡的丛林必须穿过绵延数英里的树林，翻过一座座明显透着怪异的山岗。那些山岗虽然不是很高，但是山形极圆，山坡极陡，而且山表面一棵树都没有，只贴地生长着一层褐色矮草，因矮草易燃，山上被烧得东一块西一块，看上去像平添不少黑漆漆的疤。远远望去，座座山岗如同一群驼背的大型褐色野兽正在沉睡。

我精神高度紧张。沉睡的野兽形象萦绕在我的脑际，挥之不去。我暗暗地有些期望山岗突然苏醒将我们抖落下去。我追上独眼，“你是不是一不小心故意忘记告诉我这些山有古怪了？”

他奇怪地看我，“没有。愚昧无知的人认为这是远古时代巨人的坟丘；其实不是，它们就只是山而已，山里埋着的都是泥土和岩石。”

“那为什么我感觉它们很不对劲？”

他回头眺望我们来时的路，茫然地说：“不是山不对劲，碎嘴。是那边，我们身后。我也感觉到了。好像我们刚刚躲过一支暗箭。”

我没再追问后面有什么。他如果知道肯定就告诉我了。

一天渐近尾声，我意识到其他人也像我一样紧张兮兮。

有意识的担心和莫名的担心相去无几。

第二天上午我们遇到独眼的族人，两个干瘦的矮个子男人。他们看起来都有一百来岁，其中一人一个劲儿咳嗽，咳得声音沙哑，听着撕心裂肺。地精暗笑，“他们肯定是蜥蜴唇那老东西的私生孙子。”

确实有那么点像，倒是可以期待一下，说不准还真是。我们只是习惯了独眼与众不同的样子而已。

独眼怒瞪地精，“继续，呕吐袋！你就等着去和乌龟为伍吧！”

这是怎么个意思？是啥隐晦的行话吗？可地精也是一脸莫名其妙。

独眼笑得得意，继续与他的远房亲戚叽里呱啦。

夫人问：“所以这些人就是僧侣们找的向导？”

他们得知我们的打算后帮了这个忙。我们需要向导，熟悉的路很快就走到尽头了，一旦出了独眼家乡的丛林，他也需要人帮忙翻译。

地精突然出声抗议，神情颇为愤愤。

“你怎么回事？”我不耐烦道。

“他对他们扯了一堆谎！”

那有什么新鲜？“你怎么知道？你又不懂他们的语言。”

“我不需要懂。我认识他那会儿你老爹还穿着开裆裤呢。你瞧，他又在来‘我是来自遥远大陆、法力高强的法师’那老一套。再有二十秒他就会……”他嘴巴一撇，露出一抹坏笑，然后低声念叨着什么。

独眼举起一只手，手指微蜷，掌心变出一个光球。

然后“噗”的一声，好像木塞拔出酒瓶的声音。

一捧烂泥出现在独眼高举的手里，从指缝漏出来，顺势向下，流到他胳膊上。他难以置信地盯着那只手。

独眼尖叫一声，气势汹汹地转过身。

一脸无辜的地精假装在与摩根说话，但是摩根本事不到家，他飘忽的眼神直接把地精卖了个彻底。

独眼像只愤怒的癞蛤蟆，整个快要气炸。这时，奇迹发生了，他极力克制住了自己。他嘴角缓缓扯出一丝招人烦的笑容，然后回身。

这是我印象中他第二次在被激怒时管住自己；激怒他的罪魁祸首是地精这种情况更几乎是破天荒头一遭。我对奥托说："这事有点儿意思。"

奥托哼哼一声表示赞同，兴致缺缺。

我问独眼："你有没有说你是北风之语法师，特意前来减轻他们因拥有财富而产生的困扰和苦痛？"他真的拿这番不着调的说辞诓过人，对方是一帮野蛮人，偶然间获得了数量惊人的绿宝石宝藏。他颇是吃了番苦头才明白一个道理：原始不等同于愚蠢。他们要把他捆在木棍上烧死，幸亏地精在千钧一发之际火场救人。后来，他一直说他是昏了头才做出救人这么不明智的举动。

"这次不一样，碎嘴。我不会忽悠我自己的同胞。"

独眼这话说得脸不红、心不跳，全无一丝羞愧，甚至对着我们这些明眼人也理直气壮地说瞎话。他当然会忽悠他自己的同胞。只要能混过去，他谁都忽悠。他还总装不自知。

"希望你说到做到。咱们人手太少，所处境地太不安全，决不能放任你像往日一样胡搞。"

我话里透着狠狠的威胁，吓得他直咽唾沫。

再去与我们未来的导游叽叽咕咕时，他的语气明显有所改变。

即便如此，我还是决定学个一言半语的本地话，也好盯着他。他那爆棚的自信心总能在最严峻的时刻掉链子。

一段时间后，独眼谈成一笔皆大欢喜的交易。我们穿越丛林的向导也有了，出了丛林的中间翻译人也有了。

地精的低级幽默再现江湖，给他们分别起名为秃瓢和老喘，原因不言而喻。让我尴尬的是，这种名字居然毫无异议地被接受了。其实那俩老小子本可以起两更好听的名字。不过话又说回来……

那天剩下的时间，我们继续在黑疤遍野的驼背山上赶路。夜幕降临时，我们来到最高峰侧面的两山岗之间的山沟，俯瞰宽阔河流上的粼粼水光倒映如血残阳，眺望遥远的丛林绿意盎然，郁郁苍苍。身后是座座褐色山丘，山丘后铺陈着靛蓝天际，薄雾朦胧。

我有心事，平静得几近沮丧。我们似乎到达一处分水岭，而这分水岭，分的不只是东西南北的地理方位。

入夜，我辗转难眠，一会儿疑惑自己为什么会来这陌生的大陆，一会儿自我开解因自己无事可做、无处可去。思来想去，我索性起身，放弃垂死挣扎的营火贡献的零星温暖，向旁边一座小山走去，心里模模糊糊有种想法，想去更高处看星星。

老喘在守夜，他朝我贼兮兮地笑，咧开的嘴巴里露出黑洞洞的大牙缝，接着朝火堆吐了一口褐色的黏液。我快上到半山腰时听到他开始呼哧呼哧地喘起来。

有可能，我这是找了个肺病患者。

月亮即将升起，它将又胖又亮。我选定一处地方站定，望向天边，等待那个胖乎乎的橘黄色球体从世界边缘翻滚出来。细细的夜风带着清凉的湿意吹拂我的头发。静谧，静谧得让人难受。

“你也睡不着？”

我吓了一跳，忙四下寻找。

一团黑影窝在距我十英尺处的山坡上。即便我之前看到了，也会以为那是块石头。我走近几步，看到她双臂抱膝坐在地上。她的目光定定地看着北方。

“坐。”

我依言坐下，“你看什么看得那么入神？”

“收割者，射手，瓦戈之船。”毫无疑问，还有过去。

那些是星座的名字。我也顺着她的目光望去，从这里看，它们低得几乎伸出手就能触摸到，然而在北境，这个时节的它们正高高地悬在空中。我开始理解她的意思了。

我们已经走了很远，还有很远的路要走。她说，“这么一想，真的挺可怕，走了那么远的路。”

的确如此。

月亮爬上地平线，红通通的，格外巨大。她低声惊叹，“哇！”一只手滑到我的手中，她在颤抖。一分钟后，我抽回手，伸出一只胳膊搂住她。她把头靠在我的肩膀上。

古老的月亮在施展魔力。这家伙的本事大着呢，谁也逃脱不了。

现在我知道老喘为什么贼兮兮地笑了。

时机恰恰好。我侧头，她的双唇迎上来。四唇相触的刹那，我忘记了她曾经是谁，也不记得她曾经是什么。她的双臂抱着我，把我拉倒在地……

她在我的手下抖得像只被捉到的小老鼠。“怎么了？”我压着嗓子问。

“嘘。”她说。这是她说过的最动听的话，但是她并没有就此停下，非得继续说，“我从没……我从没做过这个……”

好吧，她倒是知道怎么让一个男人分心，我顿时生出一大堆顾虑！

月亮爬到半空中。我们双双开始放松下来，不知为何，隔着我俩的布料越来越少。

她身体僵硬，眼睛里升腾起一层雾气。突然间，她昂起头看向我身后，神色怔忪。

如果是哪个兔崽子过来偷看，我一定要打碎他的膝盖骨。我回过身寻找。

没有人来。很远的地方有一场暴风雨，她在看其中时不时闪过的亮光。

“热闪电。”我说。

“你真这样认为？风暴看起来距离寺庙不是很远。我们途经那个国度时一次风暴也没遇到。”

锯齿状的闪电竖直劈下，像空中下起闪亮的标枪雨。

我和独眼提过的那种怪异感更浓重、更强烈了。

“我也不知道，碎嘴。”她开始穿衣服，“这种情境让人感觉很熟悉。”

我也开始穿衣服，心里有种如释重负的感觉。我不确定我是不是还能继续我们适才做到一半的事情。我现在无法集中注意力。

“我想，下次会更好。”她说，眼睛仍然凝望着闪电，“那个太让人分心了。”

我们回到营地，发现大家都醒了，但谁也不关心我俩一块离开干了些什么。下面视野不好，但也能看到闪电。它们还在继续。

“有人施法了，碎嘴。”独眼说。

地精点头赞同，“能量很大，你从这儿就能感到法力边缘的震动。”

“距离我们多远？”我问。

“大约两天的路程。在靠近我们将要落脚的那个地方。”

我身体一震，“你能看出来是怎么回事吗？”

地精没说话。独眼摇头，“我只能跟你说，我很庆幸自己现在不在那儿。”我同意他的话，即使我完全不清楚发生了什么。

摩根突然脸色煞白，他从书上方探出手，指着远处问：“你们看到了吗？”他本来在读那本编年史，现在却拿书挡到胸前，活像举着块盾牌。

我的目光停驻在夫人身上，美滋滋地回味着刚才的福利。像是一些讨厌的巫师在五十英里以外斗法这种破事儿就让其他人担心吧。我自己烦着呢。

“啥？”我含糊道，他就是想要个回应。

“好像是一只巨大无比的鸟，翅膀展开有二十英里宽。就在那里，能看到。”

我抬起头。地精颔首，他也看到了。我向北望去，闪电停了，但是那里一定是起了非常大的火。“独眼，你的新朋友知道是怎么回事吗？”

这个黝黑的小矮子摇摇头，他把帽檐拉到前面遮挡视线。无论那里发生了什么，都让他十分慌乱。他自认为是他们那旮旯最伟大的法师，可能唯一比他强的就只有他死去的兄弟咚咚。无论那远处的是什么，那是陌生的、异类的。

“时代在变化。”我提示道。

“这里没有，如果变了，这些朋友一定知道。”老喘小鸡啄米似的一个劲儿点头，虽然他一个字都听不懂。接着，他咳出一块褐色物体吐进火里。

我有种感觉，他跟独眼一样有趣儿。“他一直在嚼些什么玩意儿？恶心死人。”

“卡艾特，”独眼解释道，“是一种温和的麻醉药。对他的肺没什么帮助，但是他嚼起来就不去想肺有多难受了。”他的声音很轻，但是说得很认真。

我不自在地点点头，别开目光，“听着安静下来了。”

没有人吱声。

“既然大家都醒着，”我说，“那就收拾行李吧。我想天一亮就出发。”

没有人反对。老喘点点头，又吐了一口。地精边嘟囔边动手打包自己的东西。其他人也跟着收拾起来，摩根小心翼翼把编年史放好，就冲这份小心，这孩子说不定真能成为一个编年史作家。我们时不时朝北方偷瞄几眼，都以为自己的心神不宁无人发觉。

在我不偷瞄北边的时候，我在偷瞄夫人，一次次瞄得我心里猫挠似的；偷瞄之外的其余时间，我在琢磨新成员的反应。我们至今还未与巫术正面遭遇，但是佣兵团总是能与它发生交集。但这些新成员看起来跟队伍里的老人似的，并没有因此而局促不安。

再瞄一眼夫人。不知我们之间那些不可避免和命中注定会不会不再碰撞出火花，没了火花，其他一切都会被扭曲……该死！她当我朋友也成，我也很喜欢。

没有比一片痴心的男人更无理、更荒谬、更盲目、更愚蠢的存在了。

女人们看起来就没那么蠢，她们应该是柔弱的；不顺遂时，再变身成蛮横无理的泼妇。

第 十 三 章

威洛的最后一晚

威洛、科尔迪·马瑟和尖刀的酒馆还在营业，主要是因为他们有普拉布林德拉·德拉这个大后台。不过现在的生意不好做。祭司们发现外来人口不好管，索性禁止他们入境。许多塔格洛斯人对祭司的话言听计从。

“这充分说明他们有多愚昧，”尖刀说，“但凡有点脑子，他们就应该把那些祭司们拎到河边，浸到水里，给这帮惹人烦的蛀虫提个醒。”

威洛说：“老兄，你是我见过最酸臭的浑蛋。我敢打赌，就算我们不把你拖出来，那些鳄鱼也会把你丢回来，因为你实在酸臭得下不了嘴。”

尖刀笑而不语，向里屋走去。

威洛问科尔迪：“你猜是不是那些祭司把他扔去喂鳄鱼的？”

“是。”

“今儿是个好日子，难得啊难得。”

“是。”

“明天出发！”科尔迪酿的酒越来越好喝，威洛一口气喝光，站起身把空杯子往吧台上使劲一放，用塔格洛斯语说，“即将迈向死亡的我们向你们致敬。孩子们，为了明天，为了其他，尽情喝，尽情乐！老板请客！”他说完坐下。

科尔迪说：“你总是能让大伙热闹起来。”

“你以为我们还会有热闹的机会？他们一定会搞砸。你懂。有那些祭司跟着乱搅和。我明跟你说，只要我逮着机会，他们一个两个的一不留神就回不来了。”

科尔迪闭紧嘴巴直点头。吠狗不咬人，威洛·斯旺就会虚张声势。

威洛嘟囔道：“如果去河流上游行得通就去吧。我告诉你，科尔迪。我这双脚要往上游走，指定拖拖拉拉走得老大不乐意。”

“当然，威洛，当然。”

“你不信？”

“你说的每一个字我都信，威洛。如果不信，我能有机会在这金山银海宝石堆里欢快地打滚吗？”

“老兄，一个偏远得任何地图上都找不着的地方，一个从没人听过的地方，能有些啥？”

尖刀回来了，“伙计们，紧张吗？”

“紧张？紧张什么？威洛·斯旺的字典里就没有紧张这两字。”

第十四章

穿越达洛茨·阿洛茨

清晨，天刚蒙蒙亮，我们便开始赶路。下山的路很轻松，只有马车和夫人的行李马车在几处地方遇到些麻烦。中午，丛林边缘的树木映入眼帘。一个小时后，第一小队人马在渡口登上木筏。日落前我们已经进入达洛茨·阿洛茨丛林，身心开始饱受各色蚊虫的摧残。不过，比起成千上万只蚊虫在耳边轰鸣更让人崩溃的，是独眼浓浓的家乡情怀突然爆发，他开始不知疲倦地赞美自己的家乡，饱含深情地讲述一个又一个传说故事。

从加入佣兵团第一天起，我就一直致力于挖掘有关他和他家乡的一切，就连一些见不得光的龌龊事也抖搂个彻底。如今，所有人好奇的所有事，甚至更多，都不再是秘密；只有他和他兄弟当初逃离这块乐土的原因还不得而知。

不过，鉴于现在我的巴掌正一个劲儿往自己身上招呼，那哥俩出逃的原因似乎也就不言而喻了。只有疯子和傻子才会老老实实留在这里接受蚊虫大军的蹂躏。

那么问题来了，我是疯了还是傻了？

尽管林中有路，我们还是在里面磨蹭了将近两个月。丛林本身是最大的难题，林子太大，过马车时略微有些烦琐不便——这是委婉的说法。其实当地的人也是一个老大的难题。

不是说他们不友善，恰恰相反，他们十分、非常、特别友善，友善得几乎让人难以消受。他们很随性，没那么多讲究。

那些令人愉快的嘴甜的褐肤小美人儿头次见到摩根、奥托、老哈和他们的队员这种雄性生物，都想尝尝鲜。小伙子们很配合。

就连地精也时不时走个桃花运，美得他嘴角咧到耳朵根，天天一副乐呵呵的模样。

可怜倒霉的老家伙碎嘴，只能一边垂涎欲滴，一边规规矩矩做个羞怯的旁观者。

更为庄重的“事业”需要我去开展，含苞待放的爱情之花亟待我的浇灌，我可没有心思去搞什么一夜风流。

没有人当面点评我的态度——那些家伙有时还是有些眼力的——但是时不时飘来的幸灾乐祸的眼神，充分透露了他们的心理活动。他们心里一活动，我的心里也开始活动，当我产生心理活动时，我就会闷闷不乐，变得人嫌狗憎；如果觉察到有目光落在身上，我就会感觉拘谨或勉强，管他什么吉祥如意的好兆头，我统统以无为应付。

于是，无为的我闷闷不乐，唯恐自己眼睁睁错过重要之物却无能为力。

从前，生活可简单多了。

翻过最后一个植被格外茂密、蚊虫格外猖獗的山头，我们来到一片高地草原。丛林终于被甩在身后，我的心情好了不少。

有趣的是，我们在达洛茨·阿洛茨没有吸引到一个志愿兵。当地人对生存环境的忍受程度由此可窥一二，独眼和他死去已久的兄弟离开的原因也越发显得神秘。

他们到底做了些什么？我注意到在丛林中与秃瓢和老喘聊天时，他刻意回避有关自己的过去、年龄以及身份的话题。正常情况下哪有人会记得两个半大小子很久以前做过些什么。

刚出他们的地界，秃瓢和老喘招呼我们停下，声称他们已经走到熟悉地界尽头（他们答应帮忙找两个信得过的本地人继续给我们带路）。秃瓢不顾之前约定，执意要返回（他称老喘会是个合格的中间翻译人）。

事出反常必有妖，但秃瓢主意已定，多说无益，只是之前说好的费用我没有全额支付给他。

老喘不走，我的心情因此激动异常，满怀期待。这家伙活脱脱是独眼的翻版，一肚子坏水，成天憋着小坏；也许这跟达洛茨·阿洛茨丛林的水有关。可惜秃瓢和我们遇到的其他人都没啥特别。

大概我这人魅力独特，尤其吸引独眼、老喘这类人。

以后乐子必定少不了。这两个月来，地精没少在独眼跟前挑事，独眼一直采取按兵不动、不予理睬的态度；等哪天大爆发，定是相当精彩的一出大戏。

“全反了，”我和夫人反复梳理前后发生的事情时说，“按说该是独眼四下点火，地精像蛇一样躲在草丛里伺机而动。”

“也许是因为我们跨过了赤道，季节相反的原因。”

我几个小时后才想明白这句话的意思——根本没有意思。只是她说的另一个冷笑话而已。

第十五章

草　原

我们在草原边缘等了六天，其间皮肤黝黑的士兵前后两次过来查看。第一次过来时老喘提醒说：“不要被他们骗下路。”

他是对独眼说的，不知道我平日听他们东扯西扯，已经能听懂个七七八八。我的语言天赋一向相当不错。

我们这些老手大部分都具备这种本领。形势所迫，不得不多学快学。

“什么路？”独眼追问，“那条牛走的路？”他指着一条弯弯曲曲伸到远处的小路。

“白色石头中间的都是路。那是条圣路，只要你们人在路上就是安全的。”

我们第一次扎营时就被警告不要离开白色石头围成的圆圈。我大概能猜到白色石头画地为界的意义所在——贸易路线需要受到保护。不过，这些时日，贸易流动倒很少见。离开帝国往南走的路上，我们几乎没见过几支规模可观的商队，往南去的更是彻底绝迹，只偶尔能见到一截“行走的树桩”。

老喘继续道：“无论如何要小心提防草原上的人。他们很奸诈很狡猾，为了把人引下路，哄诱、说谎，各种手段无所不用。尤其女人们更是臭名昭著。记住：他们时刻都在观望，离开路就意味着死亡。”

夫人对他们的对话产生浓厚的兴趣，她也能听懂。地精压着嗓子道：“你就死定了，可怜虫。”

“什么？”独眼的声音陡然拔高。

“妖娆的蜜臀在你跟前晃着晃着就把你晃下路，再晃着晃着就把你晃进食人族的煮饭锅里去了。”

“他们不是食人族……”独眼脸色浮现一抹慌乱。

他这才意识到他和老喘的对话早被地精听去了。他的目光转向我们，几个家伙没憋住，纷纷露了马脚。

他看着有些心神不宁，小声去与老喘咬耳朵，情绪格外激动。

老喘听得直笑，他的笑声有点像母鸡叫的咯咯声，又有点像鸽子叫的咕咕声。他突然咳嗽起来。

他这次咳得很厉害。独眼向我招手，“你确定你帮不上这个家伙，碎嘴？他快把肺咳炸了，这样下去迟早玩儿完，我们听着都难受。”

“帮不上。他一开始就不应该过来……”说这些没意义，老喘不愿听，“你和地精应该比我对他更有用。”

“你没法帮助一个拒绝你帮助的人。”

“这倒是真的，”我直视着他的眼睛说，“还有多久我们才能等来向导？”

“我问时就只听他说‘很快’。”

确实是很快。两个又高又黑的男人迈着稳定、有力的步伐小跑过来。他们是这么长时间以来我见过最健美、最壮实的人。两人背上斜背一捆标枪，右手持一把短柄长刃矛，左腋夹一面黑白条纹盾。一移一动配合完美，好像两人是一台节奏匀整和谐的机器，着实妙不可言。

我目光瞥向夫人，她面色不显，只道："他们会成为出色的士兵。"

两人一路小跑直奔老喘而去，表面假装对我们其他人漠不关心，实则在用余光暗中打量。丛林这边肯定极少有白人出现。他们用一种不时吸气、停顿的语言冲老喘叽里呱啦一通喊叫，全程鼻孔朝天，傲慢得不得了。

老喘点头如捣蒜，他用同一种语言小心地回答他们，唯唯诺诺的模样像奴隶伺候暴脾气的主子。

"麻烦。"夫人预言道。

"没错！"这种蔑视外来人员的现象并不新奇。兵来将挡水来土掩，我得赶紧忙活起来，安排好谁演善人谁演反派。

我向地精打手势，用哑语跟他交流，看得独眼在一旁嘎嘎笑。我们的新向导气得火冒三丈。

这事办起来有点棘手。必须让他们以为是他们激怒了我们，这样我们收拾他们才收拾得理直气壮。

独眼想整点儿大事，我示意他克制自己，做好准备搞些厉害的幻影出来。同时，我故意大声问："嘀嘀咕咕说什么呢？有事说事！"

他开始对着老喘叨念。

老喘前有狼后有虎，夹在中间好不为难。他跟独眼说克拉塔人从不跟人讨价还价，说他们会翻找我们的行李，挑出他们看得上的报酬。

"他们敢动手，就会发现自己的爪子会被连根咬掉。告诉他们去，礼貌点。"

这时候讲礼貌有点迟，那些家伙能听懂他俩的话；但是独眼的咆哮声震住了他们，他们一时愣在原地，想不到接下来该怎么做。

“碎嘴！”摩根喊道，“兵团。”

没错，兵团。让那几个之前打量我们的小伙子上场。

让他们对付我们自尊心受伤害的新朋友再合适不过。这帮小子上蹿下跳，乱吼乱叫，一会儿用矛刺他们的盾，刺得砰砰响，一会儿辱骂嘲笑，进行言语攻击，一会儿跑到白色石头边界处趾高气扬地走来走去。独眼屁颠屁颠地小跑着跟在后面。

鱼不上钩，而且鱼自己也玩了一手诱兵之计。

两个战士突然咆哮着发起攻击，打了所有人个措手不及。我们的三个外来人员当即被打倒，其他人反应过来后，迅速制服我们的向导，不过过程没那么顺利。

老喘站在石头边界上一个劲搓手，嘴里念念有词地嫌弃独眼。乌鸦在他的头顶上高高地盘旋。

“地精！”我厉声叫道，“独眼，动手！”

独眼呵呵笑着抬起手抓住自己的头发用力一扯。

他从那顶愚蠢的帽子下面开始剥皮，皮肤剥落的地方出现一个长着尖牙浑身着火的怪物，丑陋得足以让秃鹰反胃。

当然，这只是作秀，目的是为了干扰对手，让其分心，地精那里才是“正餐”。

地精身旁好像密密麻麻地围着许多巨型蠕虫，我瞅了好一会儿才认出那都是一截一截的绳子，再一看我们的装备，我忍不住惊声尖叫。

地精放声大笑，上百截绳子互相纠缠着、扭绞着在草地里和半空中蜿蜒爬行。

老喘又惊又怒，急得来回走，感觉下一秒就要中风的样子，“住手！快住手！你们把好好的约定毁了！”

独眼不理他，径自恢复原貌，遮住那可怖的怪物，恶狠狠地瞪了地精好几眼。地精总有这么多好用的鬼点子，恨得他咬牙切齿。

地精这边好戏还没落幕。他指挥绳子把还没被乱刀砍死的人和那些表里不一的人都勒死，尸体拖出界限外。

“没有外人看到。”独眼向我保证，无视那些该死的乌鸦。他盯着地精气咻咻地问：“那小癞蛤蟆一直在盘算什么呢？”

“你在说什么？”

“那些绳子，可不是一时不会儿能变出来的，碎嘴。施展那样的法术要提前酝酿几个月才行。我知道他心里要算计谁。友善、礼貌、坚忍的独眼已经成为过去式，本大人要动真格了。我要趁那个小浑蛋还没暗算到我报仇雪恨。”

“先发制人式复仇？”也就独眼你这样想。

“我告诉你了，他心里有鬼。我绝不老老实实站那儿等他……”

“去问问老喘怎么处理那些尸体。”老喘说深埋起来并做好伪装。

“麻烦，”夫人说，“怎么看都是个麻烦。”

“驮兽们休息得很好，它追不上我们。”

“希望如此。我想……”她的声音里隐藏着什么，我解读不出来，直到后来我才知道，那是乡愁，是怀旧之情，是对已经失去又无法挽回的东西的渴望。

地精为我们的新向导赐名为奇奇和怪怪，我不喜欢也没用。

我们穿过草原花了十四天，其间风平浪静，再无事发生；不过老喘和向导们一听到远处响起鼓声就吓得不行。

他们惧怕的消息直到我们离开草原、踏上南边与其相邻的山地荒漠时才传来。两个向导当即请求加入佣兵团。多一个人多一份力。

独眼告诉我："鼓声说他们被认定为逃犯。关于他们怎么说我们，你不会想听的。如果你打算折回北边，你最好走其他路径。"

四天后我们在一块高地扎营，从那儿能俯瞰一座挺大的城市和一条流向东南方的宽阔河流。我们来到了位于赤道以南八百英里处的吉-埃克斯利。河流的河口在更南方的一千六百英里处，是我在旅者之庙绘制的世界地图的最边缘，最后一个标记出的地名——准确性有待查证——是海岸上游的特劳克·塔里奥。

营地布置得基本合我心意后我就去找夫人了。我在几块高高的岩石后找到了她。她没有在观赏风景，而是在盯着一个锡制茶杯发呆。杯子里好像有个针眼大小的火花一闪而没。她察觉到我走近，抬起头冲我微笑。

我再看杯子里，没有火花。一定是我产生幻觉了。

"军团在渐渐壮大，"她说，"离开高塔后你已经招收了二十个人了。"

"嗯……"我坐下，看着面前的城市，"吉-埃克斯利。"

"佣兵团曾经服役的地方。话说回来，还有佣兵团没服过役的地方吗？"

我哑然失笑，"你说得对。我们正在曾经走过的路上摸索前行。是我们佣兵团帮那里建立了现在的王朝；当初离开时，佣兵团没有像往常一样满腹怨气。如果我们让摩根举着军旗光明正大地进城，你猜会发生什么？"

"找到答案的方法只有一种，让我们试他一试。"

我们目光相遇，紧紧纠缠到一起，眼神里都透露出些说不清道不明的复杂意味。自上次错过时机后已经过了很长时间，我们两人一直刻意避开现在这种场面，有点像少年迟来的羞涩和愧疚。

绚丽的夕阳像熊熊燃烧的大火，染红半边天，那是那天晚上唯一的火焰。

我始终无法不在意她曾经的身份。

她对我很生气，但是把这份情绪隐藏得很好。我们一起看着夜色下的城市装扮成另一副面孔。只有日渐衰老的公主才值得拥有这样高超的化妆技术。

她不需要浪费精力来对我生气，我自己已经把自己气饱了。“奇怪的星星，奇怪的天空，”我观测后说道，“现在星座完全乱套了。再出点幺蛾子我会怀疑自己时空错乱。”

她哼了一声。

“虽然我现在已经感觉不对劲了。我最好去翻翻编年史，看看里面是怎么记载吉-埃克斯利的？不知为什么，这个地方让我不安。”我说的是实话，只不过我才刚刚意识到。这很不正常。是人让我害怕，不是地方。

“为什么不去呢？”我几乎能听到她内心在说，看去吧，躲进你的编年史里，躲进你的过去里。我会坐在这里凝望现在、凝望将来。

有的时候无论你说什么都是错的，现在就是那种时候。于是我做了第二件糟糕透顶、愚蠢至极的错事：一个字都没说就走了。

回去营地的路上我差点被地精绊倒。我摸着黑磕磕绊绊地走，闹出不小动静，但是他太专注了，完全没有听到。

他正躲在一块岩石后偷窥，双眼眨也不眨地盯着独眼塌下去的背。他使坏的意图这么明显，我根本抵抗不了诱惑。我弯腰凑过去，小声说：“嘘！”

他嗷地叫了一声，一蹦十尺远，站那儿恨恨地瞪着我。

我拖着沉重的步伐进了营地，翻开编年史开始查找我想找的内容。

“为什么你就不能不去多管闲事呢，碎嘴？”独眼语气很不爽。

“什么？”

“别多管闲事，我趴那儿等那只小癞蛤蟆送上门呢！要不是你横插一脚，我就能让他像只要被开膛的羚羊一样吊到半空中。”一根绳子从黑暗中扭动着爬出来，缠上他的膝盖。

“我不会让那种情况再次发生。”

查阅编年史没能缓解我的焦虑，我心里直犯嘀咕，肩胛骨之间也因紧张而发痒。我凝视着茫茫夜色，试图找出是谁在暗地里窥视。

地精和独眼两人都绷着脸。我问：“你们俩能过来谈点正经事吗？”

好吧，他们当然能过来，但是坚决不能承认让他们嘴巴嘶老高的是不正经的事，所以他们只是盯着我，等我开口。“我有种不好的感觉，也算不上预感，但是有点像，而且这种感觉越来越不好。”

他们还在盯着我，面无表情，也不吱声。

摩根主动发表感想说：“我懂你的意思，碎嘴。我自从到这儿就一直很紧张。”

我扫了一眼其他人。他们不再闲聊，正玩得热闹的通克游戏也停下来。奥托和老哈微微点头，承认他们也感觉心慌；其他人碍于堂堂男子汉的面子没好意思说话。

原来如此。也许我肚子疼也不是幻觉。

“我有一种感觉，去到那座城市里可能会成为佣兵团历史的分水岭。你们这些天才谁能告诉我原因？”

地精和独眼你看我，我看你，谁也不说话。

“编年史记载的有关这座城市的唯一一点奇怪之处就是，吉-埃克斯利是佣兵团极少数几个能平安脱身的地方之一。”

“这能说明什么？”摩根这小伙子天生就是做托儿的料。

“这意味着我们的前辈不必动用武力就能脱身。他们本来能够续约，但是团长听说北边有宝山，一块银块重达一磅。”

故事不止这么点，但是他们不想听。其实我们已经不算是黑色佣兵团了，只是一帮目的地相同、不知来处的流浪者。这种局面，有多少是我的错？又有多少要归咎于恶劣的形势？

“没有意见吗？”两人看起来倒都是一副若有所思的神情。“那就这样。摩根，明天把军旗摆出来，拿出所有的气势。”

这话惊得几个人挑起眉毛。

“你们继续喝茶，伙计们。让你们的肚子准备好品尝真正的佳酿。他们那里的人可是会制作真正的灵药。”

这下倒是引起不小的兴趣。

“你们看到了吗？编年史终究还是有些用处的。”

我开始动笔在最新的几册史书里写点东西，偶尔瞄一眼两个法师。他们已经捐弃旧怨，现在正转动脑筋思考恶作剧之外的事情。

当我再一次不经意抬头往上看时，却发现一缕银黄色亮光一闪而过。看位置好像是在我不久前看夜景的岩石那里。

“夫人！”

我着急去那儿，小腿被划得伤痕累累。到了之后发现她坐在一块岩石上，双臂抱腿，下巴搁在膝盖上，正出神地凝望夜空，刚刚升起的月亮在她身后投下一束光；顿时，我感觉自己像个傻子。她被我毫无章法、跌跌撞撞的样子惊呆了。

“发生了什么事？”我逼问。

“什么发生了什么事？”

“我看到这儿有奇怪的光闪过。”

她面上一片茫然，月光下，那表情看起来没有掺假。

“一定是月光搞的鬼。最好早点睡，我明天想早点出发。”

“好的。”她小声回答，声音里透着些许不安。

“有什么问题吗？”

“没有。我只是感到迷茫。”

无须解释，我知道她在说什么。

回去的路上，我碰见正小心翼翼往上走的地精和独眼。萤火虫在他们手中飞舞，恐惧在他们眼中阴燃。

 第十六章 

威洛的战争

威洛感到很惊奇，实际情况基本上跟预想中的一样。塔格洛斯人甚至都没有进行丝毫抵抗就把美因河下流的土地拱手让人。暗影长老的军队渡河后一路畅行；后来军队分成四个营行进，仍然没有遇到反抗；再后来四个营又分成多个连队，以便掠夺财物；最后洗劫得太过畅快淋漓，索性什么小队、纪律统统抛诸脑后，全成了一盘狂欢的散沙。

突然之间，塔格洛斯抵抗者如雨后春笋般遍地出现，掠夺者和突击小队被一个个消灭；入侵者们没等回神就已经死伤上千。科尔迪·马瑟策划了这场好戏，声称向他的军事偶像黑色佣兵团致敬。当入侵者发动更大规模袭击时，他把敌军诱入陷阱和埋伏圈里进行反击。最出色的时候，他先后两次将敌方整整几个连队引入特别准备的建筑密集的小镇，大火一点，全军覆灭。不过他第三次故技重施时，入侵者没有上钩。他那帮过度自信的塔格洛斯人被好好修理了一番。他挂着彩回了塔格洛斯去思考命运的反复无常。

同一时间，威洛带领暗烟和两千五百名志愿兵在塔格洛斯东部地区巡防，对敌方指挥官采取紧迫盯人的策略，试图呈现强硬对手的形象，发挥震慑作用，好令入侵者不敢轻举妄动。暗烟没有开打的意向，而且油盐不进，惹得威洛忍不住发牢骚。

暗烟说他在等待一件事情发生。他不肯说是什么事。

尖刀被困在南部，美因河沿岸不费敌人一刀一枪便被放弃的地方。他负责把当地人召集起来，阻止信使往来。这是项轻松的工作，河面上没有桥，能过河的地方只有四处。暗影长老一定是在忙着应付其他，分身乏术，他们没有对此起疑。也可能是他们以为没有消息就是好消息。

暗烟一直等待的事情终于发生了。

正如尖刀所言，塔格洛斯饱受祭司这一存在的困扰。三大宗教并存，互相之间看不对眼；每个宗教下又分成众多派系、派别、团体等，在没有与其他宗教窝外斗时，各派系之间会窝里斗。宗教差异和祭司之间的相互比拼构成塔格洛斯文化的中心。许多下层人民保持中立，不支持任何一派，在乡村地区这种现象尤为明显。同样，统治家族如果还想当权，就绝对不敢信教。

暗烟老家伙在等待一个管事的祭司想通：在别人都做缩头乌龟时，他若勇敢地站出来打爆侵略者的脑袋，就能为自己、为自己的派别扬名。“不过是挖苦人的政治策略罢了。”暗烟告诉威洛，“普拉布林德拉耐心地等了很长时间，就是为了让某些人看看不听话的下场是什么。”

某些人确实看到了不听话的下场。

其中一个祭司脑中灵光一闪，忽悠来一万五千人，骗得他们满心以为能对付得了老练的专业人士。他带着这一帮乌合之众去找侵略者，不费吹灰之力就找到了目标。同时，敌方暗影长老的指挥官以为终于等来了王牌主力军，毕竟他们其他的一次次胜仗就跟闹着玩似的，吵个架就赢了。

威洛、暗烟和其他几人站在一座交战双方抬头就能看到的小山顶，观看两千人屠杀一万五千人。也有部分塔格洛斯人逃跑了，但他们之所以能成功脱身，多半是因为侵略者们杀得太累，懒得追。

“现在该轮到我们上场了。”暗烟说。威洛把他的队伍调来，换着花样挑衅入侵者，直到他们被激怒，追着他的屁股跑。他跑，他们追；他还跑，他们假若停下来；他再回头挑衅，挑完再跑；如此循环以诱敌深入。这是他借鉴来的兵法——他隐约记得黑色佣兵团有次硬是跑了一千英里，最后成功把敌人引入圈套，灭得他们只剩一人。他认为兵团的那次战斗是大获全胜。

也许这些家伙也听过这个故事。总之，他们不愿被人牵着鼻子跑。他们第一次停下后索性就地安营扎寨，一步也不肯再往前挪。于是威洛去与暗烟商量对策；暗烟从乡村地区召集来一些志愿兵，带领大伙在侵略者营地周围砌墙。

第二次侵略者直接掉头奔塔格洛斯而去，其实他们一开始就该这么做，不该一味贪图胜利。威洛见招拆招，从后面进行骚扰，怎么招人烦怎么折腾，直至让敌方指挥官坚信唯有摆脱他才能得一刻消停。

他对暗烟说：“我不懂什么战略战术，但我知道我其实只需要对付一个人，就是那个头儿。我让他按我的想法做了，其他人就会跟着照做；而我恰恰知道怎么激一个人动手。”

他太知道了。

他最后被暗影长老的指挥官追得躲进一个城镇里，而镇子里早已万事俱备。这次的陷阱与科尔迪的有异曲同工之妙，只不过规模更大些，而且不会用到火。镇上的人已经全部被疏散，取而代之的是一万两千名志愿兵，在侵略者追着威洛和暗烟东一头西一头地跑时，他们在砌墙。

威洛跑进镇子里，拇指按着鼻子一脸蔑视。他挖空心思，想尽各种招数，终于惹恼了敌军指挥官，不过可惜那家伙恼得不够快。他带领士兵包围城镇，把塔格洛斯领土上所有还能走的人集结起来，然后发起攻击。

战况惨烈。侵略者惨烈是因为他们在狭窄的街道上无法发挥纪律严明、分工明确的优势：弓箭手应趴在屋顶上，持矛的士兵永远埋伏在门后或小巷里。不过，他们毕竟是训练有素的士兵。在认清困境之前，他们已经杀掉了很多塔格洛斯人，即便对手有他们预估人数六倍之多。这会儿再想撤退为时已晚，临了他们拉了许多塔格洛斯人做垫背。

战斗结束后，威洛回到塔格洛斯，尖刀也回来了，酒馆恢复营业，他们庆祝了两个星期。而暗影长老后知后觉地发现被人摆了一道，彻底被惹毛了，不断发出各种恐吓威胁。普拉布林德拉·德拉王子基本不予理睬，最多拇指按鼻，打发他们哪儿凉快去哪儿待着。

威洛、科尔迪和尖刀有一个月的假，然后就要开始进入下一阶段，与拉蒂莎·德拉和暗烟一起踏上北上的漫长旅途。威洛不认为这一阶段会很有意思，但是谁也没有更好的选择。

第十七章

吉-埃克斯利

我喊大伙儿起床，让他们用上十二分心思盛装打扮。摩根扛起军旗，一阵微风拂过，旗面迎风招展。毛色黑亮的骏马嘴巴咀嚼着，不耐烦地跺着蹄子着急上路，迫不及待的心情感染了它们略微逊色的近亲。

行李都已打包装好，再没有拖延的理由——只是众人七嘴八舌，纷纷认定这次不止进城那么简单。

“你心情激动吧，碎嘴？”地精问，“感觉像故意炫耀？”

的确如此，知我者地精也。我打定主意要勇敢地蔑视心里那点不好的预感。“你有什么想法？”

他没有直接回答，而是对独眼说：“我们下到那边过了山峡一露面，你就弄几个响雷出来，奏响末日的号角。我再来一出火中骑行。这样应该能让他们知道黑色佣兵团回来了。”

我看向夫人，她似乎被逗乐了，又透出些纡尊降贵的傲气。

独眼眼瞅着就要同他争论一番，话到嘴边又咽回去，只简单地点点头道：“既然要做戏，就做全套，碎嘴。”

“出发。”我下令。我不知道他们心里在盘算些什么，不过他们有的是能耐，张不张扬、浮不浮夸只是愿不愿意的事。

地精、独眼两人打头，摩根扛着军旗跟在十二英尺后，其他人按平常队形不变，我和夫人并肩而行，牵领着一部分驮兽。记得看到一个个皮毛油亮的马背和奇奇、怪怪他们时，我心里在想，我们现在算是有了一支正经八百的步兵队伍。

我们先走过一段曲折、陡峭又狭窄的羊肠小径，一英里后小径渐宽，宽阔的马路呈现眼前。中途路过几栋小屋，屋主显然是牧人，看着远比想象中贫穷和落后。

继续前行，我们来到地精说的山峡背面，好戏开锣，情节几乎与他事先的安排别无二致。

独眼拍手数下，刹那间雷声隆隆，颇有地动山摇之势；接着他把雷声收至颊边，奏出一声同样响亮震耳的号角。同时间，地精也有所动作，山峡间先是弥漫起浓重的黑烟，转眼黑烟变幻，形成狰狞但无害的火焰。我们从烈烈火焰中间穿行而过，我几欲下令队伍驱马疾驰、让法师施法营造马匹口喷烈火、脚踢闪电的景象，好容易才扼下这股强烈的冲动。我只是想大张旗鼓地宣告佣兵团的归来，不想显得像要宣战似的。

“这一手应该会让一些人印象深刻。”我回望骑马从火焰里走出来的同伴们，普通的马匹胆子小，吓得蹄子蹦老高。

“如果不能把他们吓破胆，你就应该更加小心是不是暴露得太多，碎嘴。”

“今天早上我有股大无畏和莽撞的冲动。”这话可能不该说，毕竟前一晚大无畏且莽撞的我结局并不好。不过，夫人翻过了这一页，没再追究。

“他们在讨论我们。”她指着前方三百码处道路两旁的一对瞭望塔说。我们站得足够近，我能看清塔上的人，他们不像准备好要战斗的样子：两人坐在城墙上，双腿搭在外面，一个我瞅着像军官的人站在垛口，一只脚抬高踩着旁边的城齿，倚着膝盖，随意地观望。

“如果我要偷偷摸摸给自己设个陷阱，大约也会这么做。”我没好气地嘀咕道。

“不是世界上所有人都像你一样，有副阴险狡诈的毒蛇心肠，碎嘴。”

“哦，是吗？与有的人相比，我可是既纯洁又简单。”

她剜了我一眼，是旧日夫人那种盛怒、犀利、能杀人于无形的眼神。

独眼不在跟前无法发表意见，所以只有我替他说了：“那阴险狡诈的‘有的人’可要比你精明得多，碎嘴。他唯一麻烦的就只有早饭而已。”

我们现在靠近了其中一座塔，地精、独眼和摩根已经过去了。我举帽致意。

那个军官弯腰从身边捡起什么扔下来，只见那东西骨碌碌朝我砸来，我伸出手一把抓住。“好一个运动健将！来个三局两胜如何。”

我打量着手里抓住的物件。

这是一根木头雕成的黑色木棍，直径一又四分之一英寸，棍长十五英寸，棍身遍布叫不出名字的丑陋纹饰，拿在手里颇有些分量。“我真该死！”

“你的确该死。这是什么？”

“军官的指挥棒。我虽然从来没见过这个东西，但是编年史里多次有提及，衰落的沙姆，我们刚路过的高原上一个已经消失的神秘城市。”我高举指挥棒，向塔上那个男人二次致意。

“佣兵团去过那里？”

“那是佣兵团离开吉-埃克斯利之后的最后落脚处。团长没有找到他的银山，但却找到了他的沙姆城。编年史里记载得很混乱，沙姆人应该是白人已经消失的一个分支。貌似在佣兵团发现沙姆城三天后，奇奇、怪怪的祖先也去到那里，他们不知是信了什么宗教，陷入一种癫狂状态，血洗沙姆城。第一批到达那儿的人几乎杀死了城里每一个人，包括大部分佣兵团军官；后来佣兵团才发起反击将他们一举歼灭。幸存的兵士逃向北方，因为南边又有一伙暴徒迫近，他们无法原路返回。之后这些指挥棒就再没被提及过。”

我说了这么多，她只回了一句：“他们知道你要来，碎嘴。”

“对。”至于他们如何得知，这是个谜团，我不喜欢谜团；可这种谜团数不胜数，其中大部分永远都不会肚皮朝上浮出水面任我细细琢磨。

瞭望塔上下来两个人，候在离城墙三分之一英里处的路边。周边乡村距离城市这么近却相当贫瘠，可能跟贫瘠的土地有关。更南边或更北边的地界都有大片的绿地，可这里几乎没有。其中一人递给地精一面旧的佣兵团军旗，毫无疑问，那是一面真的军旗，但是那些徽章图案我全都不认识。旗面破损严重，正是年代久远的古旧物件该有的样子。

这里究竟发生过什么？

独眼试图跟那些家伙交谈，但完全是鸡同鸭讲。他们索性调转马头，走到前面。独眼回头看我们是否有跟上，我向他点了点头。

进入大门时，一支十二人的仪仗队向我们举枪致敬；除此之外，再无其他人对我们的到来表示欢迎。我们穿过街道，一路鸦雀无声，城里的人齐齐驻足围观这些白脸盘的陌生人。其中近半数都在看夫人。

她理所应当受到关注。她实在太美，极其、非常、十分美。她适合穿黑色紧身的衣服。她的身材窈窕，有这样穿的资本。

两个引路的人把我们带到兵营和马厩。营房闲置已久，但维护得状态不错。看起来我们应该感到宾至如归。好吧。

我们打量这个地方的工夫，引路的人离开了。

“很好，”地精说，“带舞女上场吧。”

哪有什么舞女，什么都没有，有的只是强烈得让人不容忽视的冷淡。我让大伙保持警惕，但一天下来什么事都没发生。我们被晾在一边，无人理睬。第二天早上，我放出最近新收的两个成员，以及独眼和老喘，安排他们去找一艘驳船载我们去河流下游。

“你这是让狐狸去关鸡笼，”地精表示抗议，“你应该派我一道去，好监督他。”

奥托忍不住放声大笑。

我咧嘴一笑，但仍然坚持让其他人待在营房里。“小老兄，你不够黑，所以出不去。”

“你就胡扯吧，大无畏的领袖。我们来这儿之后你往外面看过吗？四处都有白人走动。”

老哈附和道：“他说得没错，碎嘴。不是很多，但我确实看见过几个。”

“见鬼了，他们从哪里来的？”我嘟囔着走到门口。闪亮和蜡烛让到旁边，他们守在门口是为了防备不速之客的到来。我出了门，倚靠在白色的墙壁上，嘴里嚼着一片从街边摘来的酢浆草。

的确，那两个家伙说得没错。街上是走着两个躲躲闪闪的白人：一个老头、一个二十五岁上下的女人。其他人都在直愣愣地盯着我看，而他俩却努力装出漠不关心的模样。

“地精，挪挪屁股过来。”

他拖着沉重的步子没精打采地走出来，“怎么了？”

“仔细瞧那边，你看到一个老头和一个比较年轻的女人了吗？”

“白人？”

“对。”

“看到了。那又怎么样？”

“看着眼熟吗？”

“我这个年纪看谁都眼熟。不过我们从没来过这里，也许他们看起来像我们在其他地方遇到的什么人。反正那个女人是有点面熟。”

“嗯哼，我正好跟你相反。老头走路的姿势似曾相识。”

地精也揪了一片酢浆草。我入神地看着他的动作，再回头，那两奇怪的人已经不见了。迎面走来三个黑人，眼瞅着是要来找碴。“老天爷，他们块头真大。”

三个大块头走上前来站定。一个人开始说话，我一个字都听不懂。“别说这种语言，朋友，换一种。”

他换了一种语言，我还是一个字都听不懂。他耸耸肩，眼神望向他的同伴，其中一人再做尝试，这次发出的是一种类似咔嗒咔嗒的声音。

“仍然听不懂，伙计们。”

块头最大的那人感到浓浓的挫败感，终于忍不住动手比画。他的同伴在一旁激动地叽里咕噜。地精不告而别，抛开我一个人溜了。我余光瞥见他快步闪入房屋中间的通道。

这时，我的新朋友们一致认定我要么是聋了要么是傻了，他们慢慢开始对我吼起来。结果，闪亮和蜡烛听到动静走出来，身后还跟着其他人。三个大块头见状，又互相骂了几句后终于决定离开。

“这是怎么个情况？”老哈问。

“你还真问住我了。”

地精大摇大摆地走回来，癞蛤蟆般的脸上挂着得意扬扬的灿烂笑容。

“真是不可思议，”我说，“我还以为我得花一个礼拜的时间把当地的监狱翻个底朝天，再出卖灵魂才能把你找出来呢。”

他装成心灵很受伤的模样，尖声道：“我以为你女朋友偷偷溜走了，只是跟过去察看一番而已。”

“瞅你那得意样儿，你确实看到她了。”

“当然。我还看到她跟你的熟人老头和他的小娘们儿碰面了。”

“是吗？我们进屋研究研究这事。”

进屋后我环顾四周，确认地精没有产生幻觉。夫人果真不在。

搞什么鬼？

下午晚些时候，独眼几个人回来了，他笑得像只偷腥的猫。奇奇和怪怪一同拖着一个合盖儿的大篮子。老喘嘴巴咀嚼着，脸上挂着神秘高深的微笑，好像有个大型恶作剧正在进行中，而他可能参与了其中一二。

本来在打盹儿的地精一跃而起，抢在独眼开口前粗嘎着嗓子大声抗议：“不管那是什么，你拿起来从那道门原路退出，奸诈臭小人。否则我就把你称为大脑的那个蜘蛛窝变成玩具给金龟子玩。”

独眼完全无视他，“来看看这个，碎嘴。你绝对想不到我发现了什么。”

两个小伙子放下篮子，掀开盖儿。

“我可能真想不到。”我边表示赞同，边悄悄靠近篮子，想着会看到一堆眼镜蛇或是类似的东西。可是，我看到了一个地精的小型替身……最好说是微型比较合适，毕竟地精自己连小型都算不上。“这究竟是个什么玩意儿？哪儿来的？”

独眼盯着地精回答说：“多年来我一直在问自己这个问题。”他脸上明晃晃地写着“这回栽我手里了吧”，笑得见牙不见眼。这是我见过他笑得最灿烂的一次。

地精暴怒，吼得像只发情的雌豹。他摆开架式，烈烈火焰凭空冒出，从他指间穿过。

我没理他，“怎么回事？”

“这是个小妖，碎嘴。一个真正的小妖。你见到小妖不是应该能认出来吗？”

“我是问，他打哪儿来的？”我不确定自己想知道答案。我太了解独眼了。

“我们顺着河流往下走时看到一个露天市场，周围有几家小店，店里卖些法师、灵媒、预言家和占卜人用的精致物件。就在那儿，这个小家伙在一家狭小逼仄的小店窗台上，乞求找一个新家。我实在无法拒绝。向团长问好，蛙脸。”

小妖尖声说：“团长问好，蛙脸。”他咯咯笑起来简直与地精一模一样，都是音调较高。

“跳出来，小家伙。”独眼又说。小妖像被弹出来一样高高地蹦到空中。独眼哈哈大笑，他抓住小妖一只脚，将它头朝下拎着，站在那儿活像一个手拿玩偶的蹒跚学步的孩童。他饶有兴致地盯着地精看，而地精是真正暴怒了，气得无法继续自己刚才要的法术。

独眼放开小妖。小妖一个灵巧的翻身，稳稳站定，然后快速跑到地精跟前，仰头盯着他看，好像一个小私生子突然顿悟，知晓了亲生父亲的身份。他翻着跟头回去找独眼，说道：“我会喜欢跟你们待在一块儿的。”

我抓着独眼的衣领，把他揪离地面，“那该死的船呢？”我晃了晃他，“我让你去租一艘该死的船，不是去买什么会说话的破玩意儿。”我这种怒火来得快去得快，一般只持续三秒钟，平时很少发作，不过一发作就很够劲，能让我相当硬气地耍耍威风。

我的父亲经常这般发火，小时候我会躲在桌子下等他消气。

我松开独眼，他一脸错愕，“我找到船了好吧。后天早上天一亮就出发。我没能包下整艘船，因为能把所有人、牲畜和马车都装下的大船太贵，咱们付不起。我最后与船家做了一笔交易。”

小妖蛙脸站在老喘身后，紧紧抓着他的一条腿，偷偷地四下张望，好像一个受惊的孩子——不过我感觉它在嘲笑我们。“好吧，很抱歉我刚才发火了。跟我说说你做了什么交易。”

“主要是为了他们口中的‘第三瀑布’，你懂吧。那个地方在河流下游八百六十英里外，船过不去，要走八英里的陆路，然后下一段路程再租船。”

“租船前往第二瀑布，毫无疑问。”

“当然。总之，如果我们能给这艘商船做护卫，第一段路程就可以免费，而且还给提供食物和饲料。”

“啊，护卫。他们为什么需要护卫？还这么多？”

“河盗。”

“懂了。就是说即便我们支付了船费，也难逃一场混战。”

“大概是吧。”

“你仔细看船了吗？防御性能如何？”

“看了。我们可以用两天的时间把它改造成一个浮动的堡垒。那将是我见过最大的驳船。”

我心底的警铃大作。“明早我们再去看一眼，所有人都去。这笔交易听起来太便宜我们了，一点都不真实，很可能有问题。”

“我也这样想，这也是我买来蛙脸的原因之一。我可以派他去悄悄打探情况。”他笑眯眯地扫了地精一眼，那家伙正蹲在角落里噘着嘴巴酝酿复仇大计，“而且，带着蛙脸，我们就不用再花钱找向导和翻译了，他都能做。”

我听得眉头一挑，“真的？”

“比真金还真。瞧，我偶尔也干点实事。”

“你最好是。所以说小妖现在就能用？”

“完全没问题。”

“出来找个隐蔽的地方，我手头有约十件事要安排给他。”

第十八章

驳船

在晨光洒到河那边的山上之前，我带着大伙来到码头。整座城市还在沉睡，只有去往码头的路上人来车往，越靠近河边越热闹，码头更是如蜜蜂归巢般熙攘喧闹。

还有乌鸦。

“看起来他们忙了整晚，”我说，“是哪艘船，独眼？”

“那边那艘大的。”

我循着他指的方向望去。好吧，那艘船的确是个庞然大物，乍一看像只特意设计的可以顺水漂流的木制巨鞋。在这样一条水面开阔、水流缓慢的河里航行，船一定跑不快。“看起来很新。”

我们被无数目光所追随，所到之处周围一片寂静。我试着解读过路工人的表情，只能看出些许警惕。我看到数名全副武装的男人登上几艘较小的船，他们都是大块头，像我昨天的访客一样。我打量着正往我们的船上走的装卸工人，“你觉得，为什么要用到木材？”

“我的理解是，”独眼回答，“为了建活动掩体。他们抵挡炮火的工具只有柳条板。他们居然听了我的话，不惜花费人力物力去做这些。也许我的建议他们全都采取了。如果是，那我们就好办了。”

“我一点儿都不意外。”现在我可以确定，我们的到来不仅被预见到了，而且还遭了算计，陷入这座城市铺开的阴谋中。河盗骚扰让人不胜其烦，这些人计划借助一帮冒险者的力量去打击他们，反正我们对他们而言无足轻重，死就死了。

我不懂的是，为何他们一定要给我们设个局？设局是我们的专利，而且无论如何我们都是要坐船去河流下游的。

或许这个社会就是这样运行的。又或许他们不相信眼睛看到的事实。

在蛙脸的帮助下，我们与驳船船主和候在他身边那几个大人物沟通只花了六分钟。我费了一番口舌，在免船费的福利之外又争取来一大笔佣金。“一见到钱我们就开工。”我告诉他们。瞧，几乎像变魔术似的。

独眼对我说，“你本来可以吊着他们胃口的。”

“他们很迫切，”我同意他的看法，“一定是有什么不得不面对的麻烦。咱们开工吧。”

“你不想知道是什么？”

“无所谓，反正我们都要去。”

“也许吧。不过我会让蛙脸去打探打探。”

“随便你。”我在主甲板上四处走了走，奥托和老哈跟在后面。我们讨论起改进后的防御系统，“我们需要深入了解对手的情况，好针对河盗的策略做足准备。比如，如果他们是从小船上攻击，我们可以在掩体后装配引擎。”

我靠着码头舷梯扶手停下来。显然会有一支负责开路的护航队跟着我们的大船。他们永远无法再回到河流上游，船桨的数量不允许他们的旅途有任何的闪失和意外，只能向着正确的方向前行。

嘈杂声中，我注意到乌鸦始终在空中盘旋。我没理会它们。我怀疑自己魔怔了。

这时，我发现一座货栈的墙壁旁边莫名空出一块地方，人们走到那儿会下意识地避开。墙壁阴影里站着一个模模糊糊的轮廓。乌鸦拍着翅膀上上下下。

我感觉有人在盯着我看。是我的幻觉吗？其他人都看不到那些该死的乌鸦。“是时候查查到底是怎么回事了。独眼！我需要借你的新宠物用一用。”

我打发蛙脸前去一探究竟。他去了，眨眼又回来了。他奇怪地看着我问道：“我应该要看到什么，团长？”

“你看到了什么？”

“什么都没有。”

我再次望过去，这次我什么都没看到。不过这时，昨天试图与我交谈的三个大块头和几个新同伴进入我的视野。他们正注视着我们的船。我估计他们仍然对我们有兴趣。“有个翻译的活儿需要你做，小矮子。”

块头最大的朋友名字叫莫盖巴，他和他的同伴们想加入佣兵团。他说如果我愿意接受他们，还有很多跟他们一样的人，然后他提出一项要求。他告诉我所有在附近转悠的手持利械的大个子都是过去在吉-埃克斯利服过役的黑色佣兵团成员的后代。他们是纳尔人，城里的军人阶层。我有种感觉，他们把我看得很神圣，是一位真正的佣兵团团长，一个半神般的存在。

“你怎么看？”我问独眼。

“我们需要他们这样的人。瞧瞧他们，巨兽似的。如果他们是认真的，你就照单全收吧。”

“蛙脸能去查查底细吗？”

“当然能。”他下了命令，小妖麻利地跑开了。

“碎嘴。”

我跳起来。我没听见独眼过来。“怎么？”

“纳尔人的事情是真的。你跟他说，蛙脸。”小妖用地精独有尖嗓音叽叽吱吱说开了。纳尔人确实是我们先辈的后代。他们的确形成了一个独立的阶层，一个围绕佣兵团流传下来的神话而建立的战士团体。他们有自己的一套编年史，比我们更好地遵循着古老的传统。蛙脸接下来的话才是重磅消息。

一个被称为先知埃尔登的人，当地有名的法师，早在数月之前，我们还在翻越去往达洛茨·阿洛茨路上那些表面乱蓬蓬的驼背山时，他就已经预言了我们的到来。纳尔人（纳尔意为“黑色”）进行了一系列选拔和比赛，目的是为了从每一百人中选出一个最优秀的重举父辈的军旗，并踏上前往卡塔瓦的朝圣之旅：如果我们接受他们的话。

先知埃尔登在远方连我们的使命都破解了。

我不喜欢事情以我不了解的方式发展。

莫盖巴凭借总冠军的头衔当选为代表团指挥官。

在纳尔人为神圣的朝圣之旅做准备时，吉-埃克斯利的贵族和商人开始筹划利用我们打破近年来河盗越发坚固的封锁。

来自北方的伟大希望。说的就是我们。

“我不知道该说什么。”我对独眼说。

“只一件事，碎嘴。你不能对那些纳尔朋友说‘不’。”

我没打算那么做。这些河盗，虽然被提到的不多，但是越听越讨厌。他们没有明说，但我莫名有种感觉，将来路上遇到危险时，他们有密招。“为什么不能？”

“那些家伙很认真，碎嘴。像信仰宗教一样认真。若是团长认为他们不适合与佣兵团同行，他们会做出挥剑自戕这种疯狂的行为。”

“你就扯吧。”

“没扯，我是在说真的。这对他们而言是个虔诚的信仰问题。你经常说些从前怎样怎样，什么军旗是守护神之类的话。他们与我们不同，早年北去的佣兵团成了一伙杀手，被留下的孩子却将他们奉若神明。”

“太可怕了。”

“宁可信其有。”

“他们会对我们失望的，仅剩我一个人还在认真对待那些传统。”

“胡说，碎嘴。尊重传统不仅仅是注重仪容和口头颂扬。我得去找地精那个小呆子，看他噘得老高的嘴巴能不能放下一会儿，帮忙琢磨琢磨如果这艘驳船被撞，我们该如何应对。那帮河盗对这里发生的一切了如指掌。也许他们会被我们的大名吓到，然后乖乖让路。”

“你这样想？”听起来是个好主意。

“不。蛙脸，过来。该死的，要有个小孩样儿，走点心。蛙脸，我想让你跟着碎嘴。你就把他当成我，他说什么你都要照做。懂了吗？你敢不听话我就揍你屁股。”

那个小妖再聪明也只有一个五岁孩童的心智，同理，集中注意力的时间也十分有限。他答应独眼会好好表现、好好帮我，但我估摸真做起来没那么容易。

我下到码头上，接受三十二个新成员加入我们的武装大家庭。莫盖巴快乐极了，让我一度以为他要拥抱我。

他们这三十二人相当可观，个个形似巨兽，敏捷如猫。如果他们是在吉-埃克斯利服过役的佣兵团成员的混血后代，那些老前辈得是什么样子？

宣誓后莫盖巴问的第一件事是，能否安排他的同姓兄弟们在其他船上担任护卫任务，这样他们就可以告诉自己的儿子他们曾经跟着朝圣的队伍去到第三瀑布那么远。

“当然可以，为什么不呢？”莫盖巴和他的小伙子们让我感到有些飘飘然。我被骗上这个位置后，第一次感到自己真正是个团长。

小伙子们原地解散，回去拿装备并报喜。

我注意到驳船的船主一直在上面凝视着我们。他咧嘴大笑，那笑容跟吃了屎似的。

事情的发展对他们十分有利。他们满心以为抓住了我们的短处，我们将不得不老老实实地受制于人。

“嗨，碎嘴。你的土豪女友来了。”

“你也来捣乱，小畜生？我该把你丢进河里。”如果我能追上这个小妖的话，除了智力，他还像个五岁小孩一样有一身用不完的精力。我一眼看到了她，多亏她引起的骚动，或者说，多亏她没引起骚动。她走到哪里，哪里的人就会驻足，一边痴痴地看，一边满脸渴望地摇头叹息。没有人吹口哨、喝倒彩或骂脏话。我环顾四周，找到一个倒霉鬼，“摩根！”

摩根慢慢悠悠地晃过来，“有什么需要？”

“夫人过来后你带她去看看住处，附带的房间给她的客人住。”

“我想……”

“不要想，去做就行了。”我摆出凶巴巴的模样。一场争吵在所难免，但我还没准备好。

第十九章

河流

河上的夜晚。月亮倒映河中，映亮了一抹黑的镜面。静谧偶尔落下，河上夜景宛若仙境，然后不和谐的音符再起，霎时又恢复过节般的喧嚷嘈杂：鳄鱼呼噜呼噜叫，五十种青蛙齐鸣，鸟禽呜呜嘎嘎，河马时不时打个响鼻；只有神明才能辨认出所有的声音。

还有一直嗡嗡的蚊虫。这里蚊虫泛滥，与在丛林那会儿相比有过之而无不及。等我们进入到更南边的湿地，情况还会更严重。据说这条河会不知不觉地流入一块十至八十英里宽、三百英里长的沼泽地。现在河西岸的土地是被开垦过的，东岸有四分之三的荒地。我们的船经过河口、溪口时，看到那里的人同他们的土地一样，野性十足。

我相信生活在城市阴影下的他们没有恶意。当他们高声叫喊着跑来时，其实是在兜售鳄鱼皮和鹦鹉羽毛制成的斗篷。我一冲动，买了一件大得离奇、艳丽得惨绝人寰的斗篷，整件重量得有六十磅。穿上这件斗篷，我就像是一个地地道道的野人酋长。

莫盖巴仔细翻看斗篷后断言买得好，他说它挡起镖和箭比钢甲还顶用。

一些纳尔人买了鳄鱼皮，用来加固盾牌。

地精突发奇想，买了一对保存完好的鳄鱼头。其中一个大得像是从龙身上砍下来的。我坐在船顶凝望着夜色笼罩的河流思考乌鸦一事时，他在上面忙活着将他新买的怪物安装到船头上。估计他又在酝酿什么大戏。

他拿着较小的头来找我，“我想让你戴上这个。”

“你想干吗？”

“我想让你戴上这个，河盗来时你再穿上羽毛外套，喷着火，在这儿威风凛凛地一晃，就像神话传说里的野兽。”

“这真是个绝妙的好主意。我很喜欢。事实上，我简直要爱死它了。为什么我们不找个大桶那样的笨蛋试一试呢？”

“但是——”

“你不会以为我会傻站在那上面给人当靶子吧？”

“我和独眼会全力保护你的。”

“是吗？那我的祈祷终于得到了回应。多少年来我的心愿无非就是希望得到你和独眼的保护。‘哦，佣兵团神圣的前辈们啊，请庇护我吧！’我上千次地呼喊，对，我是上千次地呼喊——”

他有些气急败坏，急忙打断我的话转移话题。他尖叫道：“你女朋友带上船那些人——”

“下一个说夫人是我女朋友的傻瓜要用马鞍套鳄鱼，看看它们能不能被套上。你懂我的意思了吗？”

“懂了。残酷的现实让你的感情受到了伤害。”

我强忍着没说话，但差点就忍不住了。

"有问题，那两人，碎嘴。"他憋着气低声说，用的是我们从敌人哨兵脚下爬过时那种说话方式，"他们的船舱里在酝酿着一场阴谋。"

他努力让自己显得有用些。蛙脸的出现让他黯然失色。所以我没告诉他我其实早就注意到了，而且心里有了点数。

一条鱼跳出来，掠过水面，努力逃离紧追其后的捕食者。它的努力得到了回报：一只夜晚出来活动的鸟趁它跃起时将它一口叼住。

我暗自忖度：要不要让地精知道我了解到的情况和怀疑？或者我继续装傻，静待合适的时机？佣兵团现在不断壮大，保持适当的神秘感很有必要。一时半会儿应该没人会察觉，那些老手应该猜不到我会采取这么讽刺又实际的方法。

我耐心地听地精一股脑倒出一堆真相、猜测和推断。他提供的情报只有少数是新的，而这些新情报确实会帮助我更详尽地了解事态。我告诉他："我认为是时候贡献出你巅峰之作了，地精。准备一些低调的、直接的、威力大的招数，要一秒就能发起攻击。"

他露出有名的地精式笑容，"我早想到了，碎嘴。我有两样东西已经在准备中，到时候一定让人们大吃一惊。"

"不错。"我有种感觉，独眼肯定是会大吃一惊。

去第三瀑布至少要花费两周时间，因为水流的速度比走路还慢。再加上河盗，这段旅程可能永远都结束不了。

到第四天结束的时候，驳船的防御力基本已经达到最强。木制护板保护主甲板，护板下端伸到水面上方，增加从小船上登船的难度。护板上的炮眼都不大，人爬不进去。两边船舷各放有四架弩炮。独眼深谋远虑，让我们储备制造火弹的原材料，并将成弹装进甲板室上方掩蔽好的炮膛。来自绿玉城的三兄弟做了一个海豚形状的坠砣，缀在长链上，从吊杆上甩出去可以砸透小船的船底。我最爱的"引擎"，是由耐心——

一个前帐篷守卫设计的。

跳板撞击装满毒飞镖的圆筒底部，无数飞镖齐齐射出，形成密密实实的镖雨。只需一丁点伤口，毒性就能发作，短时间内快速麻痹敌人。“引擎”的一个缺点是不能移动，得等目标自己进入射程才行。

防御工事建造完成后，我很快给所有人奉上一顿我当年还是小兵时最烦的丰盛大餐——操练、练习以及高强度的语言学习。我命令独眼和他的宠物创造至少一种全体都能用的通用语，他俩忙得一天到晚汗涔涔。船上民怨沸腾，只有纳尔人被深深折服。

夫人没有露面。就我们看来，她甚至可能都不在船上。

第六天一早，我们进入湿地，目之所及多是柏木沼泽。所有人都更加警觉。

又过了两天，仍然没有河盗的影子。他们真正到来时，我们收到了来自独眼和地精的大量警告。

我们正通过长满柏树的河道，拐弯处，攻击者乘坐二十艘小船向我们迎面发起攻击。我仅能用上两架弩炮进行防守，而它们只命中一艘小船。我们从甲板室上射出的箭——左右可达两侧船舷，前后勉强飞至船头船尾——全然没用。小船都罩着鳄鱼皮。

他们从两边冲上来。四爪锚连着不易割断的链条勾住护板顶部。河盗开始往驳船上爬。

我就在这儿等着他们呢。

护板上钻了小孔，莫盖巴的纳尔人从孔里向外刺河盗的腿。少数几个爬到顶部的河盗不得不先在宽四英寸的木头边缘稳住身体，再跳到甲板室屋顶。

一溜送上门的活靶子，一打一个准。没有人活着跳下来。

地精和独眼的法术完全没能派上用场，他们沉浸在扔火弹的乐趣中不能自拔。河盗们以前没见过火弹。因为那俩家伙玩得太尽兴，他们早早就逃了。

据我估算，河盗损失了五十至六十人。这个数目不算少，但是本来可以更多，吉–埃克斯利的好商人希望我们能将这帮河盗一举击垮。

河盗开溜时，驳船船主像个幽灵一样，不知打哪儿冒出来。在这场小规模战斗中，他和他的船员都不见踪影。我们一直在随着流水的方向自由漂流。

碰巧这时蛙脸也突然冒出来，正是我指桑骂槐的好时机。我对他大发雷霆。我的怒火压得船主气势锐减，渐渐地不再抱怨我们放走那么多河盗了。

“现在好了，你们还得与他们交手。下次他们就知道要对付什么了。”

“据我所知，第一次攻击只是一次试探而已。见鬼，那边是怎么了？”只见河水翻腾，河面渐渐泛起泡沫。有什么东西在猛烈撞击驳船的船体。

“是獠牙。”船主吓得浑身瑟瑟发抖，就连蛙脸也有些不安。“一种和你的胳膊一样长的鱼。嗜血。如果血很多，它们就会发疯，攻击一切东西。它们能在一分钟内吞食一只河马，骨头渣都不剩。”

“是吗？”

水面翻腾得更厉害。死去的和那些受了伤但没能爬上小船逃跑的河盗消失了。破损和着火的小船和浮木也一道进了鱼肚子。至少那些獠牙鱼有尝试的勇气。

船员们向我保证下次不会再当缩头乌龟后，我就和我乖巧听话的法师们开作战会去了。

夜里，河盗发起第二次攻击。这次不再是试探。

之前被打得狠了，这次他们来势汹汹，瞧着绝不会手软的样子。

当然，我们提前得到了消息。地精和独眼一直在尽职尽责做着本职工作。

战场依旧狭窄，这次他们在河里拦上水栅，试图阻止并抓住我们。地精发现水栅时，我及时抛锚，成功搞砸了他们的计划。我们在上游距离陷阱中心二百码处停船，耐心地等待。

“地精？独眼？准备好了吗？”我们也准备了一些惊喜。

“准备好了，老妈子。”

“克莱图斯，你在海豚那里？”

“是的，长官。”

之前那个没能派上用场。“奥托，我怎么没听到‘引擎’响的声音？后面究竟发生什么事了？”

“我在找那些船员，碎嘴。”

好吧。他们又想临阵脱逃，嗯？为了讨好河盗不想去抵抗？“摩根，去把那个船老大从他藏身的洞里挖出来。”我知道他藏在哪儿，“我要让他到上面来。独眼，借你的宠物一用。”

“他侦察回来立刻借给你。”

蛙脸最先露面。他正在说沼泽地所有的成年男性都出动了，摩根反扭着抽抽搭搭的船主的双臂走过来。河盗的第一支箭落下时我说：“告诉他，如果两分钟内他的人没有开始干活，他就乖乖滚到一边去；我会一个一个地往下扔人，直到我得到我想要的。”我言出必行。

这条消息被层层传达下去。我和摩根正准备扔个人试试看能扔多远时，我听到“引擎”开始抽动，发出吱吱嘎嘎、丁零当啷的声音。

箭如下雨般密集地射过来，箭头方向有偏差，伤不到人，但是它们唯一的目的就是压制得我们抬不起头。

地精试了一手他跟着白玫瑰那些年最喜欢玩的小花招，念咒控制周围小块区域的每一种昆虫贴到最近的人身上。那边顿时爆发一阵诅咒和抱怨。

大呼小叫的声音很快平息下去。试验完成，问题有了答案。他们当中有人能破解一些普通的小巫术。

独眼应该偷溜过去找那个会两手的家伙，如果他露面，他和地精可以合伙把他的鳄鱼皮钉到最近的柏树上。

箭雨停了。说谁谁到，独眼过来了，“大麻烦，碎嘴。那边那个家伙有两下子，我不知道怎么对付他。”

“尽你所能，攻其不备。你发现了吗？他们停止射箭了。”沼泽地里嘈杂混乱，掩盖了船桨划动的声音。

“对了。” 独眼跑步就位。一个粉色光点飞上天空。我戴上地精拾掇好的鳄鱼头。是时候登台表演了。

一场战争的胜利一半靠演技。

粉色光点迅速变大，照亮整片河面。

不下四十艘小船在偷偷摸摸地靠近我们。他们扩大了鳄鱼皮的遮挡范围，试图抵挡火弹的攻击。

我浑身燃起熊熊火焰，嘴里喷出炙热的火舌。我敢打赌，对方看到这壮观的场面一定深受震撼。

最近的船只距离我们十英尺远。我看到了装绳梯的箱子，乐得咧开藏在鳄鱼牙后的嘴巴。我猜对了。

我高举双手，然后放下。

一颗火弹在空中划过一道弧线，砸落在一艘船上，粉身碎骨。

“把‘引擎’停下来，你们这群该死的蠢货。”我大声喊道。

那颗火弹是哑弹。

我又试了一次。

二次出奇迹。火弹爆炸，火焰迅速蔓延开来。短短几分钟，除了驳船周围狭窄的一圈，整个河面烧成一片火海。

这个圈套简直堪称完美。大火燃烧耗尽大半空气，残存的一小部分空间温度高得让人难以忍受。但是，后来由于“引擎”失去工作激情，火势没能持续太久。

这一波的攻击后敌人丧命的人数不足一半，不过幸存者无心恋战，尤其是在海豚形状的坠砣和弩炮发射的石块砸烂他们的船时更是如此。他们纷纷找地方躲避。一个个缓慢又痛苦。毕竟，弩炮和毒镖给他们留下了疼痛。

那边一声震天响的咆哮似要冲破天际。他们这会儿才反应过来要发泄怒气。

嘎啦当啷的声音和船桨拍打的声音宣告第二波攻击的开始。

这次我也有招对付他们。问题在于下一波，如果他们能尽快发起第三波攻击，那才是真正的棘手。第三波攻击和独眼发现的未知大人物让我感到担心。

河盗的船距离驳船一百英尺时，地精给我打了个暗号。

他把上千只迷迷糊糊的獠牙鱼聚成一堆。

前面的船已经靠得足够近。我手舞足蹈，再次开始表演。

“海豚”落下，砸碎一艘大的木制沼泽船。所有“引擎”全部发动。火弹和标枪漫天飞舞。

我们的计划是搞几个受伤的河盗下水与獠牙鱼做伴。

确实有几个下去了。

然后，河里就疯了。

河盗的船有一半是鳄鱼皮撑在木架上搭成的，根本顶不住。木船情况略好，但只有最重的能经得住反复的撞击。而且，它们也只能任凭船上惊慌失措的人胡乱摆布。

反应最迅速、动作最敏捷的河盗朝驳船冲过来；如果他们能登上船，再夺得控制权……这正是我想让他们看到的机会。

他们有备而来，使用的绳梯背面安装着木板。将梯子扔上活动掩体并固定后，木板能保护河盗的胳膊和腿，免受纳尔人的戳刺。

只不过，我早已安排纳尔人将长钉和削尖的木板条塞进活动掩体木材的缝隙里。这样增加了放梯子的难度。在河盗们尝到将尖头做把手和落脚处的美妙滋味之前，克莱图斯和他的兄弟们已经砸烂了好几艘船。

纳尔人收到指示，只要河盗们挂在那儿什么也不做，就不用管他们。有他们在，他们的那些父亲、兄弟、表亲就不敢轻易狙击。

虽然用了一些时间，但是最终，夜晚重归平静，河水不再翻腾。船只的残骸随波漂流，漂到水栅处被挡住，堆成一堆。我的人在坐着休息。独眼把他的粉色灯球从天空中拉回来。他、地精、蛙脸、我的小队长们、莫盖巴，瞧，还有驳船的船主，一同参加我召开的作战会。后者建议我们起锚出发。

“我们在这儿待多久了？”我问。

“两个小时。”地精回答。

“我们休整一段时间。”护航队应该落后我们约八个小时的水程，当初的计划是，如果我们因为长时间困在战斗中无法脱身而被他们赶上，那他们正好可以对付精疲力竭的河盗，即便我们战败，他们也能扭转战局。“独眼，那边的巫师是什么情况？”

他回答时的语气听起来很担心，“我们可能遇到大麻烦了，碎嘴。他比我们最初猜测的强很多。”

“你有试着抓他吗？”

“试了两次。我感觉他甚至都没有注意到。”

“如果他那么厉害，为何不出来胖揍我们一顿？”

“不知道。”

“我们要不要率先发力，掌握主动权？给他下饵，试试能不能把他引出来？”

摩根问：“为什么我们不直接破坏水栅然后走人呢？他们伤亡惨重，够沼泽地里服一整年丧了。”

“他们不会让我们如愿，这就是原因。他们也不能那样做。独眼，你能找到那个巫师吗？”

“能啊，我为什么要找他？我同意这孩子的观点。直接打破水栅。也许会有惊喜呢。”

“会有惊吓，好吧！你以为那水栅放在那儿是干什么用的，笨蛋？你以为我为什么让大家停在这里？你那些小粉球，能往他头发里放一个吗？”

“非得放的话，大约能放半分钟。”

“非得放。听我吩咐。”我一直试图找出哪里不对劲，现在我想我应该找到答案了。我在设计一个可能致命的有趣实验。“老哈，你和奥托把所有的弩炮都搬到东边。卸去百分之四十的张力，这样就能把火弹完整地抛射出去，不用担心它们在弹袋里被挤碎。”在蛙脸的帮助下，我告诉莫盖巴让他的弓箭手去甲板室的屋顶上，“独眼发现我们的目标时，要半高角，俯射，弹道半低伸。我要火弹满天飞，就当我们要把沼泽地烧为平地。”

一个河盗失手从护板掉落时发出一声绝望的哀号。水里一阵骚动，看来獠牙鱼知道有好事，一直在附近转悠着。

“让我们一起搞定这事！”

地精一直等到其他人离开，“我想我知道你计划做什么，碎嘴。我希望你不要后悔。”

“你希望？我一旦搞砸咱们全都得死翘翘。”

我一声令下，独眼的测距仪箭矢一般掠过水面。它一绽开全员开动。

一瞬间我还以为我们抓住那个笨蛋了。

突然，夫人在甲板室屋顶上现形。我摘下鳄鱼头，“那边好一场精彩的演出，是吧。”自由生长的柏树和苔藓会烧起来。

“你在干什么？”

“你终于舍得纡尊来报到了，大兵？”

她左边的脸颊动了动。我的策略根本不是针对河盗的那个巫师。

一支箭从我俩中间呼啸而过，距离我们的鼻子不足六英寸。夫人吓得跳开。

攀附在护板上的河盗终于开始试着往上爬，要爬上甲板室屋顶。结果，半打被弓箭手扫射下去，半打被专等他们的长矛刺成刺猬。

“一切都在我的掌握中，所以他们要想打败我们，就只有一种方法。”我顿了顿，给她思考的时间，“他们有个巫师，那可是个中强手。到目前为止，他一直很低调。刚才我是为了告诉他我知道他的存在，如果可以，我一定会逮到他。”

“你不知道自己在做什么，碎嘴。”

“错。我很知道。”

她难以置信地啐了一口，拖着沉重的脚步走开了。

“蛙脸！”我喊道。

他出现在我跟前。“最好把那个鳄鱼帽戴回去，首领。如果不带，咒语可挡不住箭。”他话没说完，一支箭就“呜呜”地从旁飞过。

我抓起鳄鱼头，“你处理好她的东西了吗？”

“全部搞定，领袖。我把那玩意儿滚进了一个特殊的地方。你很快就能听到他们的号叫。”

柏树林间的火像被扑灭的蜡烛一样突然熄灭。独眼的几只粉色萤火虫飘过来，直接消失不见了。黑夜开始充斥起一种压抑、可怕的存在感。

首舷上仅剩的光在我和鳄鱼头嘴巴的周围闪烁。

夫人冲过来，“碎嘴！你做了什么！”

“我告诉过你我知道自己在做什么。”

“但是——”

“你从高塔带来的小玩具都失踪了？这就是直觉，亲爱的。从零散不充分的信息中得出结论。不过，我认为这样多亏我跟被耍弄的人是熟识。”

夜更深了，星星不见了。但是，这样黑的夜却还亮着一丝微光，像一块被擦得锃亮的煤。你能看到微闪的薄光，即使根本没有灯——就连船头的装饰上也没有。

“你会把我们都害死的。”

“这种可能性自我被选为团长后一直存在，离开陵山时存在，离开高塔时存在，离开猫眼石城时存在，你宣誓加入黑色佣兵团时存在；我草率地接下吉-埃克斯利的商人这项没有被如实告知真相的委托时可能更是存在。没什么新鲜的，朋友。”

一个像是黑色扁平大石头的东西弹跳着掠过水面，溅起银色的水花。地精和独眼急忙避开。

“你想要干什么，碎嘴？”她的声音紧张起来，可能还掺着一丝恐慌。

“我想知道到底谁在指挥黑色佣兵团。我想知道谁能决定谁跟我们同行，谁不能。我想知道谁允许佣兵团成员一下脱离队伍好几天，谁给的特权让你躲在一边，逃避所有职责。最重要的是，我想知道谁决定佣兵团参与什么冒险，卷入哪些阴谋。”

更多石头弹跳过来，溅起银色的水花，荡开银色的涟漪，距离驳船越来越近。

“谁主事，夫人？你还是我？按谁的规矩来，你的还是我的？如果不是我的，你就别想再拿回你的宝贝了。而我们，现在就去喂獠牙鱼。”

“你不是在唬人吧？”

“与你这样的人坐对桌不需要虚张声势。你压上全部身家，等着看要不要亮牌。”

她了解我。她将我看得透透的。她知道，一旦触及底线，我是能做出这种事情的。她说：“你变了，变得强硬了。”

“做团长就要有团长的样子，不是编年史作者，也不是佣兵团的医生；不过，情意犹在。那一夜在山上，如果你坚持下去，我们之间可能就圆满了。”

一块弹跳过来的石头撞上驳船。

我说：“那会儿你迷住了我。”

“你这个傻瓜。那一晚与这一切毫无干系。那时我不觉得我们之间能成。那座山上是一个女人和她在乎的男人，和她想与之共度余生的男人，碎嘴。她以为那个男人是——”

下一块石头重重地击中目标。驳船被砸得左摇右晃。地精大喊：“碎嘴！”

“我们现在要不要行动？”我问她，“还是我脱去衣服以希冀能游得比獠牙鱼快？”

“真该死！你赢了！”

“你保证？也替他们保证？”

“我保证，可恶！”

我抓住机会，“蛙脸，把它滚回来，将那玩意儿弄回来。”

一块石头砸中驳船。木制船板吱嘎作响。我摇摇晃晃，地精又在喊。

我说：“你的东西回来了，夫人。叫化身和他女朋友上来。”

“你知道了？”

“我跟你说过，我都搞清楚了。行动吧。”

那个被叫作先知埃尔登的老人出现了，不过现在他用的是真面目。他是据称已经被杀死的十劫将之一——化身。他着一身红衣，身高达一栋房子的一半，身宽也达一栋房子的一半，是个怪兽似的男人。凌乱稀疏的头发随着动作拍打他的脑袋。一丛茂密的胡子黯淡无光，满是污垢。他靠在一个发光的物体上，那是一个身材瘦长的女性躯体，虽然瘦得让人难以置信，但是细节完美，栩栩如生。它是夫人的东西，蛙脸报告它的存在时，成了帮我得出结论的最后一条线索。他指着对面。

浇了油的火团在柏树林里熊熊燃烧，火苗蹿到一百英尺高。

又一块扁平石头袭来，驳船被击打得直晃，木制护板被撞飞。下面，马匹受惊，尖声嘶叫，还有一些船员为它们伴奏。映着火光，我的同伴们显得冷酷又残忍。

化身继续动作，火团一个接一个落下，烧光一切，沼泽地成了炼狱。河盗们的惨叫渐渐消失在熊熊烈焰里。

我赢了。

化身还在动作。

火里一声尖嚎响彻天际，然后渐渐弱下去，直至完全消失。

地精看着我，我看着他。“十天，两个人。”我喃喃道。我们最后一次听到那尖号声是在查姆城之战。“已经不再是朋友了。夫人，如果我挖开那些坟墓，我能看到什么？”

“我不知道，碎嘴。再多我也不知道了。我从没想过会再见到狼嚎。真的。”她看起来像个受惊的孩子，惊惶不安。

我相信她。

火光映照下，一道阴影飞过。一只夜里出来活动的乌鸦？还会有什么？

化身的同伴也看到了。她的眼睛眯起来，眼神透着紧张。

我牵起夫人的手。现在她又有了弱点，我更喜欢她了。

第二十章

威洛遇困

威洛怒视着眼前的船，“我太激动了，激动得都要拉大便了。”

“怎么了？”科尔迪问。

“我不喜欢船。”

“不如你步行？我和尖刀无论何时看到你在河边呼哧呼哧喘粗气都会给你加油。”

“如果我有你这样的幽默感，我会去自杀，免得让世界痛苦，科尔迪。我们不得不坐，那就坐吧。”他离开码头，“看到女士和她的小跟班了吗？”

“暗烟之前在这儿。我认为他们已经上船了。低调地，悄悄地。他们不想让人知道拉蒂莎离开的事。”

“那我们呢？”

尖刀咧嘴笑，“哭一场，因为女孩们没有跑来拖他回去。”

“大哭一场，尖刀，”科尔迪说，“老威洛去哪儿之前都得发顿牢骚，不然他挪不动脚。”

船没有那么糟糕。船身长六十英尺，可以舒适地运载货物，而这次的货物只包括五名乘客。威洛对这一点也颇有怨言，因为他发现拉蒂莎没有带来一个排的仆人。“我还有点惦记着让人伺候呢。”

“别贫了，”尖刀说，“下一步你是不是打算遇到麻烦时雇人替你打架。”

“好主意。我们做了太多替别人收拾烂摊子的事，你说是不是，科尔迪？”

“一些吧。”

船员撑船进入河里，在下游这么远的地方，水流缓慢到几乎不动。他们升起一张亚麻布料做成的帆，调转船头面向北方。适时一阵微风吹过，船鼓帆起航，顺流而行，速度跟慢慢散步的人一样快。不快，不过也没有人着急。

“我不明白为什么非得现在出发，”威洛说，“我们不去她想去的地方。我跟你打赌，第三瀑布上游肯定还封锁着。我们过不了入口。不管怎样，对我来说那已经够远了。”

“还以为你会继续徒步前行。”科尔迪说。

“他记着他们在吉-埃克斯利等着他呢，”尖刀说，“放债人可不开玩笑。”

两周后，他们到达第一瀑布下游的卡托尔塞，整段时间暗烟或拉蒂莎几乎很少露面。他们烦透了那些船员，他们见过最无趣的河鼠莫过于此。所有船员都沾亲带故，父子兄弟叔伯大爷齐上阵，所以没人敢爽快地掏腰包玩一把。晚上，拉蒂莎不许他们上岸，她怕有哪个大嘴巴走漏风声，这样，用不着武装护卫，全世界都知道谁在河上了。

威洛的感情受到了全方位的伤害。

第一瀑布对往上游航行的船只是一个障碍。水流太快，不适合升帆或划桨；岸离得太远且多沼泽，不适合修纤道。拉蒂莎让船员在船上候着，其他人在卡托尔塞下船，步行十八英里前往位于瀑布上游的达迪兹。

威洛朝河里张望，看到驳船从上游顺流而下，又开始抱怨。

尖刀和科尔迪对着他笑而不语。

拉蒂莎另租了一艘船去第二瀑布。她和暗烟不再避人耳目。她认为他们距离塔格洛斯已经足够远，不会再被人认出来。第一瀑布在塔格洛斯北方，两地相距四百八十英里。

从达迪兹离开半天后，威洛在船头与科尔迪和尖刀聊天，他说："在城里你们有没有注意到一些棕色皮肤的小矮个儿？有点像在监视我们？"

科尔迪点头，尖刀嗓子眼里哼了一声，算是赞同。威洛说："我本来担心是我自己想多了。也许我希望是这样。我没认出他们是什么人，你们呢？"

科尔迪摇摇头，尖刀说："不认识。"

"你们一点儿都不吃惊。"

"不管是谁，他们怎么监视我们，威洛？只有普拉布林德拉·德拉知道我们要去哪儿，而且就连他也不知道我们去那儿的原因。"

威洛张张嘴，想要说些什么，最后还是决定闭上嘴好好思考。一分钟后，他小声嘀咕："暗影长老。可能他们不知怎么得到了消息。"

"是的，有可能。"

"你觉得他们会给我们制造麻烦吗？"

"如果你是他们，你会怎么做？"

"对，我还是去骚扰暗烟比较好。"暗烟可能会是最后的王牌。他声称暗影长老不知道他的存在；或者即便他们知道，也不了解他的真正实力。

暗烟和拉蒂莎惬意地待在船帆下的阴凉里观大河流水。威洛承认，这条河流确实值得一看，虽然这里河宽只有半英里。“暗烟，老伙计，我们可能遇到一个问题。”

这个法师一上午嘴巴里都咀嚼着什么东西，闻言他终于停下来，眯起眼睛审视威洛。他对威洛的作风习惯已经慢慢有所了解。

“在达迪兹，有些棕皮肤的小矮个儿在监视我们，大约这么高，很瘦，有皱纹。我问了科尔迪和尖刀，他俩也看见他们了。”

暗烟看向女士，女士在看威洛，“不是你以前南下时结的仇家？”

威洛哈哈大笑，“喂！我没有仇家。没有。玫瑰城和塔格洛斯之间的地方没有那样的家伙。我从未见过像他们那样的人。我琢磨他们感兴趣的对象不是我。”

她的目光投向暗烟，“你看到了吗？”

“没有，不过我没留意，觉得没什么必要。”

“喂，暗烟。你应该随时留意，”威洛说，“这儿可是不怎么友好的旧世界。赶路时你最好时刻保持警惕。坏人很多，信不信由你，不是所有人都像塔格洛斯人一样礼貌客气。”

威洛·斯旺回到船头，“那个呆子甚至都没留意那些小黑鬼，他的脑子里一定进水了。”

尖刀掏出一把刀和一块磨刀石，开始霍霍磨起来。“最好磨得锋利些，等那老小子醒过来看到我们遭到攻击，刀刃都钝了。”

在河里航行三百英里到达第二瀑布，那里的河水在阴郁沉思的山间着急忙慌地奔腾，好似谨慎得不敢在同一个地方待得太久。右边岸上晁恩·德龙的废墟幽幽地俯视滚滚洪流，让威洛回忆起昔日的一堆头骨。

自从苦痛神陨落，右岸人迹罕至，再无船只经过，就连动物也绕路而行，避开这块区域。

左岸的山顶残留着三胞城，第一怪城、第二怪城和第三怪城的遗迹。根据科尔迪听说的流传到南边的故事版本，三座城市为了打倒苦痛神不惜牺牲了自己。

现在沿瀑布旁边的狭长地带建起一座一街宽、十英里长的城寨，人们居住在城墙里面，永久地担心来自昔日战争的幽灵。他们把自己这座奇特的城市起名为艾东，艾东城里的怪人怪事全世界最多。旅者们只有万不得已时才会在艾东城落脚，一些出生在艾东的人也是如此。

路过这里时，威洛假装一直在傻看各种怪人，睁大双眼留心周围情况，他发现到处都有那些鬼鬼祟祟的小黑鬼。“喂，暗烟，你这个目光锐利的浑蛋，现在该看到他们了吧？”

“什么？”

“他没看见，”尖刀说，“最好给我多磨几把刀。”

“专心点，老家伙。他们像蟑螂似的，到处都是。”其实，威洛只看到八九个，但这已经够多了，如果他们背后的势力是暗影长老则更是如此。

他们背后有人。拉蒂莎租船前往入口和第三瀑布后这一点变得确定无疑。

他们绕过一个河湾，河湾貌似流经了三胞城和晁恩·德龙之战的遗址；两艘负担过重的小船快速追来，小黑鬼们奋力划船，像力求名垂不朽的竞赛冠军。

拉蒂莎雇来的船员思考了大约二十秒，最后决定事不干己，高高挂起。他们跳入水中向岸边游去。

“你现在看到他们了吗，暗烟？”威洛边说边准备武器，“你这个法师有你自以为的一半强，我就谢天谢地了。”每艘船上至少有二十个黑人。

暗烟嘴里狠劲地咀嚼着，下巴动得飞快。他等到两艘小船摸到船两侧才动手。只见他双手伸向其中一艘，闭上眼睛，扭动手指。

固定船只的所有钉子、木桩像一哄而散的燕子四下飞去，噼里啪啦落入水中。

一时间，黑人们的尖叫声、咯咯声响成一片。看来他们很多人不会游泳。

暗烟缓了一会儿喘了口气，然后转向另一艘船。那艘船上的黑人早已掉转船头向岸边划去。

暗烟三下五除二把那艘船也拆了，然后阴沉沉地斜了威洛一眼，走回船帆的阴凉里坐下。后来，每次听到威洛抱怨不得不修船，他都一脸得意的坏笑。

“至少我们现在知道他确实有些真本事。”威洛默默地自言自语。

入口的情况跟威洛预测的一样。北上的河流被封，因为河盗。拉蒂莎找不到愿意冒险去遥远吉-埃克斯利的人，她打定主意，一定要去那里等。无论她许诺什么，都没有人愿意冒这趟险。

她大光其火，让人以为如果她去不成吉-埃克斯利，世界就塌了。

她还是没去成。

他们在入口滞留长达数月之久，平日躲躲小棕人，听听传言，听说吉-埃克斯利的商人决定铤而走险对付河盗。入口城笼罩在一片悲观的情绪下。失去来自上游的贸易这里就会衰落。寄希望于北边的人打破封锁的想法看起来荒诞可笑。做过尝试的人都死了。

一天早上，暗烟来吃早餐时看起来心事重重，“我做了一个梦……”他宣布。

“哦，太好了，”威洛打断他的话，“我在这儿无所事事好几个月就是为了等你再做一个噩梦。我们这次要做什么？怒扫暗影大陆？”

暗烟无视他。他经常这么做，拉蒂莎会帮忙沟通。只有这样他才能忍住不去用暴力对付威洛。他告诉女士：“他们已经离开吉-埃克斯利。一整支护航队。”

“他们能突破封锁吗？”

暗烟耸肩，“沼泽地里有支和暗影长老一样强大残暴的力量，甚至可能比之更甚。我在梦里没能找出它。”

威洛嘀咕道：“希望那些小棕人没有起疑。如果他们察觉我们要接头，可能会变本加厉。”

“他们不知道我们为何在这儿，威洛。我打听过了。我了解到的是，他们只想要你、我和科尔迪。如果在塔格洛斯能抓到我们，他们早就动手了。”

“英雄所见略同。那只护航队什么时候能到这儿？”

拉蒂莎问：“暗烟，多久？”

法师秉承科学严谨的态度做出回答——他耸了耸肩。

第一艘船被一个在上游钓鱼的人发现。这个消息在驳船到达几个小时前传到入口城。威洛和他的同伴与半个城市的人一同涌上码头，翘首等候。船上的人开始下船时，人们欢欣鼓舞，然后，是一片死寂。

拉蒂莎用明显让人吃痛的力道紧紧抓着暗烟的肩膀，“这些就是你说的救世主？老家伙，我快对你失去耐心了……”

第二十一章

入口城

我们打破了水栅，前往位于第三瀑布上游的贸易城市入口。往下游走，河流很平静。偌大的世界除了驳船上的我们好像再无其他人类。但是，一路上一直如影随形地漂浮在旁边的船只残骸触目惊心，无时无刻不在提醒我们其实并不孤独，以及我们属于一个冷酷残忍的物种。我这人不适合与人类或动物为伍，他们如是说。

地精安在船头的鳄鱼头已经破损，我站在下面，独眼走过来，“一会儿就到了，碎嘴。”

我在自己装巧言妙语的锦囊里搜索一番，最终只是回以一声不甚热情的嘟囔。

“我和小矮子一直想摸清前面那个目的地的情况。”

我又嘟囔一声，逗得他忍不住发笑。那是他的工作。

“感觉不对。”我们看着又一艘小渔船起锚、升帆，带着我们到来的消息一溜烟南去。“不是真正有危险的那种感觉，不是很坏的那种感觉。只是感觉不对。就像是有什么事情正在发生。”

他的语气透着一丝疑惑。“你认为可能与我们有关，那就派你的宠物去打探清楚。你买他来就是为了这个，不是吗？”

他得意地笑起来。

河流拐弯的地方水流缓慢，我们的船被推得靠向右侧河岸。两只肃穆的乌鸦站在一棵孤零零的枯树上看着我们航行。那死木扭曲多瘤，奇丑无比，让我无端想起绞刑架的套索和被绞死的人。

“我怎么就没想到呢，碎嘴？我这边刚刚派他去镇上打听风声。”

教你的祖母怎样在床上俘获男人，碎嘴。

小妖带回一个令人不安的消息。入口城有很多人在等我们。专门等我们黑色佣兵团。

去，怎么每个人都知道我们要来？

我们把船拖进码头时，整个码头区已经被包围得水泄不通，虽然没有人真的相信我们来自吉-埃克斯利。我想他们以为我们是从河流上游的河湾凭空冒出来的。我下令所有的人待在船上，尽量不露面，等剩下的护航队到达。

随后而来的护航队毫发无损。护卫和船员在后面看到了我们造成的破坏，现在都还兴奋地沉浸其中，不能自拔。整个入口一片喜气洋洋。此前，河盗的封锁一直遏制着这座城市的发展。

我从掩体后观察那些好市民。我注意到有不少眼神犀利、皮肤黝黑的矮个男人，他们似乎没那么沉迷于我们的到来。

“你说的就是那些家伙？”我问独眼。

他白了我一眼，摇摇头，“我说的那些人在那边。那就是。奇怪。”

我懂他的意思了。一个蓄着金色长发的男人。见鬼，他怎么在这儿？“看住他。”

我找来莫盖巴、地精和两个看起来很凶的家伙以及护卫队管事的人一起开了会。他们让我很惊喜，不仅支付佣金时没有讨价还价，还代表每一艘过往的驳船额外发了红利。然后我召集左膀右臂，对他们说："咱们卸货上路吧。这里让我有种毛骨悚然的感觉。"

地精和独眼齐声抱怨。自然如此，他们本想要留下开派对。

铁马车、黑骏马和佣兵团的军旗出现在码头边的路上时，围观的人群回过神来，隆重庆祝的欢乐气氛几乎立刻消失殆尽。我猜也是。

一张张煞白的脸木然地看着让他们终生难忘的军旗从身边经过。

佣兵团在格斯服役时，入口城是敌方。我们的先辈把他们狠狠地教训了一顿。吓得他们这么久，连格斯都没了却还能记起佣兵团。

我们在入口南缘的一个露天市场停下来。莫盖巴派他两个副官去购买物资，还不忘叮嘱他们要记得讨价还价。地精怒气冲天，重重地跺着脚来回走，因为独眼安排蛙脸跟着他模仿他的一言一行。那小妖此刻正吃力地跟在他身后，神思恍惚。奥托、老哈和蜡烛正研究组一个高回报的赌局，赌谁能猜到地精会何时发起最后的反击，猜得最近的人获胜。麻烦的是，"最后"这个概念不好定义。

独眼面带亲切又自得的笑容全程围观，最终确认他占定上风。纳尔人站在一旁，面色严肃又带一点迷惑，严肃是因为他们自始至终坚持军人做派，迷惑是因为我们这些人看着没那么严格守纪。河里一战，他们没有对我们失望。

独眼缓步走来，"他们，那几个人又在打量我们。现在都确认好了，四个男人和一个女人。"

"把他们赶到一起，带过来。我们来看看他们在打什么主意。老喘在哪儿？"

独眼抬手一指，然后离开。走近老喘时我发现我的十几个人已不见踪影。独眼不会冒任何风险。

我让老喘告诉莫盖巴，我们不是要为一场长达六个月的战役屯粮，只需要一两顿饭的物资能支撑我们通过瀑布就够了。我们你来我往说了不少，莫盖巴努力与他渐渐熟悉的珍宝诸城方言作斗争。他是一个聪明敏锐的男人，我喜欢他。他心思灵活，能够理解两百年的时间足够出现两个版本的佣兵团。他努力让自己客观地看待此事。

我也是。

“喂，碎嘴。来喽。”独眼带来了他的猎物，龇着牙笑得像只负鼠。三个较年轻的男人——其中两个是白人—— 一脸茫然。女人看起来很愤怒。那个老头像在做白日梦。

我打量着两个白人，再次好奇他们怎么会在这儿，“他们有没有要说的？”

莫盖巴凑过来，若有所思地盯着那个黑人。

那个女人显然有一肚子话要说。发色较深的白人有些无精打采，其他人只是咧着嘴笑。我说：“试试他们讲什么语言。我们中间多数人都会讲北方话。”

蛙脸跳出来，“试试玫瑰语，首领。我有预感。”他对着那个老人哇啦哇啦说了一通，惊得他一蹦三尺高。蛙脸得意地咯咯直笑，老头盯着他像见到了鬼。

我正要问他耍了什么语言花招，金发男人开口道：“你是这伙人的团长？”他讲的是玫瑰语。我能听懂，但是我的玫瑰语有些生疏。毕竟很久没用过了。

“对。你还能讲其他语言吗？”

他能。他又说了两种。他的福斯博格语不好，但是我的玫瑰语更糟。他问：“你们发生了什么事？”话一出口他立即后悔了。

我看向独眼，他耸耸肩。我问：“你是什么意思？”

“呃……到河流下游来。你们做到了不可能的事。好几年没人能通过了，我、科尔迪和尖刀，我们仨算是最后一批通过的。”

“运气好而已。”

他皱起眉头。他已经听过船员们传播的故事了。

莫盖巴对他的一个副官说了几句话。他们一起审视那个黑人，尖刀。奇奇、怪怪也凑上前细细察看。他们俩已经承认是亲兄弟，真名一个叫雄狮之爪，一个叫雄狮之心。尖刀很不高兴。我问雄狮之心：“那个家伙有特别之处？”

“有可能，团长。有可能。待会儿跟你说。”

“好。”用回福斯博格语，“你们一直在监视我们。我们想知道原因。”

他早就准备好了答案，“我的哥们儿和我，我们受雇护送那个女人和那老小子去下游。我们想也许能搭你们的伙去塔格洛斯。额外保护，你懂我的意思？”他的眼睛看向摩根和军旗，“我见过那个，忘记在哪儿了。”

“玫瑰城。你是谁？”我看起来很蠢吗？也许我应该照照镜子。

“哦，对，抱歉。我是斯旺，威洛·斯旺。”他伸出一只手，我没有去握。“这个是我的兄弟，科尔迪·马瑟。科尔迪全称科尔德，寓意柴火。别问，他也不知道为什么。这是尖刀。我们一直在沿河做些你们口中的自由职业。充分发挥外来人的优势。你懂的。到处都能听到你们的大名。”

他喋喋不休地说个不停。也许，不能用严刑拷打的方式逼问他，不过他已经吓得半死了。他来回地瞄军旗、马车和那些骏马，身子瑟瑟发抖。

他可能有多种身份，但他不会承认。确定无疑的是，他是个大骗子。我想，带他和他的同伴一起上路也许会很有趣，甚至会让人很愉快也说不定。所以，我如他所愿，“好，那就跟着吧。只要你们能做好本职工作，并记住谁管事。”

他喜上眉梢。“太好了，没问题，首领。”他开始对着他的同伴嘚啵。老头说了什么尖刻的话才让他闭嘴。

我问蛙脸，“他有没有泄露什么？”

“没有。他只是说，‘我做到了！’首领。然后继续吹嘘自己三寸不烂之舌。”

“斯旺，那个塔格洛斯到底在哪儿？我的地图上怎么找都没有一个叫塔格洛斯的地方。”

“我看看。”

半小时后，我终于知道他口中的塔格洛斯是我最好的地图上标注的一个叫特洛口·塔略斯的地方。“特洛格·塔格罗斯，”斯旺告诉我，“有个怪物城市，塔格洛斯，包围着一个曾被叫作特洛格的更古老的城市。官方名字是特洛格·塔格洛斯，但是没有人再叫过别的，都只叫塔格洛斯。那是个很好地方，你会喜欢的。”

“希望如此。”

独眼说：“他会试图卖给你东西，碎嘴。”

我咧嘴一笑，“那样我们会玩得很开心的。好好看着他们。友好点。把能查到的都查出来。夫人去哪儿了？”

我太过大惊小怪。她没走远。她站在一旁从另一个角度审视我们的新朋友。我招呼她过来，“你怎么看？”她走近时我问道。斯旺看清她的长相后，双眼顿时瞪得老大。他陷入了爱河。

“也没什么。看那个女人。她主事，而且她习惯独行其是。”

“你们不都这样吗？”

“就爱挖苦人。”

“这就是我，已经病入膏肓了。是你，亲爱的，将我变成了这样。”

她看我一眼，挤出一个异样的笑容。

我好奇我们还能不能重温在遥远北方山坡上那一刻。

我们步行经过第三瀑布后又回到河里，很快，在我遛马时威洛找上我。他紧张地看着大黑马绕过来，让我挡在他俩中间。他问道：“你们真的是黑色佣兵团？”

“如假包换。那个邪恶的、卑鄙的、粗鲁的、狂暴的、下流的、有时还有点令人不愉快的黑色佣兵团。你从没在军队里待过，对吗？”

“尽量少待呗。妈呀，上次我听说你们有一千人，发生了什么事？”

“北边形势恶化。一年前我们就只剩七人了。你什么时候离开的帝国？”

“很早以前。大约你们在玫瑰城对付叛军将领耙子后的一年，我和科尔迪就撤出来了。那会儿我还是个小孩。我们一路向南，从这儿漂到那儿。不知不觉就渡过了苦痛海。然后我们得罪了那儿的贵族，不得不离开帝国。然后我们继续流浪，今年在这儿，明年去那儿。认识了尖刀，大家一起鬼混。一不小心就来到了这儿。你们来这儿干什么？”

“回家路过。”我只需告诉他这么多。

如果他来找我们时知道塔格洛斯只是在我们的行程里，不是最终目的地，那他应该很了解我们。

我说：“军队里不允许任何人随意跑到指挥官跟前吹牛皮。我努力让这支队伍显得军事化，这样能吓唬住那些乡巴佬。”

“是。懂了。手段策略那些东西。对。”他嘟囔着走开了。

他的塔格洛斯还离得很远，我想我们有时间弄清楚这伙人的底细。所以，着什么急？

第二十二章

塔格洛斯

我们回到河里，坐船前往下游的第二瀑布。快捷的交通早已把“佣兵团的年轻人回来了”传到各处。艾东城，一个怪异的条带状城镇，是座鬼城。在那儿我们看到不下十几个的幽灵。再一次，我们来到一个长久铭记着黑色佣兵团的地方。这让我感到不安。

我们的先辈究竟在这里做了什么？编年史长篇累牍地记载了帕斯泰尔之战，却对那些使幸存者的后代长久恐惧的过分之举只字未提。

我们停在艾东城下游，等着找一个胆量大的驳船船主载我们南下。我让摩根插好军旗。一如既往严肃的莫盖巴挖了一条沟，轻而易举地为我们的营地筑起防御工事。我偷来一艘小船，渡河爬山来到晁恩·德龙的废墟。一整天我都在里面闲逛，在这幽灵出没的地方缅怀死去的神，我独自一人，只有乌鸦与我为伍，好奇在我之前的编年史作者都是什么样的人。

我怀疑也害怕他们与我境遇相似，困于历史的滚滚洪流，不得挣脱。

佣兵团服务于苦痛神时期的编年史作者记录了那场史诗般的斗争。他写下大量的文字，有时对日常生活的细枝末节描写得太过详细，但是却甚少提及与他一同服役的人。

大多数只在他记录他们的亡故时才留下一点痕迹。

我被控犯了同样的错误。有人说，很多时候我特意提及一个名字是因为他已经被杀害了。或许这背后有些道理，或许这是一种倒退。记录先于我死去的人的故事总是痛苦，即便是一笔带过。这些人是我的兄弟，我的家人。现在，更像是我的孩子。写编年史，既是对他们的纪念，又是我情感的宣泄。不过，早在孩童时期，我就是抑制和隐藏情绪的高手。

又不过，这是废墟，只是战争的痕迹，不可同日而语。

帕斯泰尔之战一定像我们在北方经历过的斗争一样惨烈，只是战场更小。战争的疤痕依然触目惊心。可能需要一千年才会痊愈。

这次小小的出游，我想我前后两次瞥见在旅者之庙的庙墙里见过的移动树桩。我试着走近，想看得更仔细，可它总是转眼就消失。

反正，那就只是我眼角余光的一瞥。也许是我的幻觉。

我没能如愿进行深入的探索。我忍不住想到处逛逛，但是藏匿心底的老兽告诉我，我不想在天黑以后被困在这片废墟里。它告诉我晁恩·德龙的夜潜伏着邪恶的东西。我信。回到河对面，莫盖巴在河边等我，他想知道我有什么发现。他对佣兵团的过去像我一样感兴趣。

时间没过一小时，我就越发喜爱和尊敬这个黝黑的大块头男人。那天晚上，我正式任命他为佣兵团步兵指挥官。另外，我下定决心更认真地对待摩根的编年史作者训练。

也许只是一种预感。管他呢，我决定是时候把佣兵团的内部运作推上正轨了。

最近，所有这些当地人都惧怕我们。他们心怀旧怨。大概，河流更下游的地方还会有对我们惧意更少、恨意更多的人。

我们处在世界边缘，佣兵团在这儿的冒险只在早期已经遗失的编年史册里有记录。现存最早的史书从我们在特洛格·塔格洛斯以北的城市发生的故事开始记起——那些城市已经不复存在。真希望我有办法从当地人的口中撬出一些过去的细节。但是，他们拒绝与我们交谈。

我在晁恩·德龙的废墟郁郁而行时，独眼找到一个愿意将我们一路载到特洛格·塔格洛斯的南方船主。这个人的要价高得出奇，但是威洛·斯旺向我保证不可能找到价格更低的了。我们被自己的历史遗产所困扰。

在我追溯过去时，斯旺和他的伙伴没有发挥一点作用。

我揭开斯旺和他同伙神秘面纱的计划进展得极其缓慢。那个女人强制他们老实待着，这让科尔迪·马瑟很不满意。他迫切地想了解帝国的情况。我查到老头叫暗烟，但是女人叫什么却一点线索也没有。就连蛙脸也打探不出来。

他们很谨慎。

同时，他们也在密切关注我们，密切到我感觉就连我去栏杆边向河里放水他们也会记个笔记。

还有其他烦心事在困扰我：乌鸦。一直是，乌鸦。还有这些天很少说话的夫人。轮到她时，她和佣兵团其他人一起履行职责；其他时候她不怎么露面。

化身和他的女友也不见踪影。从我们在入口城下船时他们就消失了——不过我确信他们就在附近，监视我们。这让我很烦心。

又是乌鸦，又是被人预言，我直觉自己一直在被人监视着。变得有点神经质也很正常。

我们乘着第一瀑布的湍急水流一路畅行，一脚踏进佣兵团历史的“黎明”。

我的地图上叫它特洛口·塔略斯，当地人叫它特洛格·塔格洛斯，不过长住在那里的人多数简称它为塔格洛斯。就像斯旺所说，特洛格地区是一座老城，被更年轻、更有活力的塔格洛斯包围。

这是我见过最大的城市，没有城墙，辽阔地铺展着，而且还在不断向四面八方水平蔓延。北方的城市都是垂直向上扩张，因为没有人想在城墙外建房子。

塔格洛斯坐落在美因河东南岸，实际位置略微靠内陆，横跨一条蜿蜒流过数座丘陵的支流。我们在塔格洛斯附近一个叫马赫兰格的河港上了岸。很快，马赫兰格就会走上特洛格的老路。

特洛格至今还能保留着原有的身份是因为那里住着地位更高的贵族，是本地的政治和宗教中心。

塔格洛斯人表面看上去友好、平静，极其信仰神明，跟斯旺和马瑟在旅程中与我们简单交流时描述的大致一样。但是表面之下，他们的心里似乎充满恐惧。而斯旺关于这一点什么都没说。

黑色佣兵团不是他们恐惧的源头。他们待我们尊敬又殷勤。

我们的船刚靠上码头，斯旺一伙人立刻消失，踪影全无。当然，我无须刻意叮嘱，独眼也会留意他们。

地图显示大海距离塔格洛斯仅四十英里，但这是跨河向西到最近海岸的直线距离。沿着弯弯曲曲的河流和三角洲往下游走二百英里才能见到海水。地图上的三角洲看起来像只有许多根细长手指的手牢牢抓在大海的肚皮上。

对塔格洛斯了解一点是有用的，因为佣兵团最后待在这里的时间长得超出我们每个人的预料，甚至可能比塔格洛斯人希望的还久。

确认不会有危险后，我下令在塔格洛斯停下休整。其他人还没到，而我需要做大量的调查研究。我们现在靠近我手里地图的边缘。

我发现我已经逐渐养成依赖斯旺和马瑟带我出去四处参观的习惯。没有他们，我不得不靠独眼的小宠物。而我并不信任它。无缘无故，我就是无法完全相信这个小妖。也许是因为他的幽默感与他的主人如出一辙。你能相信独眼的唯一时刻是在你身处险境、命悬一线之时。

希望我们现在的位置已经足够靠南，这样我就能在重新上路之前画出前往卡塔瓦的剩余路线。

自河里一战，夫人的表现作为士兵堪称完美，作为同伴却不是很合格。她对狼嚎的回归和他怀有的敌意深感震惊。过去，他一直是一个坚定不移的追随者。

她仍然在旧日的夫人和不得不接受的新身份之间痛苦挣扎，她的情感和理智互不妥协。她找不到出路，我怜悯她，却不知如何牵起她的手为她指明方向。

我想她应当散散心。我让蛙脸寻找一处与猫眼石城花园相似的地方，让我震惊的是，他居然找到了。我问夫人她想不想真正出去社交一晚。

被忽视数月，她不说是有些激动，起码很温顺。只是没有特别兴奋。“我没什么更好的打算，所以为什么不呢？”

她不是爱社交的人，我在船上的策略和借口关注职责的逃避行为让她对我并不满意。

我们盛装打扮地出行，充满戏剧性，但没有搞出猫眼石城那么大的动静。我不想冒犯当地的贵族。独眼和地精表现得体，只有蛙脸提示着魔法的存在。没有猫眼石城上演的那一套乱七八糟。蛙脸是我们的万能翻译。

独眼将他的宠物装扮得跟自己一样花枝招展，与地精的服饰风格略有相似。看来如果地精能摆脱懒汉的形象，他就会是这副尊容。

塔格洛斯的社会名流在一个过了开花结果最好时期的橄榄园里参观别人，以及被别人参观。橄榄园横跨老特洛格附近的一座山。一眼温泉喂饱二十家私人浴池。不是熟人的话，进去要花一大笔钱，其中多数用于贿赂。即便如此，我咨询之后还是过了两天才订到位子。

我们坐着马车，地精和独眼在车顶，纳尔人组成的四人小队一前一后，摩根驾车。他把我们送到后，驾车离开。其他人伴随我们进入橄榄园。我穿着使者服饰。夫人看上去艳光四射，虽然她一身黑色。一直是黑色。她穿黑色很好看，但是有些时候我真心希望她能试试另一种颜色。

她说："我们出现引起的兴趣比你预计的多。"我们的到来在塔格洛斯的街上只激起很小的水花。

但这次她说得对。除非橄榄园是晚上消遣的重要场所，很多有头有脸的人出来就是为了围观我们。似乎所有有点地位的人都到场了。"想知道为什么吗？"

"这里有事发生，碎嘴。"

我眼睛没瞎。我知道。早在河流上游，我和威洛·斯旺见面几分钟后就知道。但是我无法查明是什么，甚至蛙脸也帮不上忙。如果的确有阴谋，那也是趁他不在时策划的。

除了已经在吉-埃克斯利适应了各种礼仪礼节的纳尔人，被这么多双眼睛注视着，我们都十分不自在。我承认："这个主意可能不太明智。"

"恰恰相反，这证实了我们的怀疑，他们对我们的兴趣远远大于对普通旅者。他们想利用我们。”她很苦恼。

“欢迎体验黑色佣兵团的生活，甜心。”我说，“现在你知道我为什么反感那些贵族了，也能懂我一直试图被理解的感受了吧。”

“也许我能懂一点儿。我感觉受到了侮辱。就像我根本不是个活生生的人，而是个可能有用的物件。”

“就像我刚才所说，欢迎来到黑色佣兵团。”

这不全是她的问题。要怪就怪十劫将狼嚎那个无赖，明明死了，却出人意料还活着，更成了敌人。说破天我也不会相信他出现在河里是偶然。他专程候在那里害我们。

而且，最晚从猫眼石城开始，一直有种怪异不寻常的关注落在我们身上。我抬头寻找乌鸦。

它们安静地栖在橄榄树上，一动不动。注视着，一直注视着。

死而复生的化身在吉–埃克斯利出现，等候夫人。也许暗中有阴谋在发酵。发生了太多事，我无法不这么想。

我没有逼过她，至今还没有。她正在用心做一个好士兵。也许等……

等什么？

我很久以前就知道，对她这样的人，我观察、聆听、思考得出的信息要比直接询问来的多。他们说谎，即便没有必要也要骗人。而且，除了她自己的情况，对发生的事我不认为她比我更知情。

橄榄园员工把我们带到一个有独立温泉的私人凉亭。纳尔人散开，地精和独眼找了两个不显眼的地方。蛙脸跟在旁边，做翻译。

我们入座。

“你的调查研究怎么样了？”夫人问道，手里玩弄着几粒饱满的紫葡萄。

“只能说不可思议。我想我们现在正处在地球的尽头，再往前一步就是万丈深渊。”

“什么？哦，你在开玩笑。”

“塔格洛斯遍地都是会制图的人。他们技术很高。但是我找不到一张能指引我到达目的地的地图。”

“也许你没能让他们理解你的需求。”

“不是那回事。他们能懂，这才是问题所在。你告诉他们你需要什么，而他们开始装聋作哑。新地图只画到塔格洛斯领土的南部边界。找到的旧地图在这座城市东南八百英里以外也一片空白。就连那些细致到几乎每棵树每个村舍都能看清的好地图也这样。”

“他们在隐瞒什么？”

“一整个城市？不太可能。但似乎找不出其他解释。”

“你问对问题了吗？”

“就凭我像蛇一样灵活又狡猾的三寸不烂之舌，你认为我做不到？一出现空白区域翻译就出问题。”

“你打算怎么办？”

黄昏降临。点灯人已经上工。我出神地盯了一会儿，“可能会用到蛙脸吧。我不太确定。我们回溯得太久远，编年史几乎用不上。但是一切迹象显示，我们正朝着那边空白区域前进。对此你怎么看？”

“我？”

“你。事情一件两件都直指佣兵团。我可不认为是因为我昂首阔步的姿态很优美。”

“呸！”

“我没有逼过你，夫人，虽然有理由这么做；我不会逼你——除非不得已。但是，为什么一个死去的十劫将会阴魂不散，还在灌木丛里监视我们，而另一个死去的十劫将曾经是你的伙伴，在沼泽地里却一门心思要杀死我们，能了解这些应该很不错。查明他是否知道你在那艘驳船上，或者是不是因憎恨化身而伺机报复，还是他只是单纯地想阻断来自上游的交通，可能也很有趣。不知我们会不会再次遇上他，或者还有没有其他人也没有按时死亡……有点意思。”

我尽力保持语气温和平缓，但怒火还是抑制不住地迸发出来。

第一道菜上了，浸了白兰地的小块冰镇西瓜。我们小口轻咬慢慢享用时，不知哪个细心的人给我们的护卫也送去食物。可能没那么讲究，但总归是食物。

夫人吸吮着一个西瓜球，神情若有所思。突然，她脸色骤变，大声喊道：“别吃那东西！”她用的是珍宝诸城的语言，现在甚至头脑最迟钝的纳尔人也能听懂。

橄榄园寂静无声。纳尔人纷纷扔下大浅盘。

我站起身，“怎么回事？”

“有人对他们的食物动了手脚。”

“下毒？”

“我猜是下药。我得更仔细地检查一下。”

我走过去将最近的大浅盘拿过来。大浅盘的纳尔主人漠不关心的表情后隐藏着残忍冷酷。

我端着盘子转身时他抓住了机会。

脚步快速移动。一声重击！血肉之躯撞上木材。痛苦的惨叫，比呜咽声稍大。我转身。纳尔人矛头抵住一个四肢摊开趴在他眼前的男人喉头。我认出那是一个点灯人。

他摊开的手臂不远处躺着一柄长刀。

我环顾四周，一张张面无表情的脸从各个方向看过来。

“独眼、蛙脸。过来。”他们走过来，“我要低调点，不打扰任何人的晚餐，但是我想谈时，他得有心情跟我谈。能做到吗？”

独眼窃笑，“保证合你的胃口。”他摩拳擦掌，周身洋溢着邪恶的喜悦。被忽略的地精高高地噘起嘴巴，“包你满意。去享受你的晚餐和甜言蜜语吧，一切交给老独眼。我保证他会像只金丝雀唱歌那么有心情。”

独眼打个手势，一股看不见的力量抓起点灯人的脚踝。他被吊了起来，身体扭动得像只咬钩的鱼，嘴巴咧开想要尖叫却没能发出一点声音。

我在夫人对面入座，摇了摇头道：“独眼脑瓜里的低调，就是不让受害人尖叫。”我把一个西瓜球丢进嘴里。

夫人动手戳纳尔人的食物。

俘虏的衣服碎片枯叶般从身上剥离，裸露在外的皮肉上爬满闪着绿黄色和柠檬色的虫子。当两种色彩发生碰撞，就会迸出火花，刺杀失败的杀手此刻欲叫不能。独眼玩到兴起，松手将那男人往下放，直至他的鼻尖仅离地面一英尺。这时蛙脸对他耳语，然后独眼再将他拎高。

真低调。我要是让高调些他得被折腾成什么样？

地精吸引了我的视线。我挑起一边眉毛，他向我打手势，“佣兵团大驾光临。重大事件。”

我假装只对食物感兴趣，同时聚精会神地望着夫人。她似乎没注意我们两个的动静。

他们有两个人，穿着讲究，彬彬有礼。一个是当地人，胡桃棕色皮肤，但不是黑色人种（塔格洛斯人虽然肤色黑，但是不属于黑色人种。我们在那儿看到的黑人都是河上游来的访客）。另一个我们已经认识，威洛·斯旺，顶着一头玉米色的黄发。

斯旺与离他最近的纳尔人说话时，他的同伴正评估独眼的行为。我向地精点点头，他过去向斯旺打探情况。

回来时他若有所思，“斯旺说跟他一起的那个家伙是这儿的外国佬老大。他的原话，不是我说的。”

“该来的总会来。”我跟夫人交换眼色。她变回昔日的女王，脸色像岩石一样“易”读。我想摇晃她，拥抱她，趁短暂闪现的激情还未消失，做些什么来释放这份强烈的情感。她耸耸肩。

我说：“请他们过来。告诉独眼把小妖派过来。斯旺翻译时我需要他把关。”

我们的客人走近时，上菜的员工跪拜行礼。我在塔格洛斯第一次看到这种行为。斯旺嘴里的王子真的存在。

斯旺开门见山，“这是普拉布林德拉·德拉，这里的头儿。”

“你为他效力？”

他微笑道：“也可以这么说。被选中的。他想知道你们接不接委托。”

“你知道我们不接。”

“我告诉他了，但是他想亲口确认。”

“我们在远征。”这个回答够劲吧。

“一个神明赋予的使命？”

“一个什么？”

“这些塔格洛斯人很迷信，这一点到现在你应该已经了解。这样说他们才能理解远征这个概念——神明赋予的使命——你确定不能多待一阵？休息一下。我知道有多难，赶路，一直不停歇地赶路。我的朋友需要有人替他干脏活。你们是业内赫赫有名的一把好手。”

“你对我们真正了解多少，斯旺？”

他耸肩道：“传说里那些。”

“传说里那些。原来如此。”

普拉布林德拉·德拉说了些什么。

“他想知道为什么那个人被吊在空中？”

“因为他想在背后捅我刀子。在此之前有人企图毒害我的护卫。过一会儿我会去问问他为什么。”

斯旺在和普拉布林德拉叽咕。普拉布林德拉面色不耐。他目光扫向独眼的宠物，继续叽咕。

“他想了解关于你们远征的情况。”

“来这儿的路上在船上你都听到了。你也已经都告诉过他。”

“朋友，他在履行待客之道。”

我无所谓地耸肩，“怎么对几个过路的人有如此浓厚的兴趣？”

斯旺变得有些紧张，我们开始接近真相了。普拉布林德拉说了几句话。

斯旺说：“普拉布林德拉说你谈到了你去过哪儿——他还想听你们更多的冒险，因为远方的人和地方令他着迷——还有征程，不过你没怎么提过要去往哪里。”听上去他在尽量准确地翻译每一句话。蛙脸向我微微点头。

从第三瀑布南下的旅途中，我们对斯旺一行人说得很少。我们隐瞒实情，同样，他们也防着我们。我决定说出那个名字，虽然保守秘密可能比较明智。“卡塔瓦。”

威洛索性没翻译。

普拉布林德拉说了一句话。

“他说你不应该那样做。”

“现在停手已经太晚了，斯旺。”

“那你已经惹上了超乎想象的麻烦，团长。”威洛翻译道。王子继续喟啵，他情绪激动。

“老大说，那是你的脖子，你愿意用斧头刮就用斧头，但是没有哪个神智正常的人敢说那个名字，不等说完死神就会把你击倒。”他耸耸肩，幸灾乐祸地笑着继续道，“不过，如果继续坚持那个不切实际的想法，你们可能被更世俗的力量屠杀。在这里和那里之间有一块不祥之地。”斯旺看向王子，然后翻个白眼道，“我们听说有怪物和巫术。”

“喂，说真的，”我将一口鸟食那么大的食物填入口中，咀嚼，下咽，“斯旺，我带着这队人马一路从陵山走来。你记得陵山吧。怪物和巫术？七千英里。我没有损失一个人。记得那条河吧，挡我路者死，没机会遗憾后悔。你仔细听好，有几件事情我在这里要说明白。我距离地图边缘八百英里，我不会停。我不能停。”这是我除开给大家朗读编年史外说话最多的一次。

“你的问题就在于那八百英里，团长。那七千英里等于是在乡间漫步。”

普拉布林德拉简短地说了一句。斯旺颔首但没有翻译。我看向蛙脸，他告诉我：“发光的石头。”

“什么？”

“他刚才说的，首领。发光的石头。我不懂他是什么意思。”

“斯旺？”

“这是当地的一种说法。玫瑰语中意思最接近的表达是‘行尸走肉’。与旧时和当地一个叫卡塔瓦自由兵团的邪恶组织有关。”

我挑起一边眉头，“黑色佣兵团是卡塔瓦自由兵团的最后一支，斯旺。”

他警觉地看我一眼，然后翻译过去。

王子回话时眼睛盯着独眼的受害人。

“团长，他说，他想任何事都有可能，但是从他祖爷爷的祖爷爷还是个愣头小子开始就再没见过回归的军团。不过他很好奇。说你们可能是真的。你们的到来早有预言。”他皱着眉像看叛徒似的快速瞥了一眼蛙脸，“暗影长老警告他要提防你们。不过考虑到早前的狂热分子带来的破坏和绝望，这是自然反应。”

我瞟了蛙脸一眼，他点头确认。斯旺力争精确地传达信息。

夫人说：“他在绕圈子，碎嘴。他有所求。让他直接切入正题。”

“那就太好了，斯旺。”

他继续翻译：“但是昨日的恐怖在今天不意味着什么，你们不是那些狂热分子。你们在河里的表现，人们有目共睹。特洛格·塔格洛斯不向任何人低头。如果一伙强盗能震吓住南方的毒瘤，他愿意放下旧怨，关注当下。如果你们也能放下的话。”

我完全不明白他在讲什么。

“碎嘴！”夫人厉声道，她比我更早一步捕捉到我内心深处的活动，“我们没时间满足你对过去的好奇心。这里有事发生。在我们陷入被动挨打前把它处理好。”

她变得越来越像那帮家伙了，毫无疑问。

“你懂我们的立场吧，斯旺？你不会真以为我们会相信那会儿碰上你和那个女人是偶遇吧？跟我说实话。”

不那么实在的交谈用去一些时间。黑夜来临，月亮露面，爬到空中。橄榄园的经营者脸色越来越难看，但迫于礼节无法开口让统治他们的王子滚蛋。我们没走，特意跑来围观我们的一群人也没走。

“肯定有事发生，”我对夫人耳语道，“但是我怎么从他嘴里撬出来？”

普拉布林德拉所说的一切都被刻意淡化，然而众多城市元老一同露面，使人不得不猜想塔格洛斯正处在一个危险的岔路口。城里暗流涌动，我听说王子要唾弃不幸。

威洛试图解释：“不久以前——没人确切知道是多久，因为没人特意去求证——用你们的话大概可以这么说，黑暗笼罩了一个位于塔格洛斯东南四百英里左右叫皮提乌斯的地方。那时无人在意。接着蔓延到相当重要的特莱格伍科和奇欧鲁尼，以及西克斯和弗莱德。突然之间所有人都担心不已，这时却已经太迟了。大片领土落入这四个被难民称为暗影长老的巫师手里。他们对影子情有独钟，将特莱格伍科改名为暗影之光，奇欧鲁尼改为暗影之关，如今多数人称他们统治下的疆土为暗影大陆。”

“你得抽时间告诉我这与我们有什么干系，不是吗？”

“暗影长老占领那些自卡塔瓦噩梦后再没经历过战争的城市不到一年就玩起武力统治和帝国统治那一套。自那以后，暗影长老逐渐控制了塔格洛斯南部边境和地图边缘之间大部分地区。”

“我开始嗅到一丝味道了，碎嘴。”夫人说，她听的过程中表情越来越凝重。

“我也是。继续，斯旺。”

“在他们到我们这里之前……在他们对塔格洛斯动手之前，他们起了点内讧，开始长期的争斗。难民们对那场大闹剧津津乐道。阴谋、背叛、颠覆、暗杀，联盟彻底瓦解。无论何时，只要他们之一有谁占上风，其他几个就会群起而攻之。这种情况一直持续了十五年还是十八年。所以塔格洛斯一直平安无事。”

“但是他们现在？”

“现在他们都盯上了这里。去年他们发起过一次攻击，没成。”他露出洋洋自得的表情，“这里的人英勇战斗，他们碰了一鼻子灰，完全无计可施。我、科尔迪和尖刀，我们算是去年被选中的抵抗军。但我绝对不算是士兵，他们也不是。作为将军，我们更像是公野猪的奶头，摆设作用大于实际功能。”

“所以这根本与给你们的王子当贴身保镖、处理脏活无关，对吧。他想把我们拖进他的斗争。他以为他能从我们身上占到便宜还是怎么的？你没向他汇报我们来的路上做了些什么？”

“他是那种必须亲自确认的人。大概他想看看你们自己的报价低不低。我听说的所有关于你们的故事、传言都告诉过他。他还是想亲眼看看。他是一个很老派的家伙。我见过的第一个试图履行好王子职责的王子。”

“我相信，比蛙毛还罕见。不过你说了，斯旺，我们肩负着神明赋予的使命，没时间掺和当地的纷争。或许我们回来时可以。”斯旺哈哈大笑，“有什么可笑的？”

“事实上你根本没得选。”

“没得选？”我试图读懂他，但是做不到。目光投向夫人，她耸耸肩，“好吧，为什么没得选？”

“要到达你想去的地方，你必须穿过暗影大陆。要在暗影大陆上走七八百英里。我认为哪怕是你们也无法做到。他也这样认为。”

“你说他们在四百英里处。”

“到皮提乌斯是四百英里，团长。那里是起点。现在他们自边界往南扩张了。距离暗影之关七八百英里。而且我说过，他们去年开始对付我们，美因河以南全部被他们占领了。”

我知道美因河是塔格洛斯南部一条宽阔的河流，一道天然的边界和屏障。

斯旺继续道：“他们的军队就驻扎在离塔格洛斯八十英里的地方。

我们知道他们计划等河水水位一降就向北推进。我们认为他们不会很客气。四个暗影长老都说如果普拉布林德拉与你们有任何牵扯，后果将不堪设想。”

我面向夫人说：“这么多人知道我在做什么、要去哪里，比我自己知道的还多！”

她忽视我的感叹，问道：“他为什么要避开我们，斯旺？为什么派你们几个人去见我们？”

“哦，他从来没有派过我们，直到我们回来他才知道这回事。他只是觉得如果暗影长老忌惮你们，他就应该和你们做朋友。”

他们不是在怕我，可是为什么要泄露这一点？斯旺和他的同伴以及他的老大不需要知道夫人曾经的身份。“有胆量。”

“他们都很有胆量，不知哪儿来的。可惜，他们不知道该如何对抗暗影长老，我也没有头绪。就像他所说的，反正暗影长老早晚会来，干吗还要安抚他们的情绪？为什么要由得他们挑选时机？”

“威洛·斯旺能从中得到什么好处？对于一个过客而言，你太过积极。”

“科尔迪不在这儿，我就直说了。我不想再过颠沛流离的日子，我已经找到自己的归属地，不想再失去它，这个理由够吧？”

也许吧。“我现在不能给他答复。但凡你对黑色佣兵团有一点了解就会知道，不要抱太大希望。那不是我们想做的事情。但我会客观判断形势。告诉他我需要一周时间，还需要他子民的配合。”我计划再休整十一天，做这个承诺于我没什么损失，顶多牺牲一些休息时间。

“就这样？”斯旺问。

“还要什么？你希望我看在你很贴心的份上迫不及待地应承下来？斯旺，我要去卡塔瓦，为了到达那儿我自当全力以赴。你宣讲完了，现在应该退下让客户好好想一想。”

他叽里呱啦地向他的王子汇报，时间越久，我越想直接拒绝。碎嘴上了年纪，脾气渐长，对再学一门新语言也没什么热情。

普拉布林德拉·德拉对斯旺点头，他同意了。他们起身，我也站起来，向王子微微弯腰作鞠躬状。他和斯旺离开，中途不时驻足与其他大半夜还在用餐的人交谈一二。看不出他说了什么，可能是他们喜欢听的话。我看到一片笑眯眯的脸庞。

我身体向后倚靠，找了个舒服的位置，观看独眼玩游戏。他搞来一群臭虫绕着受害人的脑袋飞。我问夫人：“你怎么看？”

“轮不到我发言。”

“你倾向站哪边？”

“我是黑色佣兵团的一个士兵，你不总是提醒我吗？”

“渡鸦也是，只要时机合适。不要跟我玩游戏，坦白告诉我，你认识这些暗影长老吗？他们是不是你派过来建立新帝国的十劫将？”

“不是！我救回化身，趁战争的怒火和风暴使得对敌人能解释他的失踪时，派他南下，以防万一。仅此而已。”

“但是狼嚎……”

“他的逃脱完全是自导自演。显然他知道我的处境，生出了野心。但是暗影长老……我一无所知。完全不知情。你刚才应该多问一些他们的情况。”

“我会的。如果他们不是十劫将，听上去也差不远，没什么区别。所以我想知道，你站哪一边？”

“我是黑色佣兵团的一个士兵。他们早已宣称是我的敌人。”

“这个回答不够明确。”

“这将是你得到的最明确的回答。”

“我懂了。化身和他的密友呢？”自入口城分开后，我再没见过他们，但是有种感觉他们近在眼前。“如果真那么严重，我们需要集中一切能用的资源。”

“化身会听我指挥。”

不是最可靠的回答，不过我没有揪住不放。因为这将是我能得到的最可靠的回答。

“吃你的晚餐，别再烦我，碎嘴。”

我低头，食物已经凉透，不再美味可口。

蛙脸嬉笑着走开去帮他的主人软化杀手的意志。

独眼做过头了。他一有观众就那副德行，表现欲太强。我们的俘虏惊吓过度，已经麻木了，我们一无所获，只是名声更臭了。

好像我们需要似的。

第二十三章

威洛、蝙蝠和其他

夜色已深，威洛打着哈欠倒进椅子里。尖刀、科尔迪和女士满怀期待地看着他。好像普拉布林德拉自己不会张嘴说话似的。“我们谈了。”

“然后呢？”拉蒂莎追问。

“你或许有期望过他乐得上蹿下跳，大喊‘哦，好呀！’”

“他怎么说？”

“他说要再看看、这可能是你指望得到的最好的答复。”

“我应该自己去。”

普拉布林德拉开口道：“姐姐，如果不是有人企图刺杀他，那男人根本不会听。”

她愕然。

威洛说：“那些家伙不蠢，早在第三瀑布我们搭伙时他们就知道我们有所图谋。他们一直在密切观察我们，就像我们观察他们一样。”

暗烟像他的名字一样静悄悄地飘进来。这里是橄榄园附近，拉蒂莎朋友地窖里的一个房间。虽然晚上有几处会打开通风，闻着还是一股子霉味儿。暗烟在三盏油灯投射下的光影里走了几步，眉头蹙起，他环顾四周。

“怎么了？”科尔迪问，他明显在发抖。斯旺也感到毛骨悚然。

“我不确定。突然……好像有东西在盯着我看。”

拉蒂莎先和她的弟弟交换眼色，又看向威洛，“威洛，那两个古怪的矮个男人。独眼和地精，真有本事还是冒牌货？”

“两人半斤八两。是吧，尖刀？科尔迪？”

科尔迪点头。尖刀说：“那个小的、像个小孩似的，蛙脸，他才是真正的危险。”

“它是什么？”女士问。“我见过最怪异的小孩。有时它表现得像个百岁老人。”

“有可能是一万岁，”暗烟说，“一个小妖。我没敢深入调查，怕被他识破我不仅是个愚蠢的老头。我不了解它的能耐，但绝对是本领高强的超自然存在。我疑惑的是，它怎么会被独眼那种能力有限的法师控制住？我的才能、技巧和训练都胜过他（独眼），却不能召唤或控制这个东西。”

突然，黑暗中传来吱吱的尖叫声和扑棱棱拍打翅膀的声音。所有人都吓一跳，齐齐转身。数只蝙蝠尖叫着冲灯光直直扑来，飞到近前，或俯冲，或躲闪。这时又倏地掠过一个更大的黑影，像一大块深深的夜色。它撕裂一只正在飞着的蝙蝠。一秒钟后，又一块黑影一闪而过，解决了另一只蝙蝠。其他蝙蝠从一扇只装有铁条的贴地窗口飞走。

“搞什么鬼？”威洛粗嘎着嗓子大叫，“发生了什么事？”

尖刀说：“两只乌鸦，杀死蝙蝠。”他听上去极其平静。好像午夜地窖里乌鸦在他的脑袋边捕杀蝙蝠是经常上演的戏码。

乌鸦没有再出现。

“我感觉不好，威洛。”科尔迪说，“乌鸦不在夜里飞。出事了。”

大家面面相觑，等待有人开口打破沉默。没人发现一个状若黑豹的影子蹲在窗外，一只眼睛向里面窥视，也没人察觉灯光照不到的地方，一口旧木箱上懒洋洋地躺着一个笑嘻嘻的小人。不过，暗烟开始慢慢地来回踱步，他不寒而栗，又有被盯上的感觉。

普拉布林德拉说：“我记得说过在离橄榄园这么近的地方碰面不是个好主意。我还记得建议在宫殿碰面，找个房间让暗烟施法封住，防止被窥探。我不清楚刚才发生了什么，但显然不正常，我不想在这儿谈话。我们走，晚一点无妨，对吧，暗烟？”

老头剧烈地颤抖着回答道：“这可能是最明智的做法，我的王子。最明智的。这里我们眼睛看到的不是全部，还有更多……从现在开始，我们必须假定自己的一举一动都在别人的监视下。”

拉蒂莎恼了，“是谁，老家伙？”

“我不知道。有关系吗，拉蒂莎？很多人都有可能。大祭司、你想利用的这些士兵、暗影长老，可能还有些我们不知道的势力。”

他们的目光顿时都聚到他身上，“请解释你的话。”女士命令道。

“我不能。只能提醒你，河盗封锁那条河好一段时间，那些人却能成功杀出来。他们谁也不多提，但是这儿一句，那儿一句，整合起来的信息显示两边都有最高级的巫术参与。那些巫术冲破封锁绰绰有余。但是，除了那个小妖，我们加入他们时却没有发现明显的迹象。如果他们有，那它在哪儿呢？能隐藏得那么深吗？也许有可能，但我保持怀疑。也许它与他们同行却不在一块儿，你们能懂我的意思吧。”

“不能。你又在耍老把戏，刻意说得含糊。”

“我含糊是因为我没有答案，拉蒂莎。只有问题。我还有更多不解，如果我们看到的这伙人不是针对我们布下的幻象。一小撮人，虽然杀起人来冷酷无情，技巧高超，但是这种程度吓不到暗影长老。他们人数不够多，掀不起大浪。所以，为何暗影长老这么关注？要么他们知道的比我们多，要么他们看得比我们清楚。记住自由兵团的历史，他们不仅仅是一帮杀手。这些人决意要去卡塔瓦。他们的团长用尽一切非暴力手段挖掘通往那儿的路线信息。”

“喂！暗烟，是你说要换个地方再谈。”尖刀说，“所以，咱们离开这儿怎么样？”

斯旺同意，“是啊，这个破地方让我浑身起鸡皮疙瘩。我搞不懂你们这些人，拉蒂莎。你和王子声称你们统治着塔格洛斯，却在这种洞里东躲西藏。”

“我们的王位不稳固。”她开始移动，“我们其实是在祭司们的许可下进行统治。而我们正在做的这些又不想让他们知道。”

“今晚每个有点地位的贵族和祭司都去了橄榄园。他们都知道。”

“他们知道我们告诉他们的，那只是部分事实。”

科尔迪小心翼翼地靠近威洛，“安静点，兄弟。你还没看明白吗？他们玩得很大，不只是抵抗暗影长老那么简单。”

“嗯。”

他们身后，一个形似黑豹的东西悄无声息地从一块阴影移到另一块，安静得像死神。乌鸦从一个据点滑翔到另一个。一个孩童大小的身影大大方方地尾随其后，仍旧无人发现。头顶上，已经没有横冲直撞的蝙蝠。

只需那一句警告，威洛顿悟。女士和她的弟弟认为与暗影长老的斗争会占去祭司和教派的精力。趁他们分心，他们姐俩就可以收紧控制全国的权力……

他不怨他们。他对祭司没什么好感。

他想也许尖刀心里明白得很。嘿，当然，他们应该全被淹死，好使得塔格洛斯脱离苦海。

每走十几步他就回身看后面。身后的街道一直空荡荡的，但他确信有什么在监视他们。

“诡异。”他嘟囔道，心里琢磨着自己怎么就落得如此境地。

第二十四章

塔格洛斯：王子的威严

普拉布林德拉·德拉也许是个好人，但是论起狡猾，他不逊色于任何一个反派。我们逗留两天后，我再出门都会被尊称为守护神、保护神和救世主。“究竟发生了什么事？”我问独眼。

“试图把你留住。”他怒气冲冲地瞪着蛙脸。自那天晚上后，小妖表现不佳。他近不了任何人的身——除了能在斯旺和他伙伴们开的酒馆里见到人，但是他们不在那儿谈正事。“你确定你想去这个图书馆？”

“我确定。”塔格洛斯人不知怎么想的，执意地认为我既是厉害的巫医，又是厉害的救世主将军。“他们是不是有毛病？我看得出来王子在忽悠他们些有的没的，可他们为什么就信了？”

“因为他们愿意相信。”

母亲们把婴儿塞到我跟前，希望被我触摸以求得祝福。青年男子们击打着一切金属物件，拿出唱军歌的满腔热情引吭高歌。少女们纷纷把鲜花扔到我要走的路上。有时甚至把自己也扔过来。

“太棒了，碎嘴。”独眼说道，这边我好不容易把自己从一个约莫十六岁少女的白日梦中解脱出来，“你不想要她的话，往我这边扔。”

他这次极其克制，我有些摸不到头绪。也许他把这一切都看作幻象，或者至少也是美人计。有时，独眼是糊涂，但他又不傻。

“淡定。在你屈服于自己卑劣的本能前，想想这是发生了什么事。”

独眼嗤嗤窃笑，“尽情地沉迷于诱惑吧，夫人不可能时刻盯着你。”

“我可能会，只是可能。这些人又推又搡，这么尽心尽力，我不能让他们失望，不是吗？”

“这就对了。”不过他说的话似乎连自己都不信。他被这好运气撞得不自在。

我们去了图书馆，我一无所获。这更让我感到可疑。蛙脸的作用不大，但是他可以偷听。他听来的对话更加重了我的忧虑。

这是属于男人的幸福时刻。有些诱惑甚至连纳尔人至高无上的铁律也抵挡不住。莫盖巴没有把他们箍得太紧，因为某天一大早，地精大声嚷嚷：“太阳打西边出来啦，碎嘴！”

总感觉一不留神就有事发生。

地缘政治局势很明朗，与斯旺描述的一样，意味着要到达卡塔瓦，我们将不得不在暗影长老统治的领土不那么容易地走完七百英里，如果确实存在暗影长老的话。

我抱有一丝怀疑。每个通过蛙脸跟我对话的人都相信他们的存在，但是没人能提出确凿的证据。

“也没有人见过神明。”一个祭司对我说，“但是我们都信仰他们，不是吗？他们的杰作我们有目共睹……”他注意到自己“每个人都信仰神明”的说法让我皱起眉头，两眼一眯，急急小步跑走。终于找到一个对我在塔格洛斯的存在不那么亢奋的人。我告诉独眼暗中监视大祭司说不定会比监视王子和斯旺更有收获，因为后面两人太清楚什么时候该闭嘴了。

我不怕被人设计去对付什么了不得的大巫师。不是很害怕。二十年来我们的对手一直是最强的。困扰我的是我的无知。

我不懂这里的语言，不了解塔格洛斯人。他们的历史对我而言是个谜，让斯旺一伙人帮忙拨开重重迷雾指望不上。而且，显然我对暗影长老和他们统治的臣民一无所知。我只知道别人愿意透露的信息，这种情况可能比完全不知道更糟。最糟糕的是，对于这片有可能发生战争的土地我知之甚少。而面对这么多问题，我根本没有时间去寻找答案。

第三天日暮时分。我们搬去国家提供的位于城南的落脚处。我召集所有人，只留出六个站岗放哨。多数人在吃着普拉布林德拉派来的人烹饪和服务的晚餐时，和我坐同一张长桌的人则有要事相商。其他人奉命将塔格洛斯仆人困在团团转的忙碌状态中。我怀疑他们能不能听懂我们的话，但是不抱侥幸心理才是上上之策。

我站在桌头位置，夫人在左，莫盖巴在右。莫盖巴的两个得力助手紧跟其后。地精和独眼在夫人后面，地精的位置更靠近上首。我不得不让他们充分利用每一餐的时间。他们后面是摩根、老哈和奥托，摩根作为编年史作者学徒坐在桌尾。我装作在给大家讲故事，餐桌上就像在亲子互动。

“今晚我要带帝国的马匹出去。夫人、地精、老哈、奥托，你们一起来。莫盖巴和你的一个手下，再找一个罗伊人、一个副官。找擅长骑马的人。”

独眼深吸一口气，作势要发牢骚，摩根也一脸不乐意，但是莫盖巴抢在他俩前面开了口，“偷偷行动？”

“我想去南边侦察一下。我们别一时大意进了他们设的局。”

我不认为他们在骗人，但是既然你能亲眼证实，为何要去听别人说？尤其是他们还盘算着怎样利用你？

“独眼，你留在这儿，因为我想让你好好督促你的宠物做事。白天夜里不间断。摩根，他说什么，你记什么。莫盖巴，给我们打掩护。如果他们说的是真话，我们不会离开太久。”

“是你承诺普拉布林德拉一个星期内给他答复，现在只剩四天了。”

“我们会及时回来的。下一班人马来换岗后出发，地精和独眼要放倒任何有可能发现我们的人。”

莫盖巴点头。我目光瞥向夫人，她没怎么发表意见。如果我想做发号施令的老大，那我就是发号施令的老大，她有想法得憋在自个儿心里。

莫盖巴说：“我手下几个人来找我，他们遇到一点比较棘手的事儿。我想咱们需要一个对策。”

这个情况很突然。“对策？针对什么的对策？”

“咱们的人什么情况下能用武力保护自己，因为有几个人被袭击了。出于政治原因，他们想知道需要克制到什么程度；或者是否被允许做个例子，杀鸡儆猴。”

“啥！这是什么时候的事？”

“今天下午我收到第一条报告。”

“所以，都发生在今天？”

“是的，长官。”

“让我们见见当事人。”

他把他们叫进来，站在桌边。他们都是纳尔人，一共五个。这种事不太可能单单只发生在纳尔人身上。我派摩根出去打探情况，他回来汇报道：“三起袭击。他们自己处理了，说是不认为那是什么值得报告的事。”

纪律。要说道说道了。

确定攻击者只需半分钟，显然，不是塔格洛斯人。“满脸皱纹的黑色小矮个？我们在河里见过他们。我问过斯旺，他说不知道那些人打哪儿来，但是他们让他不安。如果他们不是塔格洛斯人，不用手下留情。除非抓来俩俘虏，否则直接打他个屁滚尿流。独眼，如果你能抓两个，让他们尝尝你的手段……”

我们对话时身边的塔格洛斯仆人一直在来来回回地走动，这会儿正好有几人上前收拾空盘，独眼要诉苦而严重过劳的嘴巴不得不闭上。他们收好离开后，他叽歪得也不够快。

摩根以迅雷不及掩耳之势插嘴道：“我有一个问题，碎嘴。”莫盖巴皱起眉头。适应力极强的莫盖巴一直不能习惯别人不称呼我为团长。

“什么问题？”

“蝙蝠。”

地精嗤笑。

“闭嘴，小矮子。蝙蝠，什么蝙蝠？”

“大家伙儿在周围发现很多死蝙蝠。”

我眼角的余光瞥到夫人这会儿明显听得更专注了，“我没听懂你什么意思。”

“自打来这儿，咱们的人每天早上都能看到死蝙蝠。不是偶然的那种死亡，蝙蝠身体全部被撕裂。而且只在我们周围，不是整个镇子都有。”

我看向独眼，独眼看向我。他说：“我知道，我知道。又是老好人独眼的工作。要是哪天我走了，这支队伍离了我可怎么活呀？”

我不知道其他人买不买账。

我和独眼之间有一些秘密没有告诉他人。

“还有其他问题吗？”

没人有问题，但是摩根有，“我们在斯旺身上下点功夫可以吧？我查过他那个酒馆，正是我们的人会去消遣的那种地方。也许我们能从那里查出些有意思的事呢。”

“至少能让他紧张些。好主意。让纳尔人也过去几个，研究研究那个尖刀。”

“那家伙怪里怪气的。”

“还极其危险，我打赌。是渡鸦那种人。杀人不眨眼，五分钟后就会忘得精光，跟没事人似的。”

莫盖巴说：“你一定要多给我讲讲这个渡鸦的故事。我每听说他一次都更好奇。”

夫人送到嘴边的叉子顿住，“编年史里都有，副团长。”这是最温和的警告。虽然莫盖巴对佣兵团一腔热情，但他自离开吉-埃克斯利后还没有认真地翻阅过那些编年史。

“当然。”他回答道，声音很平稳，但是眼神坚硬得像钢铁。他们之间有种明显的疏离感，我之前就稍有察觉。负面情绪的表现。他们谁也没理由讨厌对方，不过转念一想，也许真有吧，毕竟这些天我跟莫盖巴待一块儿的时间比跟夫人多。

“那就这样，”我说，“换到下一班岗后我们就离开这儿。做好准备。”

大部分人点头起身离开，只有地精没动，他不高兴地绷着脸，过了好几秒才站起身。

他严重怀疑自己被选中是因为我怕他趁我不在会闹出乱子。

他猜对了六成。

第二十五章

塔格洛斯：向南侦察

改天骑耕田的马偷溜一遭试试，你就能对骑着夫人赠送的那些怪物溜出城会遇到多少麻烦有所了解。可怜乔装打扮的地精一把老骨头累得快散了架。等到我们全部人马干脆利落地走掉时，我脑海里浮出一个念头，乘马车出来应该也不错。

不过，无人察觉地溜掉是个相对概念，乌鸦们从头到尾都在监视我们。那些闹心的鸟似乎栖在我们路过的每一棵树和每一个屋顶上。

虽然我们匆忙赶路，夜色中也看不太清，但塔格洛斯以南毗邻的乡村地区貌似很富裕，有大片精耕细作的土地。定是为了供养那大面积的城市地区——虽然城市里，尤其是富人区，好像开辟着园子。令人诧异的是，塔格洛斯人食肉不多，虽然市场上可以见到食用的牲畜。

三大宗教家族中有两家禁止食肉。

我们的优质骏马神通广大，还能在夜间视物。当速度快得我都要看不清眼前的路时，它们也可以慢下来。破晓时分，我们已经到达塔格洛斯以南四十英里处，一个个累得腰酸背痛。

农民们目瞪口呆地看着我们风驰电掣般一闪而过。

斯旺跟我提过去年夏天暗影长老的入侵。我们两次路过那场战争发生的地方，看到满目疮痍的残破村庄。村民们已经重建，只是都没有建在原址。

我们在第二个村庄附近停下。吃饭时一个当地指挥官过来察看情况，我们没有共同语言。当发现不会有什么收获时，他只是咧嘴一笑，跟我握了下手就离开了。

地精说："他知道我们是谁。猜测我们与城里那些人是一伙。"

"因为我们是一帮蠢蛋？"

"没人觉得我们蠢，碎嘴。"夫人说，"也许这才是问题所在。也许我们并没有他们想象的那么聪明。"

"你说什么？"我向一只乌鸦扔了一块石子，没打中。她奇怪地看我一眼。

"我认同你说他们集体保持沉默是阴谋的观点；但是他们隐瞒的可能没你想的那么多，也许他们只是以为我们实际知道很多。"

辛达维，莫盖巴的副官和三把手，提出自己的看法："我感觉这才是关键，团长。我在街上的时间很多，他们看我时就是那种眼神，他们以为我深藏不露。"

"喂，他们不只是看我，我一出去他们就开始高呼致敬，就差喊我帝王了。太让人尴尬了。"

"但是他们不肯开口，"地精边说边开始打包，"他们会鞠躬、会微笑、会亲吻你的屁股，除了纯洁的女儿什么都愿意送给你，但是一旦你要问确切答案，他们半个字都不往外蹦。"

"真相是致命的武器。"夫人说。

"所以祭司们和王子们才害怕真相，"我说，"如果我们真的比表现的更强，他们以为我们是什么？"

夫人说："当年佣兵团北上时是什么就是什么。"

辛达维同意道："答案会在遗失的编年史里找到。"

"当然，但是它们遗失了。"如果我随身携带着自己的记录，我就会停下来回顾在旅者之庙了解到的信息。前面那几册书就遗失在这里的某个地方。

我对地图上的地名完全没有印象，记忆里也没回想起任何相关线索。可以说晁恩·德龙就是历史的尽头，不知名国度的起点，虽然编年史里在帕斯泰尔战争以前还有很多内容。

难不成它们都改名字了？

"哎哟，我这疼死人的屁股。"地精发着牢骚爬上马鞍。一个小矮子奋力往高头大马上爬，真是难得的好风景。每次奥托都有种冲动，想给他搬把椅子来，"碎嘴，我有个主意。"奥托说。

"听起来很危险。"

他无视我，"要不我们退休？我们年纪太大，不适合再折腾这些乱七八糟的事。"

老哈说："我们路上遇到那些来自木浆城的人的做法也许可以参考，只是他们有些不入流罢了。我们应该找一个城镇，然后接管，或者跟人签订永久的雇佣协议。"

"早试了不下五十次，从来都撑不到最后，唯一的成功范例就是吉-埃克斯利，就连在那儿，那帮家伙也很快就待腻了，渴望开始新的旅程。"

"我打赌那肯定跟进驻的不是一帮人。"

"我们都老了，也累了，老哈。"

“你自己可代表不了我们大家，老大爷。”夫人说。

我扔掉一块石头，起身上马。她抛来一个梗，我没接。实际上我也感觉年迈又疲乏。她耸耸肩，也上了马。我边打马向前边思索我们的关系到了哪一步，她和我。也许哪儿也没到；也许火花被忽略了太久；也许事与愿违，接近反而意味着疏远。

再往南走我们注意到一个现象：突然不知打哪儿冒出来大批的邮差。每路过一个村庄我们都会被认出来。还是塔格洛斯人式的敬意和欢呼，只是年轻人出来时都拿着武器。

我不太讲究什么仁义道德，不过看到他们时我还是感到良心不安，好像是我这个罪魁祸首生生把一个性情温和的民族逼成一帮目光炯炯的好战分子。

奥托认为那些武器是去年从入侵者手里缴获来的。大概有一部分是。但绝大多数看着年代久远、锈迹斑斑，一副不堪一击的脆弱样儿。但愿我的对手拿的都是这种武器。

随着时间的推移，我们接受委托的可能性越来越小。种种迹象都表明塔格洛斯人只是一个快乐、友好又勤劳的民族，有一片比较肥沃的土地，无须天天为生计奔波。但是即便是这些乡民似乎也把大部分孕育文化的空闲时间贡献给了那些令人眼花缭乱的各种神明。

“一次重大胜利，”我们走到塔格洛斯以南八十英里处时，我对夫人说，“就能让这些人振奋精神，勇敢地承受暗影长老可能带来的任何艰难困苦。”

“如果我们接受委托，然后输掉第一场战役，也没有关系。反正待在这里承担后果的不会是我们。”

“这才是我的好姑娘，总是往好的方面想。”

“你真的准备接受委托？”

“能不接就不接。所以我们才要大老远跑到这儿来。但是我有种很不好的感觉，我想要的与我不得不做的结果之间不会有太大的关系。”

地精哧了一声，嘟囔着些什么被命运之手耍得团团转之类的话。他说得没错。我此次偷溜出来的唯一打算就是找到一条往南走的路，去他的暗影长老。

我们路上没有特别赶，早饭还没完全消化就停下来吃午饭。我们的身体受不了长时间骑马的折磨，年龄不饶人。

奥托和老哈想点火正经八百做一顿饭。我让他们去做，自己则拖着酸痛疲惫的身体到一旁休息。我头枕着一块岩石，仰望在异国的天上艰难跋涉的云彩，这儿的天空看起来与我来的地方的天并无二致。

事情发生得太快，太过古怪，让人很难理出头绪。我被浓浓的恐惧感所笼罩，担心自己对佣兵团而言是个出现在错误时空的错误的人。我不认为自己有能力处理塔格洛斯面对的威胁。我敢擅自带领一个国家投入战争吗？我不认为如此。即使塔格洛斯的每一个男人、女人和孩童都高呼我是救世主。

我试着安慰自己，想着我不是第一个怀疑自我的团长，更不是第一个被困于透露着一丝麻烦和危险的地区的团长。也许我还比一些人更幸运。我有夫人，假以时日，她的一手阴谋诡计能耍得炉火纯青。我有莫盖巴，尽管我俩之间仍然存在文化和语言障碍，他已经开始有了我见过的最优秀的士兵的模样。我有地精、独眼和蛙脸——可能——还有化身。我的锦囊里装着佣兵团四百年的诡计花招。但这些都不能安抚我的心，也不能扫除我的疑虑。

我们不过是简单地骑着马追溯佣兵团的根，怎么就摊上这些糟心事？

我们走在编年史上没有记载的未知领土上，我在没有历史地图指引的情况下摸索前行，这些麻烦，是否只是冰山一角？

我们的先辈身上和这个国度还存在着一些解不开的谜团。我搜查信息的机会不多。已经收集到手的线索显示那些个老家伙不是什么好人。我有种感觉，早前的自由兵团大流散是个复杂棘手的宗教事件。那时的信条——残余的一部分在纳尔人中间流传下来—— 一定很可怕。时至今日，佣兵团的名号仍然能引起恐慌、激起强烈的不满情绪。

倦意来袭。我沉沉入睡，直到被乌鸦们的对话吵醒才意识到自己刚才睡过去了。

我弹身而起，其他人诧异地看着我。他们没有听到什么动静，而且刚刚吃完午饭。

奥托热着一锅饭。

我的目光投向附近一棵孤零零的树，看到几只乌鸦，它们全都歪着丑陋的脑袋凝视我。它们开始叽叽喳喳地聊天。我很确定它们想引起我的注意。

我慢悠悠地踱着步子向它们走去。

走到一半时，飞走了两只，只见它们以乌鸦惯有的那种丑陋姿势飞到空中，向东南方向约莫一英里以外一丛突兀的树滑翔而去。那几棵树上空盘旋着不下五十只乌鸦。

最后的一只乌鸦见成功地引起我的注意，满意地从那棵孤零零的树上飞走了。我沉思着转身去吃午饭。炖汤的味道一言难尽，喝到一半时我得出结论：我必须假定刚才是收到了一条警告。我们要走的路还有几码的距离会穿过那丛树木。

我们上马时，我说："所有人听着，骑马时备好武器。地精，看到那边那些树了吗？好好盯住它们。就当它们关系到你的性命。"

"发生了什么事，碎嘴？"

“我不知道，只是有种直觉。也许是错觉，但是小心点也没损失。”

“你说了算。”他奇怪地觑我一眼，好像在怀疑我是不是精神状态不稳定。

我们接近那丛小树林时，夫人看我的眼神更是古怪。地精尖叫：“这里有埋伏！”

他只来得及说这一句，下一秒，埋伏者纷纷从藏身处跳出来。是那些棕色皮肤的小矮个，大概有一百人。真是一帮军事天才。就算有人数优势，走在地上的人也不会去跳起来攻击坐在马上的。

地精先喊了声“变！”，然后嘴里念念有词。那帮小棕人眨眼间被遮天蔽日、密密麻麻的无数昆虫淹没。

他们应该用弓箭把我们撂倒。

奥托和老哈的做法在我看来更愚蠢。他们发起攻击，凭着一股子劲儿冲进人群。我的选择则明智得多，其他人也认同。我们只是调转马头，让马匹一溜小跑跑到小棕人前头，把他们的命运交由大慈大悲的地精支配。

我的坐骑突然马失前蹄，让我这个马术大师干脆利落地栽了个大跟头。几个小棕人趁我没爬起来将我团团围住，一个个动手动脚，跃跃欲试。地精在忙活着，我不知道他做了什么，只知道效果不错。围殴我的人一阵拳打脚踢后，决定放过鼻青脸肿的我，继续对付那些待在马背上的聪明人。

马蹄嘚嘚，旁边奥托和老哈飞奔而过，从后方发起攻击。我摇摇晃晃站起来，到处张望着找我的坐骑。它在一百码开外的地方一脸茫然地看着我，我一瘸一拐地向它走去。

小矮个们也使了些魔法小花招，不过一点儿看头都没有。他们也不在意，继续闷头打。中间时不时就有一批人倒下。不过，当对手的人数多到可以十二个人打一个人时，你就不能只考虑可喜的杀伤率了。

我自己忙得够呛，没看清形势的发展。当我终于拖着饱受摧残、伤痕累累的身体爬上马背时，这场混战的阵地已经转移到一个狭窄的浅谷里。

不知为何，我竟莫名其妙地迷失了方向。回过神来再找我的人时已经找不到了。虽然我也没怎么注意他们的去向。此时，命运以骑着马的五个棕色皮肤小矮个的形象插手了。如果不是他们心怀不轨地挥舞着刀剑和长矛直奔我而来，我还觉得挺好笑的。

换作另一天，我可能会跑到他们前头，不远不近保持着四十码的距离，拿起弓箭砰砰地乱射一通。但我这会儿没那个心情。我只想静静地一个人去找其他人汇合。

我驱马疾驰。上上下下翻过几座小山，轻而易举地甩掉了他们。但同时我也成功把自己绕晕了。更戏剧性的是，天上乌云密布，淅淅沥沥下起小雨。我对自己亲手所选的人生路更无语了。我开始探路，希望能找到同伴的踪迹。

我来到一座小山的山顶，发现了自旅者之庙以来一直阴魂不散缠着我的那个被乌鸦环绕的身影。它就在远处，大步流星地往前走，离我越来越远。我顿时把其他人抛到脑后，一夹马肚子，马匹撒腿狂奔。那个身影停下脚步回头望过来。迫人的视线朝我射来，沉甸甸的。我没有放慢速度。现在，我就要解开这个谜团。

我驱马从小山上狂奔而下，马蹄跃过一汪汩汩流动的泥水。那个身影在另一边的高处，这会儿一时看不见了。待我再奔上一个山顶，那边只剩几只乌鸦在半空中随意地盘旋，其他什么都没有。我忍不住使用了会让我的母亲感到极其困扰的词汇。

我没有减慢速度，继续驱马疾驰，终于赶到那个东西最后露面的地点附近。我收紧缰绳，翻身下马，踩着有些泥泞的地面四下寻找线索。强大的追踪者，说的就是我。虽然地面已经湿了，但一定会有蛛丝马迹留下。除非我魔怔了，产生了幻觉。

当然，我的确找到了蛛丝马迹。同时，我仍然能感受到来自那个凝视的源源不断的压迫感。不过我没找到想要的，更让我感到疑惑。即便可能有巫术掺和其中，它也不可能消失得如此彻底啊！附近根本没有一点藏身的地方。

我注意到四分之一英里外的空中开始有乌鸦盘旋。"好吧，你这个王八蛋。我就看看你能跑多远。"

在那儿我还是一无所获。

同样的情景反反复复发生了三次。我像是在原地踏步，没有丝毫进展。最后一次，我在一个低矮小山峰的最顶部停下，从那儿俯瞰四分之一英里处，入目是方圆百亩的树林。我翻身下马，和我的坐骑面面相觑。"你也是？"我问。它的呼吸像我一样急促。这些本领高强的小怪兽可是从来大气都不喘一口的。

下面的景色颇为壮观。除了在上次的战场上，我大概从没见过数量如此之多的乌鸦。

我这一生不断地游历和学习，遇到、听到、读到的有关闹鬼森林的故事不下半百。故事中的森林无一例外地被描述为阴森、茂密、古老，树木多数是死的，死气沉沉的枯枝像一只只骷髅手直指天上。这片树林除了茂密，其他细节半点都不符合。但那阴郁的感觉错不了，一定是闹鬼的。

我把缰绳扔到马脖子上，绕了一圈，系到一块圆盾上，从鞍旁的剑鞘里抽出剑，举步向前。马跟在我身后大约八英尺远的位置，低着头，鼻孔快要碰到地面，像一只正在追踪猎物的猎犬。

树林中部乌鸦数量最多。我不相信我的眼睛，但我好像看到那边的树丛中蹲伏着一个黑色物体。我越往前，走得越慢，这说明我的内心还残存着一丝理智。这丝理智一直告诫我，我不适合这种探险的事。我不是什么张扬好胜的孤胆剑客，能一路追踪魔鬼追到它的老巢。

我是一个笨蛋，深受强烈到病态的好奇心的困扰。好奇心揪住我的胡须，拖着我一直向前走。

有一棵瘦骨嶙峋、半死不活的老树大约符合故事中的固定模式，它跟我差不多高，独自立在距离树林三十英尺的地方，像个哨兵。齐腰高的灌木和树苗热热闹闹地簇拥在它的根部。我在说服自己做决定时停下脚步，倚靠在它的躯干上。马跟上来，鼻头撞上我的肩膀。我扭头看着他。

周围有蛇吐信的嘶嘶声。砰!

我呆呆地看着钉在离我手指三英寸远的树干上还在抖动的箭，察觉那箭不是要把我穿个透心凉才回过神。

箭头、箭杆和箭羽，这支箭周身漆黑得像祭司的心。箭杆表面光滑油亮，头部往下一英寸穿着一张白纸。我从树上撬出箭头，把纸凑到眼前读上面的信息。

时机未到，碎嘴。

是珍宝诸城的语言和字母。

有意思。“对，时机还不到。”我把那圈白纸剥下来，揉成一团扔进树林里。我抬头寻找弓箭手，什么也没看到。当然。

我把箭塞进箭袋，翻身上马，调转马头。刚走了一步，眼前掠过一个黑影，是一只乌鸦起飞去看在山顶上候着我的七个棕色皮肤小矮人。

“你们这帮家伙就执意不放手了，是吧？”

我下马，从马屁股旁拿出我的弓，拉开，搭上一支箭——那支刚回收的箭——站在马的身后，瞄向半山腰。那些棕色皮肤的小矮个调转小巧的马头，和我一起移动。

射程合适时，我松手，箭朝离我最近的那人飞去。他看到了，试图躲开，结果弄巧成拙。我本想射他的马脖子，却“砰”的一声射中他的膝盖，同时拿下了他和他的小矮马。小矮马受惊将人甩下，撒开蹄子就跑，完全不管马镫上还拖着一个人。

我迅速上马，从山口跑出去。那些小矮马跑不快，来不及堵我。

我们跑得飞快，他们跟在后面嘚嘚地奋起直追，以这样的速度下去，不出一小时，他们的马就会气绝身亡；而我的马几乎还没开跑，看起来还很享受。我想不到自己骑过哪一匹马会像它这样边跑边回头看，根据追兵的速度调整自己的步伐，让自己看着好像近在眼前却总也触手难及。

我不知道那些棕色皮肤的人是何方神圣，但他们数量一定不少，否则不可能来了一拨又一拨。我考虑过要不要专门对付这伙人，把他们逐个拿下，最后决定谨慎为上。如果有必要，我可以带佣兵团过来搜查。

不知道夫人、地精和其他人的情况如何。我不相信他们会有损伤，因为我们的坐骑有明显的优势，不过……

我们已经走散，再把剩下的时间都拿来找人毫无意义。我打算回到路上，掉头向北，找一个小镇，再找个干燥点的地方休息一下。

比起被人追杀，淅淅沥沥的小雨更让我心烦。

而比小雨更让我心烦的，是那片树林。隐藏其中的秘密让我惶惶不安。

乌鸦和行走的树桩是真实存在的，毫无疑问。而且那树桩知道我的名字。

也许我应该把佣兵团带过来追查一番，管他是什么秘密。

这条路是条神奇的路，沼泽般泥泞，就像再多一口有人吐口唾沫都能淹成齐臀高的泥水潭。这里没有围栏，我骑马走在路边，几乎马上就来到一个乡村。

这就是所谓的命运，或时机。还是叫时机吧。我的生活就是由一次次怪异的时机组成。有北边来的骑手也进了村。他们浑身湿透，看着比我还狼狈。他们不是棕色皮肤的小矮个，不过我还是怀疑地瞟了他们一眼才找地儿藏身。他们随身携带的致命装备比我还多，我带的就够一个排用了。

“嗨！碎嘴！”

见鬼了。是摩根。我走近一点，看清其他三人分别是威洛·斯旺、科尔迪·马瑟和尖刀。

他们怎么会在这儿？

第二十六章

忽视

那个收回一切、只提供道义支持的人没有放弃他抱怨和批评的权利。

暗影长老们在一座高高耸立的塔顶会面，高塔建在那个人位于暗影之关以南两英里处的新堡垒大厦“瞭望”里。这是一座充弥着黑暗气息的奇怪堡垒，它的占地甚至比一些城市还要辽阔，厚重的墙壁高达一百英尺。所有垂直地面的墙面都贴着锃亮的黄铜板或铁板。丑陋的银色刻字只有那几个主持墙面装饰的人才认识，宣告着这里就是可怕的痛苦之源。

暗影长老齐聚在一个与他们嗜黑风格完全不符的房间里。刺眼的阳光透过一扇天窗和水晶墙照进来。三个人虽然穿着他们最黑暗的服装，却仍然被强光逼得畏畏缩缩。接待他们的主人漂在南墙旁边，目光久久地锁在远处，很少移动。他专注得有些着迷了。

外面，很遥远但从这个高度仍能看到的，是一大片平坦广阔的土地。土地上闪烁着微光，像死去的古老海洋的遗体。我们亲爱的客人如果被这个景象欺骗，认为这是个专门设计的迷局，那么他会被自己的恐惧和担心迷惑，反而会将自己带入危险之中。可是，他建筑了这么大规模的防御工事，又不得不让人信服。

堡垒已经建了十七年，到如今连三分之二都没有完成。

身材矮小的女性开口问道："现在那里很安静吧？"她讲的是被刻在堡垒墙上的那种语言。

"白天一直是安静的，但是你晚上来……晚上来……"浓浓的恐惧和恨意使得空气都压抑了几分。

他谴责他们使自己陷入这种悲惨的境地。他们搜罗影子，唤醒了恐怖的魔鬼，却留他一人面对后果。

他转过身，"你们失败了。你们失败了一次，一次又一次。拉蒂莎北上的时候没有遇到一点不便。他们像复仇女神，顺风顺水地通过沼泽地，轻松得她连根手指都不用抬。他们想去哪儿就去哪儿，想做什么就做什么，没有遇险，快活得连你们插手干预都注意不到。现在他们和她到你们的地界上捣乱了，你们就来找我。"

"谁能料到会有一个强者与他们同行？那个人本该是个死人。"

"蠢货！他不是个擅长变身和幻象的大师吗！你们应该知道他在等他们。这样一个人怎么能藏得住？"

"难道你知道他的存在却没有通知我们？"女人讥笑道。

他轻飘飘地转身面向窗户。他没有回答，只是说："他们现在踏上了你们的领土。你们这次会处理他们吧？"

"只是五十个普通的人类而已。"

"还有她和那个强者。"

"我们四个对他们两个。我们还有军队，很快河流水位就下降了，一万大军会跨过美因河，抹去黑色佣兵团的名号，让它从此不复存在。”

窗边那人发出鄙视的嘘声，嘘声渐大，变成嘲弄的笑声，“是吗？这一招被用了无数次，无数次。但他们都顶住了。他们坚持了四百年。一万人？开玩笑。一百万可能都不够。北境的帝国都不能将他们赶尽杀绝。”

三人交换眼色，他这是疯了。偏执和疯狂并存。等解决掉来自北边的威胁，也许应该顺手解决掉这一个。

“过来，”他说，“看那边。一条幽灵古道蜿蜒穿过峡谷一直向上延伸至那无与伦比的杰作。”有什么东西翻滚了一下后蜷缩起来，一个比他们的衣服颜色还黑暗的东西。“看见了吗？”

“那是什么？”

“我的影子陷阱。你们攻破关口后他们安然存活下来，那些了不起的坚强的老东西，这些，可不像你们用的那些玩具。我可以释放它们，如果你们再次失败的话。”

这话在三个人当中引起一阵骚动。必须得把他除掉。

他读懂他们的心思，放声大笑，“启动那个陷阱的关键是我，我的兄弟们。如果我死了，陷阱就会自毁，关口就会向全世界敞开大门。”说完，他又哈哈大笑起来。

聚会时说话最少的男人愤怒地啐了一口，动身离开。其他两人犹豫了一下后随即跟上。没什么可说的了。

癫狂的笑声追着他们走下看不到尽头的螺旋状楼梯。

女人评论道：“也许他不能被控制，但只要他一直关注南边，于我们就没有危害。我们今后不搭理他就行了。”

“那就是三对二。”她的同伴嘟囔道，另一个人走在前头，哼了一声，不置可否。

“沼泽地里还有一个，如果形势对我们不利，可以利用他的愤怒。而且我们有金子，有钱能使鬼推磨，总能从敌军队伍里找到称手的工具，不是吗？”她也放声大笑，笑声几乎和上面戛然而止的声音一样疯狂。

第二十七章

夜战

摩根骑着马来的时候，我狠狠地瞪了他一眼。他心里明白是怎么回事，我们回头再说。这会儿，他说：“你叮嘱过让我留心他们。”

斯旺随后到了。“天啊，你们跑得太快了。我都惊呆了。”他朝空中做了个愤愤不平的手势。“我们就比你们晚走五分钟，你们有时间休息两回，还始终在我们前面。”他摇摇头，“一帮铁汉子。科尔迪，跟你讲过我不适合做这种烂事。”

“大伙儿在哪儿？”摩根问。

“不知道。我们中了埋伏，走散了。”

马瑟、斯旺和尖刀三人互换了眼色。斯旺问：“那些小棕人呢？都是老东西吗？”

“你认识他们？”

“我们往北走的时候，跟他们吵了一架。伙计们，我倒有个点子。等雨停了，咱一起去教训他们。哎哟，我的腰痛得要命。”

“腰痛？”马瑟问，“你什么时候腰痛啦？”

“我把帽子忘了，天又下起了雨，直淋到我头上。尖刀，去年你来过这儿。他们好像有家客栈什么的？”

尖刀一声不吭，牵着马径直往外走。他真是个怪人，不过，斯旺觉得他诚实可靠。况且，我也喜欢斯旺，喜欢那些为人效力、同我游戏的人。

我正打算同摩根一起追上去的时候，他说：“等等，有人来了。”他顺手指了指。

朝南望去，细雨中隐约可见三个身影，正骑马赶来。他们的马个头高，肯定是夫人送的。斯旺责备他们来晚了，但是我们还是等着。

这三人是老哈、奥托和罗伊人沙迪德。沙迪德衣衫破烂，老哈和奥托受伤了。“你俩真该死！就不能当心点不受伤吗？”在我认识他们的这三十多年里，基本上一年受三次伤，然后又都挺过来。我开始怀疑他们是不是长生不老的，血就是他们为此付出的代价。

“他们的埋伏密不透风，碎嘴。”老哈说，“他们把我们赶下那个山谷，又正好遇上另一帮骑马的人。”

我心头一紧，“然后呢？”

他微微一笑，说：“估计他们都后悔了！被我们打得屁滚尿流。”

“其他人呢？”

“不知道。大家分开了。夫人命令沙迪德与我们一起骑马回到这里等候，她带着他们走了。”

“好的。尖刀，怎么不给我们找个落脚的地方？”

摩根看着我，话到嘴边又咽下去了。我告诉他：“好吧。我们先把他们安顿好了，再离开。”

尖刀带我们去的地方称不上真正的客栈，只不过是个大房间，老板勉强用来接待过往旅客。他见到我们并不激动，好像跟这里的其他人一样知道我们的来头。钱币的光泽使他心里快活，笑得花儿一样灿烂。再说，估计他也明白，不让我们进来的话，我们肯定会闹个底朝天。

我为奥托和老哈缝好伤口，并包扎好，基本上他们都习惯了。同时，店主送来了食物，斯旺为此真诚地向他道谢。

摩根说："天快黑了，碎嘴。"

"我知道。斯旺，我们得去找其他人。想去的话，找匹备用马。"

"开玩笑？我又不是非去不可，还去走那烂泥？见鬼！好吧。我想想。"他开始从椅子上撑起来。

"坐下，威洛，"马瑟说，"我去吧，我身体比你好。"

斯旺说："你把我骗了，油腔滑调的狗东西。我就不知道你咋做到的，尖酸刻薄的杂种。你总能从我这里挖到想要的东西，当心点！"

"准备好了吗？"马瑟问我。他忍住一丝微笑。

"好了。"

我们出来，爬上马，它们看起来跟受了虐待似的。我领头，但沙迪德很快跑上前来，建议让他领头，因为他知道来的路。时间不早了，光线微弱，要多沉闷有多沉闷。让我分心的事更多了。我告诉摩根："最好告诉我发生什么事了。"

"科尔迪比我清楚，我跟在他们后面。"

罗伊人的步伐并不是很快。我努力克制着内心的不安，并不断告诉自己，她是个大姑娘了，我还没出生，她就已经会照顾自己了。但是，内心的我却不断地说，那是你的女人，你必须照顾好她。

当然！

"科尔迪？我知道你们不为我效力，你们有自己的优先权，但是……"

“没什么好掩饰的，团长。听说你们有人要骑马出去，女士惊恐不已。她估计你们一群人会在美因河休息，通过搞出点事来了解暗影长老。相反，你们去侦查它，她认为你们那样不够聪明。”

“我们说的是被你们带到河边的老姑娘，拉蒂莎吗？”

“正是。我们称呼她女士。在知道她的真实身份之前，尖刀一直这么称呼她。”

“还没出发，她就知道我们要出去。有意思。这是我一生中的非常时期，马瑟先生。过去一年，我还没行动，大伙儿就知道我要做什么。这够让人紧张的。”

我们穿过一些树木。在一棵树上，我发现一只乌鸦竟然全身湿透。我笑起来，真希望这家伙跟我一样痛苦。其他人不安地看着我。我想，是不是不该停止塑造这个新形象呢。我在心里慢慢描绘起来，全世界为这个狂人而战栗。如果我谋划得当的话……

“嘿，科尔迪，老伙计。你真的不知道那些小棕人吗？”

“我就知道往北走的时候，他们想杀死我们。之前没人见过那样的人，估计他们来自暗影大陆。”

“为什么这些暗影长老对我们疑神疑鬼的？”我并不指望有人回答，也没有人答复，“科尔迪，你们真要帮普拉布林德拉吗？”

“是的，为塔格洛斯。那里有些东西在别处是没有的，威洛也这么看。尽管你可以嘲笑他，但你永远也没法使他改变想法。我不知道尖刀的想法，估计他加入进来，全因为我们加入了。这世上他只有一两个朋友，别无依靠。他总是独自前行。”

“一两个？”

“威洛算一个，我算半个。有人把他扔进鳄鱼群的时候，我们把他拉了出来。他跟着我们，因为他欠我们一条命。后来我们就一起出生入死，从不计较得失。我也没法告诉你真实的尖刀，他从不流露自己的内心。”

“我们掺和到什么事了？还是有什么你觉得不该告诉我？”

“什么？”

“你们的女士和普拉布林德拉除了想利用我们赶走暗影长老，还有别的事。要不然，他们就会直接交易，而不用哄骗我们。”

他思考的那会儿，我们走了一英里。终于，他说：“我也说不准。我觉得他们这样做必有缘故，因为过去黑色佣兵团对付过塔格洛斯。”

“我也这么想。我们的先辈做过什么，我们没法知道，也没人能告诉我们。这像一个大阴谋，塔格洛斯的任何人不会向我们透露半字。偌大个城市，我都无法找个人问个究竟。”

“要是找对地方，一个排的人都有。都是些祭司，光想着互相倾轧。”

他已经给我透露些什么了，只是我还不能确定具体是什么。“我会牢记于心的。就是还不知道能不能搞定这帮祭司。”

“你要是虚张声势起来，他们跟其他人没什么两样。”

夜渐深，天色也越暗。我全身湿透，也没心思多想。因为列队前进，所以我们的队伍拉得较长。科尔迪和摩根走在队伍后面。“我想起了一些事情，回头告诉你。”摩根走之前说。

我赶到罗伊人身后，问他还有多远。真令人恼火，感觉像走了几个星期。

有东西突然掠过小路，沙迪德胯下稳健的坐骑被惊得后腿站立，嘶鸣不已。他用土话喊道：“那究竟是什么？”我懂他的土话，因为小时候学过几句。

我也只瞥见一眼，它看起来像头巨大的灰狼，背上驮着一只畸形的幼崽。再要看时，它已消失得无影无踪。

狼都这样吗？把幼崽驮在背上？

我忍俊不禁地笑起来。干吗操心这闲事呢，应该去想怎么会有跟马一般大小的狼呢？

摩根和科尔迪赶上来，想弄清怎么回事。我说不知道，因为对刚才的情景也不那么确定。

但是这一奇景却又深深印入脑海，无法磨灭。

在距离我们最先中埋伏的地方两英里处，沙迪德停了下来。已经很难看出不同之处了。他四处看看，试图读懂地标。他咕哝着离开道路，向左跑去。我发现了一些迹象，显示这是他同奥托和老哈来时的路。

又走了半英里，不觉进入一个小峡谷，路旁流淌着一条窄窄的小溪。这地方悬崖峭壁，怪石林立，树木稀疏。天已昏黄，能见度不足二十英尺。

我们开始寻找尸体。

不计其数的小棕人为了自己的事业而牺牲。管他什么事业。

沙迪德又停了下来，“我们是从另一个方向引他们来的，在这儿分开的。我们从那条路上去，其他人等着，让我们走前面。”他跳下马，开始四处查看。还未找到走出峡谷的小路，天已黑得快看不见了。走了不到一英里，天已黑尽。

摩根说：“也许我们该折回去等。摸黑乱撞，我们也走不了多远。”

“你要想回去就回去。”我厉声说道，野蛮之极，自己都吃了一惊，“我就在这儿，直到找到……”

我看不见他，但是猜他正一脸痛苦地咧着嘴。他说：“也许我们不该分开。让大伙儿一起往回走会更麻烦。”

夜里走生路并非明智之举，尤其是那里还有一帮人想要害我。不过，神也保佑傻子！

马儿停了下来，竖起了耳朵。不一会儿，我的马叫了起来。又过了一会儿，还是有声音反复地从我们的左边传来。无须催促，马儿朝着那个方向跑去。

在一个简陋木棚里，我们找到了辛达维和他的同伴，他们的马拴在外面。两人都受伤了，辛达维伤势严重。为他缝合伤口并进行包扎的时候，我们简短地聊了几句。夫人命令他们躲藏起来。当追赶的人朝东南方追去的时候，地精掩护了他们。他们早上本来是打算往北去的。

告诉他们到哪里碰头后，我就上马了。

屁股痛死了，坐在马身上几乎直不起腰，但是未完的使命迫使我勇往直前。有些事我不愿深究，不然就会自怨自艾了。

没人有异议，尽管马瑟有点怀疑我是否理智。我听见他与摩根窃窃私语，然后摩根叫他不要多说。

我领头走在前面，让我的马儿任意驰骋，并告诉它去找到夫人的马。虽然我从来没有测过动物的智力，但是看来值得一试。尽管马的步伐有点缓慢，就像在让我适应，但它一直在走。

不知道走了多远，也没法估计时间。不一会儿，我开始打起盹来，迷迷糊糊地醒醒睡睡。我敢肯定其他人也是这副样子。

我本可以叫醒他们，也叫醒自己，但是这样做太不近情理了。按理说，他们此时应该在村子里面，躺在一间温暖的房间里酣然入睡。

当半英里外的山顶上突然冒出火焰时，我已醒了大半。像是爆炸。刚才还黑漆漆的，瞬间几英亩的地方就燃起来了，人畜四窜，浑身是火。我能断定，巫术的味道异常浓烈。

“驾，马儿！”

光线充足，足够它冒险前进。

一分钟后，我来到了着火的地方，零星几处有人身上着火了，正在痛苦地挣扎。是小棕人！小棕人的人数可真多！

燃烧的树木照亮了一个奔跑的轮廓，是一头巨狼，背上跨着一头小狼，两只爪子紧紧地抓着。“那是什么鬼东西？”马瑟追问道。

摩根猜道：“是化身，碎嘴。”

“也许，有可能。我们知道他就在附近——夫人！”我朝正在燃烧的树林大喊。火正被细雨浇灭。

噼噼啪啪的声响里隐约传来了一声回答。

“你在哪儿？”

“这儿。”

在一块突起的小岩石间，有东西动了一下。我跳下去，“地精！你跑哪儿去了？”

地精不在，只有夫人。这会儿光线暗淡，看不清她的伤有多严重。但是毫无疑问，她受伤了。我做了件蠢事，虽说身为医生应该更清楚怎么做才是。但是，我坐了下来，拉着她坐在我腿上，搂着她，轻轻地摇着她，像哄婴儿一样。

思绪又回到过去。

从受雇于佣兵团那一刻起，我就开始做着毫无意义的事情，不停地操练、训练和排练，这样，在关键时刻才能不假思索地做正确的事。回首往昔，我别无所求，失落不已。我没有做出正确的选择。

我很幸运，同伴们没有丢掉脑袋。

他们一起捡了些能点燃的柴火，升了一堆火，然后把药箱递给我，并说了几句合情合理的话，我也不再发牢骚，开始做正事。

她没有在黑暗中看起来那么严重，有几处刀伤、多处擦伤，可能是身体摇晃给撞的。旧有的战场本能又涌上心头，我又一次成为一名军医。

不一会儿，摩根来了，“我找到了她的马，不过没发现地精的踪影。她怎样了？”

“比看起来好很多。受了几处撞击，但无关要害。有好一段时间，她会浑身疼痛。”

这时候，她的眼睛轻轻眨了几下，抬眼望我，并认出了我。她扑过身来，抱着我，开始哭泣。

沙迪德嘀咕了几句，摩根咯咯地笑了起来，说：“好吧。我们去找找地精。”科尔迪·马瑟动作稍慢，但他听到之后也走开了。

她的情绪很快就平复了。她就是她，没有流露感情的习惯。她从我怀里抽身出来，“抱歉，碎嘴。”

“用不着道歉。你可真是死里逃生。”

“发生什么事了？”

“我正要问你呢。”

“他们发现了我，让我无处可逃，碎嘴。本以为我们可以逃脱，可是他们知道我们在哪儿。他们把我们冲散，又把我撵到这儿。周围埋伏了十几号人，统统朝我冲来，然后又跑了。他们想抓住我，并不是要杀我，这点还是值得庆幸，不然我必死无疑。但是我有些断片了，想不起你们什么时候来赶跑了他们。”

“不是我，应该是化身救了你。”我告诉了她突发的大火和巨狼。

“也许吧。我不知道他就在附近。”

“地精在哪儿？”

“不知道。距这里一英里的地方，我们就分开了。他试着用幻象迷惑他们。我们今天肯定宰了他们上百人，碎嘴。从没见过这么笨拙的人，但他们来个不停。我们想脱离他们的话，总有更多的人从埋伏里出来。不管走哪个方向，都这样。想打他们吧，他们的数量总超过我们；并且杀死一个，又冒出两个来。真是场噩梦。他们总能知道我们在哪儿。”她抱得我更紧了，“这里面肯定有巫术。我可从来没这么害怕过。”

“现在好了，都结束了。”我只能这样安慰她。我现在没那么担心了，真心觉得她是个女人。

几英里之外，东边似有闪电。但是那里正下着细雨，不应有闪电。我听见沙迪德、摩根和马瑟在嚷嚷，接着又听到他们骑马远去的声音。

“那一定是地精。”我说着，然后准备起身。

她紧紧抓住我，不让我去，“他们能行，碎嘴。”

我低下头，看不清她的表情，“是啊，他们能行。”犹豫了片刻，我如她所愿。

随着呼吸越来越急促，我想逃跑，说道：“你身体还没有……”

“闭嘴，碎嘴。”

我不再言语，专心做事。

第二十八章

继续侦查

二傻子似的神另有主意。

我做事并不利索，夫人本来也磨蹭。突然间，彤云密布，大雨如注，冷风呼啸。我想反正已经湿透了，再淋点雨也不要紧，可是……

我们几乎马不停蹄地想在附近找个落脚的地方，这时摩根和大伙儿从夜色中走来。摩根说："是地精，千真万确，不过我们去的时候，他已经走了。"他估摸着我在听他说话，"碎嘴，我知道咱们黑色佣兵团的将士都是勇敢的汉子，不管刮风下雨，还是那些小棕人，都休想阻止我们做想做的事情，不过这雨真的够呛。我猜我得了你说的在陵山才有的病。简直受不了，肚子痛。"

我也觉得够呛，尤其是这会儿雨越下越紧。不过……"地精怎样了？"

"他能怎样？我跟你打个赌，碎嘴。那小浑球好着呢，比咱们都舒坦。嗯？"

这就是指挥的灵魂所在。做决定的时候，得让人觉得你要采用简单易行的办法。思考的时候，得既图方便，又重责任。“那么好吧。看看是不是能找到回城的路。”我松开夫人的手，重整队伍。这些家伙假装没看见。据我推测，回到塔格洛斯的部队日出前就会得到消息。没有不透风的墙。

见鬼，我真希望自己的怀疑是错的。

到达村子的时候，天已渐亮。连这些强壮的战马也累得筋疲力尽。我们把它们赶进本来只能容纳六头牲口的马厩，就咣当咣当地进屋。我敢肯定，店主见到客人又变多了，而且身上沾满稀泥，一定会惊讶不已。

老伙计不在，于是，一个又矮又胖的妇女从厨房里走出来。她瞧着我们，以为野蛮人入侵了，然后又看看夫人。

夫人看起来跟我们一样邋遢，还很寒酸，但还不至于把她认成男人。这个老婆娘跑到她面前，嘀咕着塔格洛斯话，举起手拍拍她的背，不用科尔迪翻译，我就知道她正在说“噢，可怜的……”这些客套话。

而我们的朋友地精也在，正靠着椅背，脚翘在炉火前的一根木头上，喝着一大杯东西。

“抓住这个小杂种！”摩根说着，在他身后动起手来。

地精跳起来，尖声喊道：“碎嘴！”

“跑哪儿去了，浑球？还坐那儿喝棕榈酒，我们呢，在烂泥里摸爬滚打，想方设法救你的小命，呃？”

摩根架着他。“嘿！不要！我自己刚到这儿。”

“你的马呢？我们把马牵进来的时候，少了一匹。”

“在外面实在太难受了。我就把它丢在外面，直接进来了。”

“马就不难受？摩根，把他扔出去。不把马安顿好，别让他进来。”

虽然我们做的也不太厚道，但好歹让它们有了个遮风挡雨的地方。

“科尔迪，等那个老婆娘把夫人安顿好了，问问她去美因河有多远。”

“美因河？你还没有——”

“我有。等我吃点东西，再睡上几个钟头再说。我就是冲着它来的，这正是我要做的。你的同伴一直给我们捣鬼，不管什么理由，我可不喜欢。如果可以不用加入别人的战斗，又能领导佣兵团，我何乐而不为呢。”

他似笑非笑，“好吧。你想亲眼看看，就去看吧。不过当心。”

地精局促不安地走进来，低声下气的，身上淋湿了，“你现在要去哪里，碎嘴？”

“去首先该去的地方，河边。”

“也许我能帮点忙。”

“我可不信，不过说来听听。你独自冒险的时候，有什么发现？”

他眯起了眼睛。

“抱歉。那可是我度过最不舒服的一晚。”我说。

“这几年，好多时候你都过得不是很好，碎嘴。当团长真让你尝尽酸甜苦辣。”

“是啊。”

我们四目相对，但我的目光占了上风。他说：“我与夫人分开后，只走了半英里，我就意识到这帮小棕人没被忽悠到。我知道我的幻境造得好。如果他们没有一窝蜂来追我，就说明他们在某个地方下了符咒。我早就怀疑他们下咒了，因为他们始终穷追不舍，就算被我们摆脱了，也追个不停。于是，我想，假如不能回到夫人身边，那就退而求其次，我可以跟踪那个控制并指挥他们的人。我开始四处查探，因为那样很容易找到他们。他们也没给我找麻烦，我猜，他们打算要是我离开夫人，就不为难我。只有几个人跟着我，我与他们一番打斗后倒出一点特效弹。这本来是留着等独眼下回犯规、惩罚他用的。等他们踢打过了，我就乱撒一通，然后悄悄上山。山顶差不多被掏空了，跟碗一样干净。碗底有六个人团团围着一团火星儿。怪就怪在这儿，没法看清他们，就像从雾里看他们一样，只不过这雾是黑色的。差不多是黑色。有好多小影子，估计你会这么叫它们。有些影子没有老鼠的影子大，全都像蜜蜂一样到处嗡嗡。”

他的嘴巴能张多快，就说多快。不过，我知道对于所见的场景，他是难以言表的。因为在世人能懂的任何语言中，并不存在能表达他意思的词语。

“我觉得他们能在火焰中看到我们的一举一动，然后就派那些影子去告诉小崽子们怎样对付我们、击破我们。”

“嗯？”

“也许是你走运，没在白天与他们激战。”

“是的。”我暗忖，满村里追行走的木桩已经够让我头大了，“那会儿你有看到乌鸦吗？”

他古怪地瞅着我，“看到了。事实上，你瞧，我正趴在烂泥里瞅着那帮家伙，正琢磨着锦囊里有什么东西能让他们尝尝厉害，突然间，二十来只乌鸦朝我猛扑过来。一下全爆了，仿佛下了场石脑油雨，而不是雨水，把那些棕色杂种一顿好煮。只是那些乌鸦可能不是乌鸦，你明白我什么意思吗？”

“你说了我才明白。”

“我就看了他们一秒钟，就差不多能看个究竟。”

“你是行家，”我嘀咕着，他又怪怪地看着我，“那你觉得还在外面的那些小棕人现在都跑丢了？就像弄丢主人的小狗一样？”

“我可没那么说。估计他们跟你我一样聪明。哦，至少跟你一样聪明。只是他们没有优势了。”

那个老婆娘还在忙着打理夫人，带她去沐浴，给她缝补衣服，仿佛她的衣服必须要补一补。

“怎样去美因河呢？”

“我还没有讲完呢，没耐心的老爷。就在爆炸之后，一个本该被我结果的家伙突然出现。他单枪匹马，一个劲地追我，又抱着头乱窜，就像脑袋里什么东西被割走了一样。我抓住他，也抓住了两个四处打转的影子。我把其中一个好一顿教训，然后派它去告诉独眼我要借用他的小怪物。我教另一个影子怎样让人说话，小怪物来了之后，我们问了那个小棕人几百个问题。”

“蛙脸在这里？”

“他回去了，莫盖巴那里忙得要命。”

“真有他的。你问了那么多问题，有答案吗？”

“有倒是有，没多大意义。这些小棕人来自一座名叫暗影之关的冰山。具体来说，在名叫瞭望塔的超级堡垒外。他们的主子是暗影长老中的一个，他们称作长影的那个。他把影子派给碗状山里的六人。那只是一些没用的影子，只能送信。恐怕他们现在送的是不幸的信喽。”

“我们这回有乐子了，不是吗？你发现他们在干吗了吗？”

“这个长影正酝酿着什么。他和这一大帮人一起，正试图赶走佣兵团——小棕人并不清楚他们为何这么顾忌我们——但是他也有自己的谋划。我感觉他想让他们抓住你和夫人，并把你们带回他的城堡，说不定想在那儿达成某种交易。事情就是这样。”

我有五百个问题，于是一一问他，不过地精回答不了。其实大多数问题他都想到了，但他审问的那个人也不知道答案。

他问：“那么，你要去美因河？”

“你还没能让我改变主意，那帮棕色浑球也没有。他们要是没有巫师，肯定不是我的对手，不是吗？”

地精叹了一口气，“恐怕不是。”

“那是怎么回事？”

“你觉得我会让你毫无保护，就骑着马去那儿？我叹气是因为我的屁股。”他又咧着大嘴，一脸蛙笑。我也朝他笑笑。

据店主讲，到戈加滩骑马需要四小时。这是渡过美因河最近的地方，也是最好的地方。斯旺说，美因河八十英里长的河岸上有四个浅滩，分别是：赛瑞、纳马、戈加和维达得那–波塔。赛瑞最远，在上游。赛瑞之上，美因河穿过崇山峻岭，陡峭险峻，无法修建军事设施——尽管地精说过那帮小棕人朋友为躲避其他暗影长老的注意，就是从那里穿过来的。那段行程让他们损失了三分之一的人。

维达得那–波塔离大海最近，一年中只有旱季可渡。维达得那–波塔滩与大海之间八十英里长的河流通常是无法通行的。维达得那–波塔和赛瑞，这两名字源于塔格洛斯的村庄。自从去年暗影长老侵略之后，这些村庄悉数废弃，一直空着。

纳马和戈加是美因河下游的村庄，之前是塔格洛斯人的，现在被占领了。戈加看来是个关键的渡口，斯旺、马瑟和尖刀都曾到过，也告诉了我他们能做什么。我询问了一下其他浅滩，有了惊人的发现。每人起码有一个不熟悉的地方。哈！

“我和地精去侦查戈加渡口。摩根，你和科尔迪查看维达得那–波塔。沙迪德，你和斯旺去纳马。辛达维，你和尖刀去侦查赛瑞。”我正把每队的三个人派往陌生的国度。

科尔迪哈哈大笑，斯旺愁眉不展，只有尖刀……呃，我怀疑即使把尖刀的脚丫子架到火上烤他都不一定有反应。

我们分头行动。夫人、奥托、老哈和辛达维的同伴都待在后方休养。地精骑马与我同行，他只说希望天气不会太糟，之后一直默不作声。听起来他倒不太相信这绵绵细雨会一直继续。

斯旺讲，他听说暗影长老正在加固戈加滩的南岸。这再次说明敌人会在此布下重兵。我倒巴不得这样，从地图上看，那里地形不错。

我们分开后两小时，又下起了细雨。我一脑子烦心事，这天气倒是应景。

尽管昨天只身犯险，我感觉好像很久没能独处、抽时间梳理一下思路了。正好地精仍然像个死人一样闭口不语，我期望能认真地思考我与夫人将来要走的路。可是，她很少出现在我的脑海。相反，我仔细考虑了我把自己和佣兵团带入了何种境地。

我统领，但并未控制。早在寺庙的时候，很多事情的发生就已经不在我的控制，我常常困惑，不得其法。吉–埃克斯利和这大河又使得事态更糟。此刻，我如在激流中翻滚的浮木，只是隐约知道谁做什么、针对谁、为什么，但是我被困在中间。除非放手一搏，才能让我摆脱困境。

据我所知，如果任由普拉布林德拉把我卷入这摊事，我就会加入“错误”的一边。现在我明白，当搜魂把我们拽来为夫人效力时团长的感受了。那会儿我们还没意识到有何不妥就已经在福斯博格的战场上浴血奋战了。

没必要让雇佣兵知道发生的事情。他们拿了佣金，做好分内之事就够了。从应征入伍的那刻起，我就一直被灌输这种观念。没有对错，没有正邪，只有敌我。佣兵团的荣耀深入人心，指引着一个又一个兄弟。否则，荣誉只在于忠于雇主。

我了解的佣兵团的种种经历无一与我们当前的境遇相似。第一次——主要是我的所为——我们第一次为自己而战。如果大伙儿接受的话，我们的合约将与欲望一致。它会是一种工具。如果我坚持清醒的头脑和正常的洞察力，塔格洛斯和它的所有子民将成为我们欲望的工具。

然而，我仍心存疑虑。我热爱我所见到的塔格洛斯人民，尤其热爱他们的志气。虽然为了保持独立饱受戕害，却仍然抖擞精神继续与暗影长老斗争。我也清楚，要是跟这些乡亲熟络了，我也不见得会喜欢他们。因此，在还没有熟络之前，我打破了最高法则，并全身心地投入进去。我可真傻。

这该死的雨跟要报仇似的，下得不大，可就是下个不停。不过，我看见东方和西方的天空变亮了，说明那边放晴了。众神啊，如果确实存在的话，正在让我历经磨难。

我们经过的最后一个租佃地距离戈加滩六英里。远处，乡村废弃，已空置数月。土地并不贫瘠。当地居民举家迁离，四处逃荒，肯定惶恐不已。通常，君王的变更对农民来说并不那么痛苦。那迁居北境、从此再未返乡的五千人对此一定深有体会。

地势并不崎岖，多数是开阔地，绵绵延延；道路也不难走，尽管不是修来用作军事通道的。沿途没有看到任何天然或人工的防御设施。这在之前的塔格洛斯领地是前所未见的。万一发生灾难，此地无处可逃，无处可藏。我更加敬佩斯旺和他的兄弟了，敢于冒险到此。

地面被浸泡后变得异常黏稠。这些黏土考验着我们的体力和耐心，连我那匹不知疲倦的战马也不例外。今后头领得注意了，只能在晴朗干燥的日子谋划打仗。

好嘞。我们就集结队伍，打他个措手不及。

该出手时，就出手。

“你今天一直在想事情，碎嘴。”过了好久，地精说。

“我？你自己也沉默得像块石头。”

“所有这些事都让我发愁。”

他发愁，这倒不像地精的本色，这说明他已经焦头烂额了。“如果我们接受这个任务的话，你觉得我们没有把握？”

他摇了摇头，“不知道。也许吧。你总是有各种点子，可是我们已经无计可施了，碎嘴。而且，也没有热情。要是我们赢了，突围了，到了卡塔瓦，最后却两手空空呢？”

“这个风险从一开始就存在。我从没说过这一程要获得什么。只是觉得有些事情该做，因为我发过誓。将来某一天我把编年史交给摩根的时候，也会让他发同样的誓。”

“估计我们没有更好的选择。”

“到达世界的终点，又回到原点。也算圆满吧。”

“我琢磨着第一个目的。”

“我也是，老朋友。它就是在这儿和吉-埃克斯利之间消失的。并且，我觉得塔格洛斯人知道一点，可就是不说。什么时候让他们尝尝佣兵团的老牌迅雷行动。”

我想，这绵绵细雨也有好处，降低了能见度。翻过最后一座山峰，然后朝美因河和戈加滩走去的时候，我才意识到走了那么远。天气稍好的话，南岸的哨兵立马就发现我们了。

地精先发现，“我们到了，碎嘴。河就在下面。”

我们勒住马。我问：“你觉得对岸有什么？”

“有人。并不警觉，不过有两个蠢货在放哨。”

“装备咋样？”

“马马虎虎，三等的。要有时间，我可以好好看看。”

“不用急，我四处转转，查看一番。”

这地方就像前面讲过的。道路顺着一个又长又空旷的斜坡通向浅滩，刚好在河水拐弯的地方。河湾下面，一条小溪从我这边流入河里，不过我得去确认一下，因为它在较高的地势后面。小溪沿岸植被茂盛。在另一个方向，也有微微的起伏，所以，通往浅滩的路像是下到了凹地的中心。浅滩之上，河水缓缓向南流淌。在我这边，河岸二到八英尺高；除了渡口外，到处长满了高大的树木和低矮的灌木。

我步行仔细检查了所有地方的时候，地精牵着马在山那边等我。我悄悄溜到滩边，在潮湿的树林里坐了半个钟头，观看对岸的防御工事。

可不能在这儿渡河，不太容易。

他们担心我们来攻打他们吗？为什么？

我通过三角测量的老办法，计算出堡垒的瞭望塔高七十英尺，然后退回来，试着算出从护墙上能看见的范围。等我测量完，天已快黑了。

“想知道的都搞清楚了吗？”与地精会合的时候，他这样问。

“算是吧，不完全是我想要的。除非你让我振作起来。我们可以强行横渡吗？”

“不管现在的情况？有可能吧。水位下去的话。如果我们在夜深人静的时候行动，趁他们打瞌睡时。”

“不过水位下降的时候，那里就会有上万人把守。”

“情况看来不妙，是吗？”

“是的。咱们找个地方避雨吧。”

“我可以坚持骑回去，看你了。”

“试试看。回去的话，就可以换身干的睡一觉。你觉得那边的人咋样？是专业的吗？”

“我猜他们只比假装成士兵的人强一丁点。”

“我也觉得他们非常懈怠。不过，有可能在那些地方不需要那么警觉。”

潜伏在浅滩附近的时候，我看见了四个人。他们给我的印象不深。防御工事的设计和建设也没什么特别。显然，暗影长老没有派行家来训练军队，对于已有的也没有发挥优势。

“当然，也许我们看到的只是表象。”

“很有可能。”有一个有趣的想法，或许值得思考，因为那一刻我看到两只全身湿透的乌鸦，在榆树的一根枯树干上看我们。于是，我开始四处看看，寻找树桩，想它肯定在。时机一到，我必定把它解决掉。

“还记得化身的女人吗，地精？”

“当然。干吗？”

“你在吉-埃克斯利时说觉得她眼熟。这会儿我突然觉得你是对的。我之前肯定在什么地方碰到过她。但就是怎么也想不起是在什么地方什么时候。”

“这有关系吗？”

“也许没有。只是这事时不时会冒出来烦我。咱们就此停住，往左拐。”

“去干吗？”

“从地图上看，这儿有座城，叫韦加戈达亚，我想去看看。”

“我还以为我们要回去——”

“就多走几分钟。”

“好吧。”抱怨，抱怨，抱怨个没完。

“看来我们可能需要打一仗。我得熟悉熟悉环境。”

我们边走边吃冷饭。我并不经常这样，但是此刻，真有点羡慕那些待在家里、有妻子陪伴的人。

一切皆需要付出代价。我们进入的是个鬼村，阴森森的。人的手随处可见，即使在黑暗中也能看见。我们查看的一些房子像是昨天才关了门，但是我们一个人也没碰到。“太让人吃惊了，小偷都不是这样干活的。”

“不要告诉独眼。”

我勉强挤出一个笑脸。“我猜他们聪明地把值钱的东西都带上了。”

“这些人看来真决定不惜一切代价，不是吗？”听起来他很受感动。

我不情愿地生出一丝敬意，“看来佣兵团要背水一战了。”

“如果你让他们的话。”

就是这座城了，韦加戈达亚。这里曾是上千人的家园，现在却比废弃的农场还阴森恐怖。那里至少还能遇到野生动物，这里却一无所有，只有几只乌鸦在房顶上飞来飞去。

人们并没有锁门。我们查看了二十多座房子。“可做指挥部。”我告诉地精。

他咕哝了一下。过了一会儿，他问：“你打定主意了吗？”

“得看给我的回报。不是吗？但是咱们得看看其他人怎么说。”

我们往北走，之后地精就没怎么说话。这样，我就有时间细想并构思作为团长和潜在督军的角色的深刻意义。

如果别无选择，只能战斗，并要领导一个国家，那么我必然会提出一些要求。我决不允许塔格洛斯人把我放到一个容许他们有二心并能随时推翻我决定的位置。我已经见识过前任领导为此抓狂。如果塔格洛斯人敢算计我，我也不会对他们手软。

我们可以称呼得冠冕堂皇一点，但不管咋样，我要成为军事独裁者。

我，碎嘴，四处奔波的军医，业余的历史学家，终于能够享受长期以来只有王公贵族才享有的特权。这是一个发人深省的想法。

如果我们接受他们的说辞，并接受委任，而且，我能得到我想要的，我就可以让老喘跟着我，好提醒我，我是终有一死的。他也派不上别的用场。

我们进城的时候，雨停了。

真是天助我也。

第二十九章

暗烟的藏身之处

暗烟坐在一个高脚凳上，伏案读一本巨大的古书。房间里堆满了书，仿佛涨了一潮水的书，留下了一个装满书的潮坑。书架上放满了书，地板上也堆着齐腰高的书，桌子上、椅子上，甚至房间里一个又窄又高的窗台上也摆满了书。暗烟就着一支蜡烛读书。屋子封得严严实实，蜡烛的烟都有点熏眼睛呛鼻子。

他不时嘀咕两声，在左手边的一张纸上写写画画。他是个左撇子。

整个皇宫里，这个房间保护得最严密，可以避开间谍的监视。暗烟布下天罗地网般的咒语和结界以保证它的安全。没有人知道这个地方，连皇宫的平面图上也没标注这地方。

暗烟觉得有东西碰了最外面的结界，它轻得跟蚊子落下一样。还没来得及把注意力转移过去，它就消失了。他也搞不清这是不是幻觉。自从发生了有关乌鸦和蝙蝠的一些事情后，他也变得多疑了。

直觉告诉他，他的猜疑不无道理。执行任务的军队不归他管，他最好的武器事实上就是没有人知道他的存在。

他希望着。

这些天，他如惊弓之鸟，惶惶不安。每一道暗影都潜藏着恐怖。

门开了，他吓得边跳边叫。

“暗烟？”

“你吓着我了，拉蒂莎。”

“他们在哪儿，暗烟？斯旺那儿也没消息。他们都跑了吗？”

“把那么多人丢下不管？拉蒂莎，耐心点。”

“我没有耐心了，连我弟弟也变得烦躁不安。水位下降前，我们就剩几周时间了。”

“我知道，夫人。多关注你能做的事情，而不是你希望做的。每一支可能的军队都在密切关注他们。可是我们又不能强迫他们帮忙。”

拉蒂莎踢翻了一摞书，“我从来没觉得这么没用过。我不喜欢这种感觉。”

暗烟耸了耸肩，“欢迎来到我们其他人生活的世界。”

房顶的一个角落里，比针孔还小的一个点冒出了一缕黑烟。这烟渐渐变成了一只小乌鸦。

“其他人在做什么？”

“准备打仗。以防万一。”

“我想，那个黑长官，莫盖巴，他会不会是真正的团长？”

“不是。为什么这么问？”

“他正在做我想让他们做的事，他表现得就像他们要为我们效劳一样。”

“那也解释得通，拉蒂莎。如果他们的团长回来，确信溜不了，他们也算领先一步。”

“他已经准备好回北境了吗？”

“当然。”

拉蒂莎看起来一脸烦恼。

暗烟笑道：“有没有考虑跟他们直接摊牌？”

她冷若冰霜地看了他一眼。

“没想过。这可不是王子的做法。太简单，太直接，太有逻辑，太老实了。你的胆子太大了，暗烟。”

“可能是吧。不过我想起你弟弟嘱托我，要时不时地提醒你——”

“够了。”

“你也知道，他们在装腔作势。咱们完全不了解他们的过去。”

“我知道。这没什么区别。如果我们由着他们，他们会变成从前那样。很快就会向暗影长老卑躬屈膝，而不是继续忍耐。”

暗烟耸了耸肩，“随你便。也许吧，”他狡黠一笑，“随暗影长老的便。”

“你知道什么？”

“根据需要，我得保持低调。不过，我倒是看了几眼咱们北境的朋友，他们在河边与我们的许多小伙伴发生冲突。美因河附近正有一场恶战。”

“巫术？”

“比那还高级。想起他们闯过满是河盗的沼泽地时的种种，我不敢进去。”

“该死！该死，该死，该死！！他们还好吗？我们已经失去他们了？”

“我没敢进去。时间会证明一切。”

拉蒂莎又踢倒一摞书。暗烟和善的表情崩溃了，变得怒不可遏。她马上道歉："太让人沮丧了。"

"我们都沮丧。如果你调整一下野心，或许就不那么沮丧了。"

"你什么意思？"

"也许，如果你沿着你弟弟制定的路线，致力于攀登，一次一座山——"

"呸！我，一个女人，难道这儿只有我自己很自负吗？"

"就因为你是个女人，不会被要求为失败付出代价。你弟弟的钱袋会为你付的。"

"去你的，暗烟！为什么你总是对的？"

"那是我的任务。去找你弟弟，跟他谈谈，再算算。把精力集中到此时的敌人身上。目前暗影长老的统治必须被颠覆。祭司会永远在这儿。当然，除非你想把他们死死地关起来，让暗影长老赢。"

"要是我能诬陷一个大祭司叛国罪的话……好吧，我知道了。暗影长老已经来了，他们知道怎样对付祭司。没人会相信的。我走了。你有胆子的话，看看那里发生了什么。要是损失了他们，我们得赶快行动。该死的斯旺应该追上他们，对吗？"

"你派他去的。"

"干吗每个人都照我说的做？我说的有些是蠢话……收起你那张笑脸。"

暗烟止不住，"再踢翻一堆书。"

拉蒂莎怒气冲冲地走出了房间。

暗烟叹了口气，然后继续读书。书的作者深情地记叙了当卡塔瓦的自由兵团在他们生息的这片世界的某个角落里行进的时候，围困、剥削和折磨死死困扰了一代人，使他们万分不幸。

房间里的书是没收而来的，这样就不会落入黑色佣兵团手里。暗烟不相信这些书在这儿就会永远保密。不过，也许能帮他争取时间，以便他找到办法，阻止古时候发生的血流成河的惨剧重演。也许吧。

不过，最大的希望是佣兵团有可能随着时间而改变。它不带面具了。它真的忘记了自己残酷的起源。与其他佣兵团做出的恢复旧制的决定相比，他们对过去的追溯只是一种反思。

在暗烟的脑海里，总有采用自己建议的冲动，把佣兵团的团长带来，让他随意阅读这些书，就想看看他面对真相时的反应。

第三十章

塔格洛斯觉醒

黎明时分，我们回到塔格洛斯，比预计的晚了几天。大伙儿都快累垮了，斯旺和他的同伴更是疲惫不堪。他们那些普通的战马被活活累死了。我问斯旺："你说要是我不守约，普拉布林德拉会非常恼火吗？"

斯旺身上还有点儿劲。"那他又能怎样呢？把你衬衫上的虫子捉下来？他会吞下肚子，再冲你笑笑。你还是当心女士吧，如果有人要找你麻烦，那也是她。她总是脑子少根弦。"

"祭司。"尖刀说。

"对！当心那些祭司。你们刚到的那天，他们就突然提出这些。他们做不了啥事，只能随大溜儿。不过他们一直在琢磨，这你尽可相信，一旦找到茬，他们就会开始捣乱。"

"尖刀说的祭司是怎么回事？"

"不知道，也不想知道。不过我来这儿够久了，也开始认为他可能是对的。要是把他们淹死一些，世界可能更美好。"

缺少防御工事这一点，使战局变得对我们极其不利。塔格洛斯土地宽广，却不思防御。

几百年来，这个民族安享太平。敌人的军队身经百战，且有法力高强的巫师助阵，而我大概只有一个月的时间谋划怎样帮助塔格洛斯人打败敌人。

这是不可能的。当河流水位下降，敌军就能渡河，大屠杀就开始了。

斯旺问："打定主意要做什么了吗？"

"打定了，只是普拉布林德拉不会喜欢的。"

这让他吃了一惊，我也没有解释。就让他们担心吧。我带着人进了营房，然后派斯旺去宣布我们回来的消息。我们下马的时候，佣兵团的人有一半在附近徘徊，等待着能听点什么。摩根说："我猜地精已经拿定主意了。"

有什么事情一直折磨着这个小巫师。回家的路上，他一直在沉思，很少言语。这会儿他正咧着嘴，仔细打量着自己的鞍袋。

莫盖巴来到我这儿，"你不在的时候，我们取得了重大进步，团长。等你觉得合适的时候，我会向你报告。"他没有说出他的问题。

我瞅着没必要这么吊着，"我们不能偷偷过去，他们发现我们了。要么战斗，要么撤退。"

"那别无选择了，是吗？"

"我猜不可能有。不过我得亲自去看看。"

他理解地点了点头。

做正事之前，我照料了一下伤员。夫人恢复得很快，尽管有瘀伤，但并不损她的美貌。为她检查的时候，我觉得有点怪。自从那个雨夜后，她就很少说话。她又陷入了无尽的沉思。

莫盖巴有许多要向我汇报：关于与塔格洛斯的宗教领袖的讨论，以及他对军队的出师之名的看法。他的建议我无一不赞同。他说："还有一件事。有个名叫加哈马拉·加的祭司，是沙达尔教派的二号人物。他有个女儿，他觉得快要死了。看来这是一个我们交朋友的机会。"

"说不定会让人厌烦透顶。"不要低估人忘恩负义的能力。

"独眼见过她。"

我看着这个小巫医。他说："依我看，她是阑尾有问题，碎嘴。还没那么糟糕。不过这帮蠢货一无所知，他们正打算驱邪。"

"我已经好些年没有为人开刀了。还有多久溃烂？"

"至少还有一天，除非她不走运。我已经尽力给她止痛了。"

"从宫里回来的路上，我去检查一下。给我一张地图……不用了。你最好跟我一起去，说不定会派上用场。"我和莫盖巴这会儿穿上进宫的行头。夫人也应该这样打扮。

斯旺的行头一点没变，他来领我们去见王子。我什么事也不想做，只想打个盹。我并不觉得能有本事与这些政客周旋，但我还是去了。

特洛格·塔格洛斯的子民们早已听说决定的时刻到了。他们站在街上看着我们，出奇安静。

在那一双双观看的眼睛里，我看到了恐惧，也看到了希望。他们意识到了危险的存在，也意识到了自己面临的重重困难。遗憾的是他们没有意识到战场不比角斗场。

有一次，一个孩子哭了。我打了个寒战，希望这不是个预兆。当我们靠近特洛格的时候，一位老者从人群中走上前来，把一样东西使劲塞进我手里，然后鞠个躬离开了。

这是一枚古时佣兵团的徽章，是一位将领的徽章，也许是个战利品，来自某场已被遗忘的战役。我把它别在我戴的勋章旁，那是一枚口吐火焰的骷髅头，是搜魂的。尽管我们已经不再为劫将或者帝国效力，但我们一直保留着。

我和夫人穿着全套盛装，也就是说我穿着使节礼服，她穿着皇家礼服。我们给这些民众留下了深刻的印象。在我们身旁，莫盖巴看起来有点土气。独眼像从最穷的贫民窟里最低级的酒馆里捡来的弃儿一样。瞧他那顶讨厌的帽子。他快活得像只蜗牛。

“演技。”夫人告诉过我。这是我自己的老座右铭，尽管所指的内容有所不同。“无论在政治上，还是在战场上，我们的一大武器就是演技……”

她又振作起来了。我想之前她是被那些棕色皮肤的人气坏了。

她是对的。甚至更传统地讲，演技和诡计应作为我们的手段。要是遇见暗影长老指挥身经百战的军队，想要打败他们，我们必须先声夺人，在敌军士兵的脑海里营造我们必胜的假象。创建一支信心十足、在兵力悬殊的条件下仍能奋战到底的军队需要时日。

尽管我们姗姗来迟，普拉布林德拉·德拉仍然和善可亲，极尽地主之谊。他为我们举办了空前盛大的晚宴，估计如此盛况再难见到。接着，又是各种娱乐，姑娘跳舞、吞剑表演、魔术表演、音乐家的演奏——他们的乐曲对我来说太陌生，难以欣赏。对于信心满满的事情，他并不急于知道答案。下午的时候，斯旺向我介绍了几十个塔格洛斯的政要，包括加哈马拉·加。我告诉加，我会尽快去看他的女儿。他脸上的无限感激倒让我难为情起来。

其余的人我没怎么注意，也没打算跟他们打交道或者依靠他们。

时候到了。我们被邀请离开人群，来到一间私室。因为我带了两名副官，所以普拉布林德拉也带了两名。一位是怪人暗烟，王子介绍了他的头衔，翻译过来是公共安全守卫大臣。也就是说，他是城市消防队的头儿。

只有独眼忍不住笑了出来。

普拉布林德拉的另一位副官是他神秘莫测的姐姐。他俩在一起的时候，她明显得比他年长，说不定比他更顽强。即使身着盛装，她看起来还是像骑马一路颠簸来，浑身汗淋淋地就安顿下了。

当普拉布林德拉问及我的同伴时，我介绍莫盖巴为步兵指挥官，夫人为参谋长。居然有女士兵，这让他万分惊奇。我想，要是他知道夫人的过去，不知道他会惊讶成啥样呢。

对于这个任命，她没有表露出惊讶。为了她好，也出于对普拉布林德拉的考虑，我说："佣兵团里没有人更有资格了。可能除了团长，每个职位都是论功就职。"

斯旺翻译。他避开了普拉布林德拉的尖利回答，我想，这就说明他不可能完全同意。他的姐姐看起来是他的军师。

"直奔主题，"我告诉斯旺，"我们要想阻止一场侵略的话，时间很紧迫。"

斯旺笑了，"那你要接受这个任务？"

你就从来一秒钟都没怀疑过，你这走狗。"不要期望过高，伙计。我要还价的，条件没有商量的余地。"

斯旺的笑容顿时消失，"我不明白。"

"我已看过地形，也与我的人谈过了。除了没经验的，大多数人想要继续前进。我们清楚怎样才能到达卡塔瓦。也就是说，我们会考虑贵王子想要完成的工作。但是，除非按照我们的条件，否则，我们不会干。告诉他这点，然后我再告诉他不好的消息。"

斯旺翻译了。普拉布林德拉看起来不高兴。他的姐姐看着想打架。斯旺面向我，"说来听听。"

“如果让我指挥一支从头建立的军队，我想得到指挥的权利。我要成为头领，不受任何人干涉，没有政治的扯淡，没有教派争端。即使王子的意志也要在这期间退让几分。我不知道塔格洛斯语里是否有词语能表达我想要的，我也想不出玫瑰语里的词。在珍宝城，行此职责的人叫作‘独裁者’。他们每年定期推选。告诉他。”

普拉布林德拉高兴吗？他当然高兴。在这样的困境里，他跟任何王子一样高兴。他开始像律师一样权衡，试图把我埋在诸多“如果”“还有”和“但是”中。我乐不可支。

“我说过没有商量的余地，斯旺。我说到做到。我看唯一的机会就是危急时刻，我们各尽其职。不是六周后，等满地狼藉被清理之后。特殊的利益自有分量，贪污贿赂应该避免。”

莫盖巴露出了我见过最开心的笑容。他饶有兴趣地听着。也许他也总想那样跟吉-埃克斯利的主子谈判。

我说：“我听到的是，大约五周内，河流水位就会下降，低到足以让暗影长老派军队渡过美因河。他们没有内部矛盾拖后腿，而且占尽各种优势，唯一的劣势是，对手是黑色佣兵团。因此，假如普拉布林德拉想要祈求胜利，他必须给予我需要的工具。如果他不给，我就走人。我会另想办法，不会坐以待毙。”

斯旺翻译了。我们坐在周围，看起来非常强硬、专业，而且坚决。夫人和莫盖巴做得很好。我以为我会因为紧张而泄气，但我没有。普拉布林德拉从来没有试着揭穿我的虚张声势。他争论，但并不是很激烈。不然，我定会不耐烦，离席而去。我寸步不让。我真的相信这唯一的机会，这一线希望，就在于绝对军事独裁。我知道一点内情，感谢蛙脸。

“嘿，斯旺。这些人是不是遇到了更大麻烦，但没有承认。”

“什么？”他不安地瞟了一眼这个小妖。

“你的主子并没有说服我放弃任何东西。他在权衡，进行政治谋划，也在浪费时间。我感觉，说到底，他怕得要死。他答应我，只是他不想在邪恶中做出选择。因为到时候，他必须承担自己的选择带来的后果。”

“是啊。也许吧。鉴于我们去年夏天的行动，暗影长老必然来势汹汹。说不定要拿我们开刀。”

“我需要能应对这种局面的老手，让他们当小队长。假如我当上这里的军队统领的话。”

“古老的塔格洛斯语里，有个词叫督军，你将会如愿以偿。这已经在议会里争论过了。大祭司不喜欢，不过也没别的选择。不管暗影长老接管哪里，祭司是最先被歼灭的人。不得已的时候，他可以做任何交易。他们被吓着了，老兄。你胜利的时候，就是你开始担心时候。”

我要做的就是静观其变。不过我来的时候是得到了蛙脸的保证。

这个讨厌的小妖咧着嘴，朝我眨眼睛。

已是晚上，我们又吃了一顿饭，不过签署了协定。

自从杜松城之后，这是佣兵团第一次有真正的任务。

或者反之亦然。

普拉布林德拉想知道我的计划。他也不蠢，知道莫盖巴已经在一天二十小时地值守。

“好好给那帮穿过美因河的伙计颜色看看。不过假如我们打头阵的话，则需要招募并训练人员，以应对战时困难。要准备打仗的话，就要搞清楚可用的兵源，以及怎样更好地雇用他们。我们要彻底剿除这里的敌对特务，然后建立我们自己的力量。要了解作战的地形。斯旺，我不断听说河水下降前，我们的时间所剩无几。低水位会持续多久？到下一次可以渡河的时间又是多久？”

他译了，然后说："大概有六到七个月的时间不会有大量雨水封住海滩。即使雨季开始后，也有两三个月的时间可以通过。"

"太好了。我们到这儿是在安全季节的中间。"

"差不多。我们还有五周多的时间。这是最坏的估计。"

"那么我们可以指望。告诉他，我们需要国家的大量帮助。我们得有武器、盔甲、马匹、粮草、马车、运资、装备。也需要做人口调查，统计所有十六岁到四十五岁的男性的人数、技能和职业。我要知道，如果没有人志愿参加，要征召谁。统计牲畜的数量仍有帮助。同样，统计可用的武器和装备。统计可作为堡垒的防御工事和地点。从去年夏天开始，你就应该对这些了如指掌。你会写当地的土话吗，斯旺？"

他翻译了，然后说："不会。我连字母都不认识。当然，我也从来没有学过玫瑰语。"他咧着嘴，"科尔迪也不会。"

"尖刀呢？"

"开什么玩笑？"

"好吧。给我找个会的人。就算是拉蒂莎的眼线也行。还能一石二鸟。我想让你和他一起，成天对我寸步不离，直到我学会这门语言。好吧。我现在需要的是，让他告诉志愿者，必须在明天天亮后一小时到钱德瑞广场集合。"钱德瑞广场在我们的营房附近，是塔格洛斯最大的广场之一。"他们应该把自己有的任何武器或者装备带来。我们会挑选二千五百人立即开始训练，再征召余下的人以备后面使用。"

"你可能太乐观了。"

"我想这些人正迫不及待要加入呢。"

"他们是迫不及待。不过明天是岗尼教派的圣日。大约有十分之四的下层人民会参加。他们一坐下来，没有人能做任何事情。"

"打仗期间，没有任何节日。他们最好马上就习惯过来。他们要是不来，那可就糟了。他们会落后。告诉王子发布通知，最先参加的志愿者，军饷最高。不过，每个人都得从最低级别开始。就算是他入伍，也要如此。我不清楚这里的阶级结构，我也不在乎它。如果根据个人能力的大小，我会让一位王子持矛，让一个农场的小子指挥军团。”

“这种态度会造成许多麻烦，团长。并且，就算他们将你奉若神明，与祭司打交道的时候，你也应该小心谨慎。”

“必要的时候，我会对付他们的。政治问题我应该可以处理。必要的时候，我会软硬兼施，不过，我多半不会二者并用。告诉王子，他应该时不时地到我的指挥部来转转。如果人人都想着自己是即将发生的事情的一份子，事情就会顺利一点。”

斯旺和王子交谈着。拉蒂莎犀利地看了我一眼，然后微微一笑，表明她明白我要做什么。内心的魔鬼让我眨了眨眼。

她笑得更灿烂了。

我决定多了解了解她。不是因为我让她着迷，而是觉得，我会喜欢她思考的方式。我喜欢极其愤世嫉俗的人。

老暗烟，这个所谓的消防队长，整晚无所事事，只是打打瞌睡又醒醒。作为一个愤世嫉俗的人，我赞同他当政府官员。最好的官员就是那种完全不管事又不捣乱的人。当然，我除外。

“今晚还有一件事，”我告诉斯旺，“筹措资金。黑色佣兵团也不是来白干的，更不要说创建军队、装备部队、练兵、养兵了。”

斯旺咧着嘴，“他们保管你有钱花，团长。早在第一次听预言说你要来的时候，他们就开始筹钱了。这不成问题。”

“这一直都是问题。”

他笑了起来，“你不能毫无节制地挥霍。女士管着这里的钱袋子，她可是出了名的抠门儿。”

“好得很。问问王子，他这会儿还有什么需要。我可有一大堆事情要做。”

又谈了一个小时，没什么要事，都是普拉布林德拉和拉蒂莎想要了解我的计划，试图更清楚地知道我的性格和能力。把自己国家的生死交给一个陌生人，这对他们来说真是孤注一掷。我估摸着得做点什么来帮助他们的秘密计划。

我有点不耐烦，但也为自己骄傲——我掌控了局面。

天黑后，我们步行回家，人群已经散去。我问夫人：“我们能够指望化身帮忙吗？”

“他会照我说的做。”

“你确定？”

“不绝对。不过，看来是这样。”

“他能够侦查一下暗影长老的领地吗？能变成个会飞的东西吗？”

“也许能。”她微微一笑，“不过，他可没力气带上你。我是知道你的。除了你自己外，你不相信任何人的情报。”

“哦……”

“你可以抓住机会。你有多大胆子，就信任他多少。如果我下命令，他定会为我效劳。不过，他不是我的奴隶，这会儿他也有自己的目标。那些可能不是你的目标。”

在俯瞰吉-埃克斯利时我就撞见了她在杯子里摆弄火，是时候尝试了解一直潜行环绕在我脑子里的东西了：“还有你自己恢复的才能呢？”

她并不烦恼：“开玩笑。如果我悄悄接近地精，再用锤子来锤他，可就打扰他了。否则，我就毫无用处。即使是小小的才能也需要练习才能变得熟练。没有时间练习了。”

“我猜，大伙儿会竭尽全力的。”

莫盖巴说：“我有几个想法能够缓和宗教摩擦的问题，至少暂时可以。”

“说到这里。我得给那个祭司的小孩开刀。独眼，我需要你辅助我。说吧，莫盖巴。”

他的见解很直接。我们将招募自己的军队，无须考虑宗教，并用这支军队迎战暗影长老的主力军。我们也会鼓励教派招募自己的军队，用来应对来自次要浅滩的威胁。但是，我们不能放弃作为最高指挥的要求。

我笑了起来，“我有种感觉，你想让去年夏天的溃败重演，那时——”

“没有什么比失败和无能的表现更能彻底说服他们。我认为应该给他们机会。”

“这听起来中听。整理一些征兵的问题，这样我们就能在他们报名参军的时候，了解他们的宗教信仰和宗教宽容。想告诉我怎样找到加哈马拉·加吗？”

第三十一章

塔格洛斯：新兵训练之城

我有好些年没有为人做过高风险的内科手术了。所以手术开始前，我的手不自觉地在发抖，有些不知所措。好在我习惯用沉着冷静来应对危机。我很快便镇定下来，手也不再颤抖了。独眼用他的天分——法术，适时地为她止血和止痛。

我一边洗手一边说道："我都不敢相信手术会这么顺利。实际上，我就压根儿没做过这种手术。"

"她能挺过去吗？"独眼问。

"应该能，除非有并发症。我希望你每天都为她做检查，确定她是否在好转。"

"嘿，碎嘴。我有个主意。你干吗不给我买个扫把？"

"什么？"

"我要是有闲下来的时候，那不就可以打扫卫生嘛！"

"那我也该给自己买一把。"在蛤蟆脸独眼的引见下，我与孩子的父母进行了简单的交流，给他们讲了术后注意事项。他们的感激之情着实让我不敢当。我怀疑这种感激不会持续太久，毕竟人性如此。不过，在我们离开之前，我告诉她的父亲：“我要收报酬的。”

“什么报酬都行。”

“也许我的要求很高哟。时间一到，我会告诉你的。”

他听懂了我的意思，沉着脸点了点头。

就在我们快要走到街上的时候，“等等！”独眼边说边指了指某处。

我低头看到三只死蝙蝠拼成了一个工整的等边三角形。“这也许只是孩子们的无心之举。”蝙蝠的尸体并不干净。

附近某处有一只乌鸦在呱呱乱叫。

我咕哝着：“我该去能得到帮助的地方寻求帮助。”然后提高声量问道，“你能控制蝙蝠去监视他人吗？”

独眼思索道：“我做不到，不过应该有人会这一招。尽管蝙蝠的智力不高。”

“这就是我想知道的。”谁在指挥这些蝙蝠，我猜是暗影长老。

二十小时值守的日子开始了。一闲下来，我便试着学习语言，总之，学得越多，语言就会变得越简单。

我们努力使事情变得简单一点。所有证据都表明暗影长老会利用戈加滩作为主要渡口。我不再与教会头子争论来争论去，而是专心致志地思考怎样阻止敌方在各条路线上的主力部队。如果他们成功渡河，并挥师北上，斯旺指挥的那次战役怕是会重演。即使胜利也会付出沉重的代价。

我的第一步是组建两支主力部队的骨干，早年在珍宝城我们就用过这样的模式。当时，军队也大都是由缺少实战经验的百姓组成，所以指挥体系要尽可能简单。整个军队都是纯粹的步兵团，莫盖巴任步兵总司令和第一军团的统领。欧奇巴指挥第二军团。他俩麾下各有十名纳尔军士长，这十个军士长又可以从塔格洛斯的志愿军里挑选一百名候补者。这样，每个军团有一千人作为基数。只要纳尔人能训练好候补者，带领他们沿直线行军，那么军团将得到快速扩张。任老喘、奇奇和怪怪为莫盖巴的参谋。我不知道还有什么职位更适合他们三人。他们倒是心甘情愿，只可惜没什么实际用处。

辛达维和剩下的纳尔人组成第三军团，是我军的后备军，他们目前的任务是加强训练。我希望后备军在危机时刻能派上用场。

至于奥托、老哈、禁卫军，还有罗伊人，我把他们一起编入了骑兵团。

闪亮、蜡烛、克莱图斯以及猫眼石城和绿玉城的余部一起负责辎重、军需和工程。老哈的侄子最后还是跟着他，也帮不上什么忙。

这些主意大多都是莫盖巴提出来的，是他在我往南方侦查期间想出来的。我并非赞同他的全部提议，不过看来浪费他做的工作是一种罪过。并且，我们需要采取行动，现在就要。

他考虑周全。辛达维的军团不仅会向两个主要军团补给新人，本身也会逐渐发展成一支主力军。直到我们培养了许多当地的人才，他才相信我们能够管理三支军团以上的部队。

夫人、地精、独眼和我留下来处理余下诸事。那些事不仅重要，而且令人兴奋，比如与普拉布林德拉和他姐姐周旋；又如建立情报机构，找出是否有当地法师可以为我们所用；制定策略；想出巧妙的招数。优秀的老莫盖巴愿意让我来做参谋工作并制定策略。

事实上本应如此。此人能力过人，实在令我有些尴尬。

“地精，我觉得你应该做些反间谍工作。”我说。

“哈！”独眼说，“那很适合他。”

“不管什么时候有需要，你都可以借用蛙脸。”这个小妖哼了哼。要工作，他可不乐意。

地精一副自鸣得意的神情，“我不需要那玩意儿，碎嘴。”

我可不喜欢那样，这个小畜生在偷偷摸摸捣鬼。自我们从乡下回来，他就一副自鸣得意的样子，可见是出事了。他和独眼可能又起了争执，把别的事情统统忘了。

时间会证明到底出了什么事。

“不管你说什么，”我告诉地精，“只要你把工作做了就行。我想让你去除掉暗影长老手下那些危险的特务。装上小计时器，这样我们就可以给他们发虚假信息了。我们也得注意这些大祭司的一举一动。他们一想出法子，就尽给我们使绊子。人性呀。”

我让夫人负责表演技巧和做策划。在尚未做好准备对敌的时候，我已经决定了在哪里与他们展开对战。我让她制定出详细计划，与我相比，她是个更优秀的谋士。她曾统领帝国的军队，并取得了惊人的胜利。

我明白到，团长的部分工作就是做代表。所谓天赋，或许就是在于挑选正确的人做正确的事。

我们大概有五个星期。时间已经开始倒计了，越来越少，越来越少。

我认为我们不需要祷告。

没有人睡得好，每个人都很暴躁。不过，那就是我们做事的方式。得学会调整，学会理解。莫盖巴不停地告诉我，他那头情况很好，不过，我一直没时间去检查他的装备。老哈和奥托对他们的进展则不太满意。他们的新兵指挥官都认为纪律只是为他们的下级设置的。奥托和老哈常常得去揍他们一顿，让他们放规矩点。他们也突发奇想，比如把大象编入骑兵团。普拉布林德拉的牲畜统计显示，能派上用场的大象有几百头。

大多数时间，我都忙得团团转，更像个政治家，而不是指挥官。在情况允许的时候，我尽量不下命令，而是更喜欢说服他人。不过，在面对两个大祭司的时候，我都别无选择。我说黑的，他们偏说白的，就想让我知道，他们才是塔格洛斯真正的主子。

如果我有时间，我一定会与他们争个高下。只可惜我没有时间，所以我也不想跟他们周旋。我把他们和他们的首席助理叫来，当着普拉布林德拉和他姐姐的面告诉他们，我不在乎他们的态度，我也不会忍耐，对于从这里发出的计划，碎嘴怎么说就得怎么办，不然只有死路一条。要是他们不喜欢，尽管冲我发火。这样，我就能找个公共广场，用文火慢慢地烤死他们。

我并没有让自己成为一个受欢迎的人。

我就是吓唬他们罢了。我做该做的事，但也别指望我亲力亲为。我做我的工作，我那明显的暴力天性应该可以震慑住他们。等我打败暗影长老后，我才会担心他们。

我总是乐观地思考，我就是这样一个人。

就算每分钟吃一磅面包，我也还是会饿，我真的相信我们有机会。

几个人把正面交锋的消息散播了出去。我听到传言，一些寺庙因为无事可做而关门。其他的也得避开愤怒的人群。

太好了。

可是这种情况会持续多久呢？与追求军国主义的热情相比，这些人追求超自然的无用之事的热情更古老，更根深蒂固。

“到底发生什么事了？”我问斯旺，我刚找到机会问他。我快学会这种语言了，不过还没快到能够明白宗教的微妙含义。

“我想尖刀得逞了。”他看起来很茫然。

“说什么？”

“自我们到这儿起，尖刀就一直散布煽动性的无稽之谈，说祭司应该只操心人的灵魂和因果报应，不该过问政治。这话都传到我那里了。他听到了你与大祭司的谈话，他就跑到大街上，散布他所谓的‘真相’。这些人都敬畏他们信奉的神，你最好记住这点，不过对于有些祭司，他们也没有那么狂热，尤其是那些霸占钱财还要压榨百姓的祭司。”

我大笑起来，然后说：“你把他叫回来。用不着搞宗教革命，我的麻烦已经够多了。”

“好的。我认为你没必要担心这个。”

我必须事事兼顾。尽管从一个局外人的角度来看，塔格洛斯社会处在重压之下。对于这样一个传统保守、因循守旧的社会，瞬息之间进行翻天覆地的变化，没有办法让常规机制得以调整。拯救塔格洛斯，就如同乘风破浪。我得小心翼翼地应对暗影长老带来的挫败和恐惧。

我一般会睡上四个小时。那天刚睡到一半，独眼就叫醒了我，“加哈马拉·加来了。说要马上见您。”

“他孩子的病情恶化了？”

“她很好。他想来还债。”

“请他进来。”

祭司蹑手蹑脚地进来，看起来鬼鬼祟祟的。他像个住大街的一样，向我鞠躬，还用脚蹭着地面。他把塔格洛斯人能想到的每一个头衔都加到我头上，包括医生。阑尾切除手术在这些地方并不为人知晓。他环顾四周，像是要检查墙上有没有长出耳朵——也许这是职业病。他一点也不喜欢看到蛙脸。

由此可见，一些人知道小妖的来历。我得留心。

“说话安全吗？”他问。无须翻译，我也能听明白。

“是的。”

“我不能久留。他们在监视我，知道我欠你一大笔人情，医生。”

我心想，听听他说什么吧，“怎么了？”

“沙达尔的大祭司，就是我的上司，戈加林迪·戈吉，他的庇护人是哈达，哈达的一个化身是死神。不久前的一个晚上，你得罪戈加林迪了。他告诉哈达的子民，说哈达正渴望捉到你的灵魂。”

蛙脸翻译了，还加了评论。“哈达是沙达尔的死亡女神，毁灭女神，也是堕落女神，团长。哈达的子民是一个分支，他们专门搞谋杀、施酷刑。他们的教义是任性无知。不过，实施的办法是死人要进祭司头子的黑名单。”

“我懂了。”我微微一笑，“那么你的庇护人是谁，加哈马拉·加？”

他回笑：“卡哈迪。”

“一切甜美与光明，我知道了。”

“完全不是，首长。她是哈达的双胞胎妹妹，同样非常阴险。她传播瘟疫、饥荒、疾病，还搞捉弄人的鬼把戏。沙达尔和岗尼教派争吵最激烈的一件大事就是哈达和卡哈迪是两个单独的神，还是只是一个神，拥有两副面孔而已。”

“这我喜欢。我敢打赌，有人会因此遭杀害。并且，我说我不把他们当回事，祭司们听了就会投来怪异的眼光。独眼，你说我猜对没有，我觉得咱们这位兄弟正在帮他自己躲债？”

独眼咯咯地笑起来，“我估计，他想成为下一个沙达尔的老大。”

我让蛙脸直接面对他。他没脸红，承认自己最有可能成为戈加林迪·戈吉的继任者。

“那样的话，我认为他也没做什么，只是从中抽头而已。向他道谢，不过，我觉得他还欠我。告诉他，如果他冷不防地成了沙达尔的祭司头子，并能为他的子民着想，而且在一两年之内，他不会那么野心勃勃，我会真心为他骄傲。”

蛙脸把我的话转告给他。他的笑容消失了，嘴唇紧闭，像个皱巴巴的核桃。不过，他还是摆了摆头。

“送他上路，独眼。我可不想他跟主子有矛盾。”

我去叫醒了地精，“祭司出问题了。有个名叫戈加林迪·戈吉的人正在找机会暗杀我。带上摩根，去一趟斯旺的酒馆，挖出居民中仇恨祭司的人，让他指出这家伙。他需要上升到一个更高的水平。不要闹出太大的乱子，只要给他来点痛快的就行。比如，把自己撑死。”

地精嘟囔着去找摩根。

独眼和蛙脸去监视这场即将对我进行的暗杀。

他们是行家，有六个人，但还不及蛙脸。我有一些喜欢做那种事的纳尔人，抓住他们带到公共广场，刺穿了他们。

戈加林迪·戈吉一天后就上了西天，死于一次突然的暴饮暴食。我们吸取了以前的教训。

当然，教训就是不要被人发现。

没有人看起来焦虑或者不快，一致认为是戈吉自作自受。但是，当我们为是否还需要一千把剑，尤其是我是否需要这已经征用的一百吨木炭的时候，拉蒂莎向我投来了若有所思的目光。

事实上，我们正进入博弈阶段。估计她要嘀咕抱怨，然后又让步，最后还是给更多的武器。于是，本来要十吨的，我说要一百吨。为讨价还价做好准备。

新兵们正在准备自己的装备。我最想要的武器是由国家财政支持的，结果变成了碎片，这简直无法向民众交代。我也难以让莫盖巴相信轮式轻型火炮还有用。

换作是我的话，我也不敢相信。一切都取决于敌人。如果他们像以往那样，那火炮可能就浪费了。但是这个型号的火炮是珍宝城军团的，那伙人曾经拽着轻型武器，将敌人的阵型轰出几个洞来。

噢，小题大做。有些事情，你只要说“我是头儿，你就照我说的做”就行了。

莫盖巴并不介意。

估计要走十七天。夫人来看我。我问她：“你准备好了吗？”

“差不多了。”

“这是数百个报告里的一个好消息。你照亮了我的生命。”

她滑稽地看了我一眼，“我见到化身了。他过河了。”独眼和地精作为间谍头领，并不缺少志愿兵，但他们运气实在不好，这主要是因为美因河显然是难以渡过的。

对于剿除暗影长老在塔格洛斯的特务，他们只用了不到十天。一群小棕人被打得一败涂地，另一些塔格洛斯土人留下了。我们给他们讲了许多事实，足以促使他们的主子到我想要他们去的地方努力渡河。

“哦。他打探到我们想知道的消息了吗？”

她咧嘴笑了，“打探到了。你如愿了，他们会把主力军部署在戈加滩上，并且不跟其他部队一起。他们并不信任彼此，所以不会毫无防备地离开大本营。”

“太好了。我觉得机会突然送上门来了。也许只有十分之一的概率，但也是个机会。”

“现在该说坏消息了。”

“我早就猜到会这样。是什么？”

“他们会额外派五千人，也就是戈加有一万人。赛瑞和维达那-波塔各一千。剩下的人从纳马过河。他们告诉我，纳马可以比戈加早两天渡河。”

“那就坏了。打起仗来，他们有三千人在我们后面。”

“确实如此，除非他们是傻瓜。”

我闭上眼睛，又看看地图。我曾叮嘱过加哈马拉·加，沙达尔人应该当心纳马。靠生拉硬扯，他招募了一支二千五百名教徒的队伍。大多数沙达尔人想等等，以便加入我们的大军。三千老兵会朝他开去。

“骑兵团呢？”我问，“加在水边遇着他们了吗？尽他所能了吗？后退了吗？在他们快要崩溃的时候，让我们的骑兵团从侧面袭击他们了吗？”

“我正考虑让莫盖巴的军团偷摸过去，粉碎他们的计划，然后朝戈加进军。不过，你是对的。骑兵团更快。你信任派奥托和老哈去应战吗？”

我不信任。他们要是掌权准会出问题。没有残忍的罗伊人去打败必须面对的敌人，他们的军队简直就像巡回马戏团。“你愿意吗？你做过战场指挥吗？”

她狠狠地看着我，“你干吗去了？”

是的。我已经指挥过好多次了。

“你想要接管吗？”

“如果你想让我接管的话。”

“我快被你那热情的火焰烤脆了。好吧。不过，不到时候，先别告诉任何人。尤其是加哈马拉·加，要是不知道救兵快来了，他会更卖力。”

“好的。”

“咱这位难得一见的朋友那里还有别的消息吗？”

“没有。”

“他整天把着不放的那个女人是谁？”

她犹豫了好长时间，“我不知道。”

“奇怪。我好像以前在什么地方见过她，可就是想不起来。”

她耸了耸肩，“过段时间，你会觉得每个人都很眼熟。”

“那我像谁？”

她也不甘示弱，“诺瓦克·德布雷肯的加斯特拉·塔勒沙。声音不同，但是想法一致。他也自我训诫、自我辩驳。”

我能怎么争论呢？我就从来没听说过这人。

“他有一次说教过了头，我丈夫剥了他的皮。”

“你觉得我在训诫加？”

“是的。我觉得你是事后反省，净收益。你已经变得够聪明，知道先得到他们，再在后边哭。”

“我觉得我也不想玩这招。”

“不。你才不会呢。我需要占用你一点时间，让裁缝来给你量一下尺寸。”

“说什么？我已经有一套很炫酷的制服了。”

“跟这件不一样。这件是用来吓退暗影长老那些奴才的，这也是表演技巧的一部分。”

“好吧。什么时候都行。我可以一边量尺寸一边工作。化身要去戈加看情况吗？”

“他没说。我告诉过你，他有自己的安排。我们会找到可行的办法。”

“我不介意偷偷看一眼。他给你瞄一眼了吗？”

“没有。今天，莫盖巴在军团间举行一场模拟战。你去吗？”

“不去。我得去拍拍拉蒂莎的马屁，求她多给点运输车。我搞到木炭了，现在得运过去。”

她哼了一声，“我的时间可不是这样安排的。”

“你的权力更大。”

“的确如此。我派裁缝过来。”

我想知道她脑子里在想什么……是什么呢？我能看明白吗？她在想什么？她出去的时候摇尾巴了吗？该死。我必须用用我的眼睛了。

每周的评估期到了。我问摩根：“蝙蝠的情况怎样了？”

“什么？”我戳中了他的痛处。

“你竟然问起蝙蝠。我还以为你一直在查。”

“这段时间以来，我一只也没看见。”

“好。那就是说地精和独眼剿对人了。从我的位置看，似乎一切进展顺利。可能比我们预想的还快。”有一段时间都没人找我抱怨了。夫人找了时间帮助奥托和老哈，让那群自高自大的骑兵知道害怕。“莫盖巴呢？”

“按最坏的情况估算，还有十二天。是时候把队伍派出去观察水位了。最糟糕的情况也不见得绝对糟糕。”

“拉蒂莎走在你前面了。我昨天跟她谈了，她已经霸占了一半的驿使来做这事。现在，水位比预期的还高。那可能也没什么，天气好的日子应该还有很久。每天，我们能得到的就是每个军团再增加一百人。”

“现在一共有多少人了？”

“每个军团三千三百人。到了四千，我就不再吸收新人了。反正那时也该出发了。”

“你觉得五天够到那儿吗？对于那些不习惯行军的人来说，这可是表示每天要走二十英里。”

“他们会习惯的。他们现在背着背包，一天也能跑上十英里。”

“这周我会出去检查。我保证去。我已经很好地达到了政治目的。老哈，你们准备好了吗？”

“快好了，碎嘴。当我们说要教他们如何保命的时候，他们开始意识到我们是认真的。”

“他们的确有必要思考一下，这不仅仅是一场比赛。大桶，你们怎样呢？”

“再给五十辆马车，我们明天就能出发，团长。”

“你看过城市的略图了吗？”

“是的，长官。”

“安装需要多久？”

“这得看材料，要打木桩，要人手，还要挖好多战壕。其他的，没问题。”

“你会有人手的，也就是辛达维的队伍。稍后他们会作为我们的预备队，与你一起去。不过，我可告诉你，资源情况很不乐观。你们最终得更依靠战壕，而不是木桩。克莱图斯，大炮怎样了？”

克莱图斯和他的兄弟们咧着嘴笑了，看来挺为自己骄傲的。“我们弄好了。每个军团的六台移动武器已经准备好了。这会儿正在教人操作。”

“太好了。我想让你们与军需官和工程师一起，好好观察这座城市，把一些武器安在那里。大桶，你们最好尽快出发。路况不会太好，如果你的确还需要马车，就去民间征收，这样比我从拉蒂莎那里抠来要快一点。那么，就没有人遇到些让我焦心的事吗？你们知道，不让我操心，我还不高兴呢。”

他们茫然地看着我。最后，摩根脱口而出：“我们要以八千敌一万吗？那还不够让您操心，长官？”

“一万？”

“那是谣传。暗影长老增加了兵力来展开侵略。”

我瞟了一眼夫人。她耸了耸肩。我说：“对于那个结果，我们的情报不可靠。不过加上骑兵团，我们就超过八千了。再加上辛达维的人马，我们的兵力要超过他们。我们在战场上会有分量的，而且，我还有一两个妙计没施展呢。”

“木炭呢？”莫盖巴问。

“和别的东西在一起。”

“你不给我们详细说说吗？”

“不！没有不透风的墙。如果除了我之外没有人知道，万一被对方发现，我就不能怪别人，只能怪自己。”

莫盖巴笑了笑。他太了解我了，我只是想保密。

有时候，我们指挥官就是那样。

我的几位前任团长不到时候是从来不会向别人透露秘密的。

之后，我问夫人：“你怎么看？”

“我想，他们很快就会知道已经在打仗了。对于能否获胜，我仍深感怀疑。不过你是个非常优秀的团长，也许你并不愿意承认。你把每个人都放在最适合的地方。”

“或者是危害最小的地方。”老喘和老哈的侄子仍然没有向我展示他们擅长做什么。

只剩七天就到最后期限了。军需官、工程师和辛达维的后备团已经出发两天了。进来的驿使报告了他们的进展，只是结果令人失望。道路难行。不过，他们获得了沿途百姓的帮助。在一些地方，部队和当地人一起背着物资前进，小分队拉着空马车在泥泞的路上行进。

我们也得到一些恩赐。天仍然下着绵绵细雨，而一周前雨就该停的。报告称去浅滩的路太高了，难以翻越。哨兵猜测我们至少还需要五天。

我告诉莫盖巴，他比任何人都更需要时间。他抱怨称，迄今为止的主要成就，就是他教会了他的部队直线行进。

我想那是重要的教训。要是他们能在战场上保持秩序，该有多好……

对于多余的时间，我并不感到满意。随着时间消逝，我收到了更多先遣部队面临的困难报告，我变得更加焦虑。

按原计划出发前的两天，我叫来莫盖巴，“时间富余，你放松一点了吗？”

“没有。”

“一点都没放松吗？”

“不能。假如我们晚出发五天，他们就多五天时间准备。”

“是的。”我向后靠着椅子。

“你遇到麻烦了。”

“那些烂泥。我派蛙脸去侦查了。辛达维离维加戈达亚还有二十英里。这对于我们将要拿下的敌军来说意味着什么？”

他点了点头，“你想早点出发？”

“我们最初计划的时候，我就在认真考虑过出发时间，只是确认一下。如果早点到，我们可以休息一下，或许在地形条件下进行一些训练。”

他又点了点头，然后惊讶地抓住我，“你有时候也凭直觉，是吗？”

我扬起了一只眉毛。

“早在吉-埃克斯利的时候，我就在留意你。我想，我开始明白你的思维模式。而且有时候，我觉得你不够了解自己。这一个星期，你都心事重重。那就说明你有预感，并想着你的想法能否行得通。”他离开座椅，“我认为你会提前出发。”

他走了，我琢磨着他是如何知道我的想法的。我是该觉得受了奉承，还是受了威胁呢？

我来到窗前，打开窗户，望着夜空。在快速漂动的云间，隐约可见星星。也许这一轮天天细雨的日子该结束了，也许只是又一个暂时停歇。

我回来工作。我与蛙脸现在正在着手做“能抓多少就抓多少”的工程。我们正试着查明城里所有图书馆失书的去向。我认为是某些不知姓名的官员从普拉布林德拉的宫殿里把书拿走，然后藏起来了。问题是怎样找到它们呢？动用我作为独裁者的权力？

“别管河水了。”

“说什么？”我四处看看，“啥玩意儿？”

“别管河水了。”

一只乌鸦站在窗台上，另一只落在它的旁边。它传递着相同的消息。

乌鸦很聪明，但只有鸟的能力。我问它们在说什么，它们告诉我不要管河水。就算把它们送上刑架，它们也吐不出更多话。“好吧，我知道了，不要管河水。嘘。”

乌鸦，一直都有这些该死的乌鸦。毫无疑问，它们是想告诉我什么。是什么呢？之前它们也警告过我。它们是说我不该注意水位吗？

不管怎样，因为这些烂泥，那也是我的意向。

我走到门口，喊道："独眼！地精！我需要你们。"

他们进来，一脸阴沉，两人之间相隔很远。这不是好兆头。他们又在斗，或者快要斗起来了。自从缓解他俩的那场暴怒压力之后，这俩已有好长时间没闹情绪了。

"今晚正是时候，伙计们。剿除暗影长老的余部。"

"我想，我们还有多余的时间。"独眼吹嘘着。

"可能有，也可能没有。我想现在就干，上心一点。"

地精喘着气，咕哝着："是，独裁者，长官。"我瞪了他一眼。他出去了。我走到窗前，眺望明净的天空。

"我感觉一切都会很顺利。"

第三十二章

暗影之光

暗影长老匆忙见面，最近累得他们筋疲力尽。这次见面的事几天前就定了。不过，他们在赶路之际，听到一声怒喊，称现在时间紧迫，不可以再如此懒散闲在。

他们在池塘里，搞不清池塘的大小，也弄不明白暗影是怎么回事。那个女人不安地来回走动。她的同伴也变得烦躁起来。这个极少开腔的人先开腔了：“惊慌什么？”

“我们在塔格洛斯的线人全被除掉了。除了新派过去的，全没了。来得那么突然。”她甩了甩手。

她的同伴说：“他们快要进军了。”

女人：“他们知道我们的线人是谁。那就意味着我们从他们那里得到的所有消息都不可靠。”

她的同伴说：“我们得比原计划快一点行动。除非万不得已，咱们一分钟也不能留给他们。”

安静的那个问：“我们被发现了？”

女人说：“没有。我们还有一个线人，这人安插在重要位置上，就算大部分线人都发挥不了作用，他也不会被发现。现在还没有报告称他遭到怀疑。”

“我们应该和部队会合，不应让战斗出现任何意外。”

“我们讨论过这件事了。不，我们不能以身犯险，没有理由相信他们有机会对付我们的老兵。我增加了五千的侵略军，那足够了。”

“你说有件事要到这里才能说。”

“是的。暗影之关和瞭望塔的人并不像他让我们相信的那样热衷去南境。过去的一年，他派了一些手下渗入塔格洛斯的领地。他们袭击了黑色佣兵团的头领，然后一败涂地。他们的努力只有一个目的——不能背叛他的想法。他们给了我一个机会，让我们可以神不知鬼不觉地把唯一幸存的线人打入敌人的阵营。”

“那么下次见到他的时候，也轮到咱们嘲笑他了。”

“也许吧，如果看着合适的话。他得到了这样一条消息：多洛特娅·森扎克跟他们在一起。”

接着，他俩沉默了好长一段时间。最后，那个不开腔的说道：“光是这一点，就说明为什么我们的朋友会秘密派人去北境。要是他愿意将她据为己有，那该多好。”

女的答道：“比起这个明显的理由，还有好多呢。好像与佣兵团的团长有关系。如果那种关系足够牢固，并可以操控，她倒是可以为我们所用。”

“必须尽快除掉她。”

“不！我们必须抓住她。如果他能利用她，那么我们也能。想想她知道的秘密，她的身份。她可能掌管着既能够控制他的世界又能关闭大门的钥匙。她可能失去了力量，但是，她没有失去记忆。”

那个不开腔的笑了起来。他的笑声跟在瞭望塔听到的一样癫狂。他正琢磨有谁能够利用多洛特娅·森扎克的记忆。任谁都可以！

女人熟悉那笑声，知道他脑子里正在想什么，也明白她和同伴应该谨慎前进。但是，她假装没有看见。她问同伴：“你与沼泽地里的那位联系过吗？”

“他不想跟我们干，也不想管我们的事。他在那块臭气熏天、潮湿不堪的小小王国里怡然自得。不过，他会来的。”

“太好了。那就说好了，将计划提前？”

大家点了点头。

“我马上下命令。”

第三十三章

塔格洛斯：醉酒的法师

今天不是个好日子，不好是因为太阳下山了。高兴的是蛙脸报告辛达维到了维加戈达亚。不高兴的事立马就来了，没有材料可用来增强城市的防御，只能用壕沟。

但是地面都湿透了，壕沟的墙体会不停地倒塌。

哦，好吧。如果神要出来庇护我们，就自然会出来庇护我们的。我们在这里垂死挣扎也无济于事。

我正要倒在床上睡觉，摩根突然进来。我太困了，眼睛发花，像是看到了重影。就算有两个他，也没改变世界的样子。“出什么事了？”我厉声问道。

“可能有大麻烦。地精和独眼正在斯旺那里，醉得一塌糊涂，而且他们又干起来了。我不喜欢这气氛。”

我起来，看来又要度过一个不眠之夜了。这都酝酿好久了，有可能没法控制。“他们在干什么？”

“目前还跟往常一样。不过，这次可没开玩笑，有一股邪恶的暗流存在。不管怎样，闻到它的那股臭气，就知道有人要受伤害了。”

“马备好了吗？”

“我传过话了。”

我抓起一根军官的指挥棒。这是我们到达吉-埃克斯利的时候，一个纳尔人扔给我的。没什么特别的理由，只因为这东西离我最近，还可以用来捶脑袋。

我们穿过营房，发现里面静悄悄的。大伙儿觉察到有事情发生。我走到马厩，莫盖巴和夫人已经在等我。摩根还说他们责备我们的塔格洛斯马夫多备了两匹马。

在几个街区外，一眼就看到一伙人打得不可开交。火光照亮了夜空。塔格洛斯人走出门外，想看个究竟。

在斯旺酒馆外的大街上，法师已经摆好架势。那地方全毁了，整个街道都在燃烧，倒不是什么大火，只是有些房屋被点着了。明显是两个法师喝醉了，无法瞄准。

那两个可恶的小浑球连站都站不稳，更别说射准了。所以，也许神既提防傻瓜，也提防醉汉。他们要是清醒一点，肯定要致对方于死地。

随处可见失去知觉的人倒在地上。斯旺、马瑟、尖刀，还有几个佣兵团的人也在里面。他们试着挣脱开，却毫无办法。

独眼和地精激战正酣：独眼表情痛苦，蛙脸追逐地精。像是黑蛇一样的烟雾从地精的腰包里蹿出来，那东西正要追上蛙脸。就在他们格斗之际，一阵火花雨降落在大街上，照亮了正蜷缩在相对安全的地方观看打斗的塔格洛斯人民。

在他们发现我之前，我停下来，“夫人，地精拿的是什么东西？”

“距离太远，看不清楚，反正是他不该拿的东西。我觉得，蛙脸有实力参加这场比赛，只是独眼还没到这个级别。”她像是有些不安。

有几次，我也有过那样的想法。走进商店从货架上买走蛙脸似乎并不合理。但是，独眼虽然实力稍逊但没有受到影响，而且他是个专家。

蛙脸和蛇在各自的主人中间缠斗。它们哼哼唧唧，又是撕扯，又是尖叫，一会儿打到这边，一会儿打到那边。我异常惊奇：“那就是地精从乡下带回来的东西？”

“什么？”

“从我第一次见到他与指引影子的小棕人打斗后，他就一副自鸣得意的样子。仿佛他终于得到了操控世界的法宝一样。”

夫人思索着，“如果他是从暗影长老的手下那里得来的那东西，它可能就是用来窃听的。化身可以告诉我们确切的消息。”

“他不在这儿。我们就假设一下吧。”

最后一堆火燃尽了。地精和独眼都全神贯注。独眼被自己的鞋带绊倒了。有一会儿，地精似乎要占上风，蛙脸遭到蛇的攻击，几乎有些招架不住。

“够了。少了他们可不行，真想把他俩埋了，结束这场闹剧。”我策马上前，地精离我最近，他还没来得及转身，我就俯下身，用指挥棒狠狠敲了他的脑袋。我没看他怎么样，便又径直朝独眼抢去，同样使劲敲打了他的天灵盖。

我转过身来，准备发起第二次猛攻。但是，夫人、莫盖巴和摩根把他们围了起来。蛙脸和蛇之间的战斗结束了。但是，他们还是不肯善罢甘休，隔着十英尺的人行道相互怒视。

我收起指挥棒，“蛙脸，你能说话吗？还是跟你主子一样疯了？”

“他疯了，团长，我没疯。不过，我中邪了，我得照他说的做。”

“是吗？告诉我，从地精小口袋里冒出来的是什么东西？”

“一种小妖，另一种形状的小妖。他从哪里得来的，团长？”

“我也想知道。摩根，检查一下其他人，看看我们有没有真正的伤亡。莫盖巴，把那小坏蛋拽过来。我要打烂几个脑袋瓜子。”

我们让他俩肩并肩地坐下，夫人和莫盖巴坐在后面扶着他们。他们渐渐清醒过来。摩根过来告诉我，昏迷的人都没有受伤。

这就有问题了。

独眼和地精抬头看着我。我来回踱步，用指挥棒拍打我的手，这是我的独裁棒。我朝他们挥舞，“下回再发生这种事，我就把你们面对面地捆起来，装进麻袋扔进河里。我可没更多的耐心。明天，不等你们酒醒就给我起床，到这里来，赔偿损失。费用从你们的腰包里掏。明白吗？”

地精看起来有点局促不安，轻轻地点了点头。独眼则没什么反应。

“独眼？你还想捶捶脑袋瓜子？”

他点点头，闷闷不乐。

“好吧。现在，地精，那玩意儿是你从乡下带回来的，极有可能是暗影长老的东西，是一种窃听装置。在你睡觉之前，我想让你把它装进瓶子埋了，要深埋。”

他的眼睛瞪得溜圆，“碎嘴……”

“照我说的办。”

突然间，一阵愤怒的嘶嘶声传遍大街，听来像是一声咆哮。那条蛇一样的东西从地上蹿起来，朝我袭来。

蛙脸从旁边冲出来，把它引开了。

紧接着，醉醺醺、眼睛瞪得溜圆又惊慌不已的地精与独眼一道，试着控制它。我赶紧往后退。地精把它塞进小袋子前的这三分钟可真令人疯狂。他跌跌撞撞地走进斯旺的酒馆，一分钟后，他走出来，手里拿着一个带塞子的酒罐。他滑稽地看看我，“我这就把它埋了，碎嘴。”他看起来挺尴尬的。

独眼也清醒了许多，他深深地吸了一口气，“我去给他搭个手。”

“好的。不要说太多话，别又打起来了。”

他看起来也是一副尴尬的表情，若有所思地看了蛙脸一眼。我注意到他没带这个小妖去干重活。

“现在干吗？”莫盖巴问。

“真把我痛苦死了，不过，现在就指望他们能良心发现，表现规矩点，至少一会儿也行。要不是我那么需要他们，我就折腾上一宿，让他们这辈子都忘不了。我可不想收拾这烂摊子。你在笑什么？”

夫人的笑声并没有停止，“现在的问题还不算严重，不过，这就像试图控制十劫将的东西。”

“是吗？可能是的。摩根，你也来这里喝酒了，那你就去收拾残局吧。我要去睡会儿觉。”

第三十四章

前往戈加

情况比我想象的还糟糕，路上的这烂泥像是没有边界。第一天出塔格洛斯，在一场热烈的列队送行之后，我们走了十二英里。我并不感到绝望。不过，靠近城市的道路要好走一点，之后，就变得不好走了。第二天走了十一英里，接下来的三天每天走了九英里。一次能走那么远，全靠这一路上有大象。

我思量着何时能到戈加滩，现在距离那里还有三十英里远呢。

然后，化身来了。他披着狼外套，昂首阔步地从野外走来。

雨季已经结束了，但是天空仍然阴沉沉的，所以地面没干。太阳可不是咱的盟友。

随化身同来的，还有一个小伙伴。看来，他的徒弟已经明白了怎样变身。

在我们出发之前，他与夫人待了一个小时，然后又飞奔着离开了。

夫人看起来不高兴。

“有坏消息？”

“坏极了。他们已经在我们上面建了一个。”

我心中一凛，但我并没有表露出来，“什么？”

“想想美因河的地图，在纳马和戈加之间有块被洪水淹没的低地。”

我画出了图。有十二英里的地方，河水流过一片侧面是平原的地方。每当河水涨到一定程度，这块地就会被淹没。水位最高的时候，河面可以达到十四英里宽，淹没的大多数地方在南面。那个平原成了一个巨大的水库，也正是纳马滩可以比戈加滩易于通过的原因。但是，上次我听说它的水已基本上流干了。

“我知道。怎么啦？”

“自从他们占领了南岸，暗影长老就一直在修堤坝，从下游末端一直修到原有的河岸。这件事都已经讨论过很久了。普拉布林德拉想修，以便占有这片平原用于耕种，但是，他没有那么多人力。暗影长老就没有这问题，他们派五万囚犯去修。塔格洛斯人去年没有过河，也没有来自古老领地的敌人入侵。因为这个工程是任何能做的人都会去做的事情，所以没有人关注。”

“但是？”

“但是。他们已经往东修建了八英里堤坝，并不像听起来那样开销巨大，因为它只需要修大约十英尺高。每隔半英里，他们就会修一个更大的充填区，可能一边有一百五十码，就像沿着城墙的塔一样。他们让囚犯就地扎营，并利用这些场地倾倒材料。”

“我不明白你到底想说什么。”

“化身注意到，他们已经停止延伸堤坝，但是仍在囤积材料。因此，他估计，他们要把部分水拦起来。只把够多的水引向水淹的平原，这样就可以很快降低戈加滩的水位，给我们一个措手不及。”

这我考虑过。真是狡猾的鬼把戏，又完全实用。佣兵团曾经也在河上搞过一两次这样的把戏。所以要做的就是给他们一天时间。如果他们顺顺利利渡河，那么我们就会被淹。“这帮鬼鬼祟祟的杂种。我们能及时赶到吗？”

“也许能。考虑到你已经等不及离开塔格洛斯，你说的情况倒是有可能发生。但是，以我们现在行进的速度，时间还是很紧张的。而且，光是在烂泥中挣扎行军，也会把我们弄得筋疲力尽。”

“他们已经开始筑坝了吗？”

“化身说他们今天早上开始了。他们得要两天把水蓄满，再要一天引开足够多的水。”

“这会影响纳马吗？”

“一周之内不会有问题。现在，那里的水位会不断下降。化身的猜测是他们会在渡过戈加的前一天渡过纳马。”

我们相互对视，她看到了我想到的。暗影长老盗走了我们从戈加进军前那天晚上想出的计谋。“去他的！”

“我知道。烂泥就那样子，我今天就要出发，以便及时赶到那里。我可能不回戈加了，用辛达维补上我们的位置。不管怎样，那座城废了。”

“不管怎样，我得赶快行动。”

“丢掉这些马车。”

“但是……”

“让工程师和军需官在后面，让他们尽可能快马加鞭。我把大象留给他们，它们对我来说没什么用处了。让每个人再多带一点东西，带上所有实用的。如果他们在维亚加戈达不停下休整的话，连马车也有可能及时到达。”

“你是对的。咱们就这么做。”我把我的人召集起来，并说明了将要做什么。一小时后，我看到夫人和骑兵团排成纵队往南开拔。莫盖巴正在埋怨，步兵团每个人要多带十五磅，他们也开始步履蹒跚地往戈加走去。

就连年迈的督军也带着行李。

我很庆幸有先见之名，几天前就把大多数物资发出去了。

我与剩下的人一起步行。我的马驮着两百磅重的杂物，这种经历让它看起来着实屈辱。独眼在我旁边嘀咕，他派蛙脸去侦查前进的路线，看看那条路上的障碍最少。

我留意着夫人，感到心里空荡荡的。我们都想起了戈加之战前的那个夜晚。现在，不可能了。

我怀疑永远不可能了，总有什么事情碍手碍脚。也许有神对于我们心里认为至善至美的东西并不感到满意。

让他们遭瘟，他们的所有私生子也遭瘟。

总有一天，我能心想事成，该死的。总有那么一天的。

但是那时又怎样？那时，我们就得放弃许多借口。那时，我们得面对一些事，决定一些事，权衡一些承诺的可能性和后果。

那天，我没有用太多时间思考怎样拯救塔格洛斯。

第三十五章

戈加前

找一块地，把它浇透，要连地心都是湿的。然后，让这块地在温暖的阳光下晒几天。结果会怎么样呢？

虫子。

当我沿着蜿蜒的小路爬上山顶，远眺戈加滩，它们就在成群结队乱飞。这些蚊子也想吃东西。个头小点儿的光想在我的鼻子里安营扎寨。

自上次来过之后，草已经长高了，现在足有两英尺。我把剑拿在前面挥舞，拨开野草。莫盖巴、辛达维、欧奇巴、地精和独眼也在做同样的工作。“那里有一大群暴徒。”独眼说。

我们早就知道了，这会儿，我们能闻到他们的篝火味，而我自己的部队正在吃冷饭。如果那帮人还不知道我们已经在这儿了，我也不打算嚷嚷，免得被他们发现。

说他们是暴徒一点也不为过。那帮人没有纪律、没有秩序，把营扎在野草蔓生的地方，他们的营地从堡垒大门一直沿着道路向南延伸。

“你觉得怎样，莫盖巴？”

“除非那是做来忽悠我们的，我们才有机会。如果我们就让他们待在山那头，会怎么样？”他慢慢往前走，查看地形，“你真的想让我在左边？”

“我觉得你的军团已经完全准备好了。把欧奇巴的部队布置在右边比较陡峭的地方。照常理来说，要发动袭击，应该往看起来最容易的方向挺近。”

莫盖巴哼了一声。

“如果他们只是猛攻你们中的一个，就会更加暴露在纵向射击和侧面火力之卜。如果大炮在这儿，我会在这里放几门，然后把剩下的布置在那个小山峰上。假如他们两面出击，那阵线就会拉长，像是用合页连接在一起。”军团会合处所在的公路将战场一分为二，“弓箭手和标枪手也将发挥很大的用处。”

莫盖巴抱怨道：“有钢刀，哼哼，计划形同蜉蝣。”

我转过身来，直直地看着他，“纳尔人能守住吗？”

他的脸颊抽搐了一下，他明白我的意思。

除了河上的战斗（那完全是一种不同的战斗），莫盖巴的人还没见过真正的战斗。我也是最近才发现的。他们的祖先占领了吉-埃克斯利，周边的人并没有抵抗。他们只需闹出点动静，老百姓就会规规矩矩。那些纳尔人仍然相信他们是最优秀的，只是没有在沙场上验证过。

“他们会坚持的，”莫盖巴说，“不然他们还能做什么？他们会不会被吓破胆？他们可是夸过海口的。”

“是啊。”人会做蠢事，就因为他们说过自己能行。

余下的人怎样呢？尽管只有少数参加过这样的战争，但大多数是老兵。他们在水上打过。不过，只有他打了，你才能肯定他会打什么样子。我对自己也不能肯定。我一辈子出入沙场，但也见过老兵垮掉。

我从来没有当过将军，从没有做过必定会叫人牺牲生命的决定。我的内心够刚强，只为了实现更大的目标，就让士兵去送死吗？

像最没经验的塔格洛斯士兵一样，对于自己的角色，我也是新手。

欧奇巴嘀咕着。我拨开面前的草。

有十二个人靠近了南面的浅滩，那些人衣着讲究。是敌人的团长？

“独眼，是时候让蛙脸去偷听一下了。”

“是。”他溜走了。

地精冷冷地看了我一眼，尽力掩饰他的极度愤慨。独眼本应该照顾自己的玩偶，可是他没有。我在偏心。孩子们，那条蛇差点儿杀了我。这有什么区别呢？

蛙脸回来了。

“他们今天一大早就来了，他们觉得不会遭到抵抗，并且，他们正幸灾乐祸要对付塔格洛斯。”

我传令下去。

今夜无人能眠。

我的小部队兴奋过度了吗？在浴血奋战之前，我看到了太多的焦虑，但是也有在少女身上都很罕见的迫不及待。塔格洛斯人知道实力悬殊，那么面对可能的灾难，他们又怎么如此自信呢？

我意识到我并不太了解他们的文化。

拆开那个锦囊，碎嘴，行使团长的策略。我走过营地，又像往常一样碰到了乌鸦。我与这个人说说话，又与那个人说说话，听听可爱少妇或者学步小儿的奇闻。有些人是第一次这么近距离看见我。

我试着不去想夫人，她在我的脑海里挥之不去。

他们明天就会到达戈加，也就是说他们今天渡过了纳马。这会儿，她也许正在战斗，也许战斗已经结束了，也许她死了。三千敌军也许正从后面追击我。

下午晚些时候，马车陆续到了，辛达维从维加戈达亚赶来。我顿时精神百倍，毕竟，我得试试我的小计谋。

整个晚上，落伍的士兵陆续归来。

要是我们打了败仗，队伍就没了，也用不着在烂泥里摸爬滚打了。

独眼继续让蛙脸掠过河面，只是这么做毫无成效。敌人的策略是渡过那条河，没有别的了。不要担心这些驴子，只管把东西装车就可以了。

天黑后，我走上山顶，坐在潮湿的草地上，看着对岸燃着的火堆。也许我断断续续地打了会儿盹。不管什么时候往上看，我都能看到星星在转……

我忽然清醒过来，意识到有一个魂灵出现了，觉得一阵冰凉、一阵害怕。我什么也没听见，什么也没看见，什么也没闻到。但我知道，它就在那儿。我轻声唤道："化身？"

一个大块头坐在我旁边。我很吃惊，但并不感到害怕。这是世上幸存的两个大法师之一，十大劫将中的一位，曾使夫人的帝国无人能敌，一个可怕而疯狂的巨人。但是，我并不害怕。

我甚至注意到，他散发的气味没有过去那么难闻。他肯定在恋爱。

他说："他们和光一同到来。"

"我知道。"

"他们一点法术也没有，只有武器的力量。你可以征服他们。"

"我倒是希望自己能行。你要帮忙吗？"

他沉默了一会儿。然后他说："我只能尽微薄之力。我不想被暗影长老发现，暂时还不想。"我想，他要尽的这份微薄之力可是意义重大。

我们已经开始把物资运送到附近了。塔格洛斯人正用力把五十磅重的木炭口袋拉到前坡。

当然。“你会制造雾气吗？能用魔法帮我造点吗？”

“天气不是我的长项。理由充足的话，一小片可以。说来听听。”

“我要的雾必须能够盖过这条河，大概高过这个斜坡两百英尺，那样就能派上用场。把那边那条小溪的这一侧围住，这样，那群人就会从那里出来。”我告诉他我的计策。

他喜欢这计策，然后咯咯地笑了起来，他的笑声很轻，却有着咆哮爆发般的气势。“伙计，你这个向来诡计多端、冷血残忍的杂种，你可比你看起来聪明多了。我喜欢这主意。我试试。神不知鬼不觉的，结果会让人大开眼界。”

“谢谢。”

我对着空气说话，也可能是对着附近的一只乌鸦。化身悄无声息地消失了。

我坐在那里，折磨着自己，试着去想好多已经做了的事，试着不想夫人，试着替自己为那些即将奄奄一息的人找借口。战士们正轻悄悄地穿过山脊。

后来，我注意到缕缕薄雾正在形成。太好了。

东边有点彩云，星星渐渐落下。在我身后，莫盖巴和纳尔人正在叫醒众人。河的对岸，敌人的中士也在叫醒众人。天更亮了，我看见炮台即将就位。他们已经到了，不过到目前为止，只有一辆马车装上了炮弹。

化身造了一阵雾气，尽管与我想要的还有一定差距。在浅滩处有十五英尺深，靠近我这边有两百五十码，还没到十英尺宽的木炭边上。而木炭是大伙儿晚上铺的，从东边的河岸到小溪岸边，形成了一道弧线。

现在该鼓舞士气，做最后的讲话了。我从山顶上溜下来，一转身……夫人在那里。

她看起来脸色不好，不过在笑。

“你来啦。”

“刚到。”她双手抓住我的手。

“你赢了。”

“算是险胜吧。”她坐下来告诉我，“沙达尔做得好，把他们赶回去了两次，但没有第三次。在我们能够进入之前，他们就吵的吵、追的追。等我们进去，暗影长老的士兵排起阵势，抵抗了差不多一整天。”

“有人活着出来吗？”

“有一些。但他们没过河。我让一些人马上渡河，乘其不备，攻下堡垒。然后，派加过来了。”她笑了，“我拨给他一百个人用于侦查，并告诉他，你的命令是在这儿从后面包抄他们。如果他使把劲，今天下午可以到位。”

“他的损失重吗？”

“八百到一千。”

“要是我们在这里开炮，他就死定了。”

她笑了，“那就糟了，不是吗？从政治上讲是这样。”

我扬起了一只眉毛。我还难以从政治角度思考问题。

她说：“我派了一个信使到塞瑞，通知岗尼占领渡口。我又派了另一个信使朝维达那–波塔去了。”

“你试图布下天罗地网。”

“是的，差不多是时候了。你最好穿上衣服。”

“穿上衣服？”

“表演技巧，记得吗？”

我们朝大营走去。我问：“你带来你的人了吗？”

“有一些。更多掉队了，随后来。”

“太好了。我就不需要用辛达维了。”

第三十六章

戈　加

我觉得我穿上夫人给我的衣服就像个傻子。这是一件真正的十大劫将的服装，巴洛克风格的黑色盔甲，上面镶着大红色的亮条。穿上这身衣服，我坐上黑色战马，看起来约有九英尺高。头盔是显眼，边上有大黑翼，顶上是一簇饰有蓬松黑羽毛的高耸玩意儿，看起来就像火焰在面甲后燃烧。

独眼觉得这样老远看着挺骇人的，地精估计敌人看了会笑死。

夫人穿上了一套威风的战袍，戴着古怪的黑色头盔，上面也有火焰。

我坐在马上，感觉怪怪的。队伍准备就绪，独眼派蛙脸去监视敌人。夫人的帮手拿着盾、矛和剑，盾上有狰狞的图案，矛上配有三角旗。她说："我做了两个恶作剧。运气好的话，我们可以把它们变成劫将的样子。名字是寡妇愁和索命人。你想当哪一个？"

我把面甲合上，"寡妇愁。"

她怀疑地注视了我整整十秒钟，然后才叫人把东西递给我。我也带着旧装备上路。

蛙脸突然出现："准备好了，首长。他们马上就要过河了。"

"好。传令下去。"

我看看右边，再看看左边。每一个人，每一件东西都准备就绪。我已尽我所能，一切要么在神的手掌之中，要么在命运的尖牙之下。

敌人涉水的时候，蛙脸正好在雾气里。他返回来，我发出信号，一百架战鼓齐鸣。我和夫人越过了山脊线，堡垒里面的人飞快地跑起来瞄准了目标。我猜我们表现得不错。

我拔出夫人给我的剑，示意他们回去。他们没回去。我要是处在他们的位置，也不会回去。不过，我打赌，他们肯定很不自在。我在山谷中前进，用燃烧的剑捅了捅木炭条。

火焰在斜坡上熊熊燃烧着，只过了二十秒钟火就灭了，但木炭仍在发出火光。烟雾浓烈，我迅速返回。

蛙脸突然跳起来，"他们正在蜂拥过河，首长。"

我还没法从雾里看见他们，"告诉他们停止击鼓。"

四下立刻安静了，然后，雾气里传来军队的铿锵声，还有弥漫着硫黄的空气里的咒骂声和咳嗽声。蛙脸又回来了，我命令他："告诉莫盖巴，把他们带过来。"

鼓又敲起来了。"直线前进，"我咕哝着，"那是我的命令，莫盖巴。让他们直线前进。"

他们来了。我有点不敢看他们攻陷阵地的样子。不过，他们很快就走过了，还保持着队列。

他们夺取了从小溪到斜坡的位置，然后沿河左侧向下游挺进，军团的指挥枢纽在路旁。太完美了。

敌人开始纷纷走出烟雾，晕头转向，跌跌撞撞的，毫无秩序，不停地咳嗽咒骂。他们遇到了木炭造成的障碍，也不知道该怎么办。

我用剑示意，随后炮弹横飞。

看来，没来由的恐惧攫住了堡垒。敌人的团长看到我们的兵团冲了进来，但不知道如何应对。他们手足无措，慌慌张张的，什么都不会做。

他们的士兵不停地赶来，但弄不清自己进了什么地方。直到他们走出雾气，才发现自己被木炭拦着。

下游的雾气渐渐散去，化身的法术快失效了。不过，这就已经足够了。

在另一边，他们有一些得力能干的中士。他们打来水，并用挖壕沟的工具顺着煤炭把路掏开。他们开始让士兵列队，尽管队形歪歪扭扭的，但是，站在盾牌后面，可以更安全地躲避弓箭和标枪。我再次发令，轮式弩炮立即开火。

莫盖巴和欧奇巴不惧敌人，他们骑马在士兵前面来回走动，警告他们不许后退，保持队伍的完整性。

现在，我的角色真令人难受。我什么也做不了，只能坐在那里，让微风拂面，做个摆设。敌人沿着木炭清理出通道，然后冲过来。弩炮发射出炮弹后就撤回了，但是，箭和矛不停地像下雨一样，射向从浅滩冲过来的人，他们付出了惨重的代价。

整条战线承受的压力越来越大，伤亡惨重，但是各军团并不屈服，竭尽全力迎战。但愿他们的肺没有被硫黄的烟雾活活熏坏。

超过一半的敌人过了河，三分之一的人倒下了。堡垒里的团长仍然犹豫不决。

暗影长老的军队不停地过河。在强烈的绝望下，他们反倒开始拼命。百分之八十过完了。百分之九十。塔格洛斯人开始在不同的地方展开进攻。我仍然一动不动，像个钢铁符号一样。“蛙脸，”我抵着头盔喃喃自语，“我现在需要你。”

这个小妖现了身，停在我坐骑的脖子上，“你需要什么，首长？”我给他下了几道命令，有我想传给摩根的，给奥托和老哈的，给辛达维的，给几乎所有我能想到的人。一些命令有关接下来的步骤，还有一些包含新的作战方法。

今天早晨显然没有乌鸦，现在的情况则变了。两只足有母鸡大的家伙落在我的肩膀上。它们可不是任何人的幻觉，我感受到了它们的重量，所有人都看到了它们，夫人也转过来看它们。

一群乌鸦飞过战场，在堡垒上空盘旋，然后落在沿岸的树上。

敌人的步兵正在过河。他们的队列正在准备，跟在后面。

成千上万个暗影长老的士兵就在下面。我怀疑他们是否还有数量上的优势。但是经验开始显现作用，我的塔格洛斯人正在后退。我感受到恐惧正在撕咬着队伍。

蛙脸现身了，“两辆有投射杆的马车过来了，首长。”

“把它们装上武器，然后告诉奥托和老哈，时间到了。”

此时，从纳马掉队的大约七百名骑兵赶来了。他们疲惫不堪，但是已经到位，并准备好作战。

他们做着该做的事。他们跃出河面，从敌人阵线后方横扫而来，如同传说中的热刀切黄油，而且是软软的黄油。然后他们穿过山坡回来，再次横扫敌人后方，势如割麦。

摩根翻过我身后的小山，大胆地炫耀黑色佣兵团的军旗。辛达维的队伍在他身后。摩根停在我和夫人之间，在我们后面几步远的地方。

大炮开始寻找堡垒的射击范围。地精和独眼也在忙活，说不定化身也在，他们施展小法术分解石头之间的灰浆。

“要起作用了，”我喃喃地说，“我想我们就要成功了。”

骑兵团突围成功。在人们开始朝浅滩跑去之前，趁他们没有整好队，再一次冲锋。人们慌乱逃跑，第二次冲锋使敌人陷入了困境。莫盖巴，我爱你。

他训练的人没有破坏阵形，而是发动冲锋。他和欧奇巴在阵前跑上跑下，整理队列，抬出伤员。火炮拍杆轰到堡垒城墙外，打得石头乱飞。站在顶上的团长呆呆地看着，一些胆小的人放弃了碉堡上的城垛。

我举起剑，指向前方。鼓敲起来了。我策马向前，夫人齐步并进，摩根和军旗也跟着。独眼和地精在我们周围施展了更厉害的魔法。我肩上的两只乌鸦尖叫起来，那声音在一片混乱中仍能听见。敌人的队伍挤满了浅滩的另一边。现在推车的人都逃跑了，留下的车子阻碍了他们战友撤退的线路。

我们把他们“装进瓶子，并盖上了瓶塞”，他们大多数都是背对我们。残忍的行动开始了。

我继续缓缓前进。人们远离我和夫人，还有军旗。城垛上的弓箭手想把我射倒，但是有人在我的头盔上施展了强大的咒语，任何东西都没法击穿它。不过，有一会儿，我就像待在一个桶里，外面有人用锤子猛捶桶身。

敌人的士兵开始跳下河，游水逃跑。

弩炮有较广的打击范围，所有的拍杆都朝一个地方打去。瞭望塔嘎吱嘎吱地乱响，然后隆隆一声巨响，一大块塔身掉下去了。很快，整个塔倒塌了，连带着堡垒的部分墙体也一同垮塌。

我朝河里推进，渡过浅滩，随即登陆，我的周围都是战车。军旗和辛达维的队伍跟上来了。只见敌人正往南抱头鼠窜。

太令人震惊了！我从来没有指挥过这么重大的战争。

对于辛达维的部下来说，清理战车是日常之事。一些人缓缓地跟在摩根后面，掩护他把军旗插在堡垒的墙上。

北岸战斗仍在继续，但是胜负已定。都结束了，胜利了，我简直不敢相信。竟然这么容易就结束了，我箭袋里的箭还没用完呢。

在一片混乱中，我拿出地图匣子，查看南部该如何部署。

第三十七章

暗影之光：黑煤之泪

愤怒和恐惧肆掠着暗影之光的喷泉大厅。月影低声念着可怕的预言，风暴之影狂怒不已。一个保持深深的沉默，静得像被关在掩埋的棺材里；另一个压根儿就不在那里，只听见一个声音说话，阴阳怪气的，正在嘲笑。

“我说过一百万人可能都不够。”

“闭嘴，可怜虫！”风暴之影咆哮起来。

“他们歼灭了你们那战无不胜的军队，孩子们。到处都矗立着他们的桥头堡。现在你做什么呢，丧家犬？你的土地就像个赤着身子俯卧着的女人。过了激怒之矛后再走两百英里，他们就会撞击风暴关的大门。你们怎么办？怎么办？怎么办？噢，唉，你们到底是怎么了？”疯狂的笑声从黑暗的空中一阵阵地传来。

风暴之影咆哮着：“你不是一直挺厉害的吗？你，还有你那些诡计。想抓住多洛特娅·森扎克？你做得多好？嗯？你把他们的团长怎样了？你盘算过没有？跟他们做笔交易，换他们带来的力量？你觉得可以利用他们把门关上？如果是的话，你可真是愚蠢之极。”

“哭吧，孩子们。哭号吧。他们可在你们之上。也许你们求我，我会再饶你们一次。”

月影突然说道：“光会说嘴，没点能力自救。是啊，在佣兵团的传统里，他们总是打得我们措手不及。他们又照着老规矩办事——做不可能的事情。但是，美因河沿岸的战斗只是较量中的一步。只有一个棋子从棋盘上消失了。如果他们往南部来，每走一步，都会让他们更接近末日。”

一阵狂笑。

沉默的那个飞快地说：“我们三个力大无穷。但是，两个尾随着黑色佣兵团。他们也没兴趣更进一步。并且，她是个瘸子，柔弱得像只老鼠。”

笑声更疯狂了。“从前，有人叫出了多洛特娅·森扎克的真名，所以，现在她不再是夫人了。她的力量还不及一个聪明的孩子。但是，你相信她失去力量的时候也失去了记忆？你肯定不会相信。不然，你就不会那么责备我。也许她会变得很害怕，或者很绝望，去信赖那个会变身的大家伙。”

没人反驳，让他们所有人都恐惧的正是这一点。

月影说：“报告让人不解。还有，一场巨大的灾难已降临到我军的头上。但是，我们正在对付黑色佣兵团，机会总是存在的。我们已经做了准备。我们要保持镇定，我们会对付他们的。但是，戈加之战中有一个谜，我看见两个可怕的人物，高大黢黑的人坐在彪悍的战马上，还吐着火。他们刀枪不入，那些支持黑色佣兵团的人叫他们寡妇愁和索命人。”

这对其他人来说是新鲜事。风暴之影说：“我们必须更多了解这事，这也许能说明他们的运气。”

空中的那个洞说道：“要是你不想被吞掉，就必须采取行动。我建议你们放下恐惧，避免争吵，停止谴责命运。我建议你们快去想办法，好一击中的。”

没有人回答。

“也许下一次命运眷顾我的时候，我会全力以赴。”

“哦，”风暴之影若有所思，“恐惧终于渗透到瞭望塔了。”

拌嘴又开始了，但他们是无心的。四个脑瓜转动着，思考如何阻止来自北境的厄运。

 第三十八章 

幻境入侵者

当你克服万难奇迹般地活下来之后，疲倦已变得无足轻重，你会精力十足地想要庆祝一番。

我不想庆祝，敌军正在逃跑。我的人仍以为自己是超人，我则希望他们仍能继续做该做的事。我把人召集起来，要把混乱的局面恢复如初。

“奥托、老哈，你们早上过来，顺着河往东，击溃守卫修建堤坝系统的囚犯军队。大桶、蜡烛，你们把浅滩这边清理干净，检查马车，看看我们得到了什么。莫盖巴，清理战场，收集武器。独眼，把伤亡人员运回维加戈达亚。我得空会帮忙，不要让那些塔格洛斯屠夫干蠢事。”我们有十二个自愿的随军医生，他们的医学理念非常原始。

“夫人，对于德加戈城，除了知道那里有城墙环绕，我们还了解多少？”德加戈是美因河南部最近的大城市，顺着大路走两百英里就到了。

“有个暗影长老把总部设在那里。”

“哪一个？”

“我想是月影。不是，是风暴之影。”

“是吗？”

“要是抓几个犯人，说不定可以从他们嘴里打听点东西。”

我扬起了一只眉毛，她是指我的行为有些过分吗？“记住，奥托，抓到囚犯就带到这里来。”

“五万人都带过来？”

“只要保证不让他们跑了，能抓多少就抓多少。我正希望有人来帮我们摆脱困境呢。剩下的用作劳力。”

莫盖巴问：“你要进军幻境？”

他知道我的想法，就想要个正式的确认。“是的。他们可能只武装了五万人。我们只凑了三分之一。我认为，要是我们猛烈攻击、速战速决的话，他们一时半会儿不可能再集结一支人数众多的队伍。”

“你真是胆大包天。”他说。

“是啊。连续出击，不给他们喘息的机会。”

夫人责备道：“他们是巫师，碎嘴。要是他们亲自出马，怎么办呢？”

“那时，化身就会插手。不要担心那些驴子，把马车装好就行了。之前我们也对付过巫师。”

没有人争论，也许他们应该争论的。但是，我们都觉得命运赐给我们一个机会，要是浪费可就太傻了。我也认为，既然我们没有指望在第一场战斗中活下来，那么继续进攻也就没什么大不了的。

“我想知道暗影长老对他们的国民有多热爱。我们能指望当地人的支持吗？”

没有人发表意见。经过一番历练，我们会明白这个问题的答案。

谈话一直在进行。最后，我出来帮忙做些医疗工作，包扎伤口，缝针，并通过一群信使发布命令。那晚，我只睡了两个小时。

骑兵团往东去了，莫盖巴的军团开始往南挺近，这时，夫人来了。“化身一直在侦查。他说，战斗的消息传开的时候，你将发现一个明显的变化。大多数人都兴奋不已，那些与暗影长老勾结的人则又迷惑又害怕。听到我们要来的消息，他们可能会被吓跑。”

“好。太好了。”十天内，我们就可以看到戈加之战的影响有多大。我打算以每天二十英里的速度向德加戈进军。美因河南部的道路已经干了。这对他们来说可是个大好消息。

加哈马拉·加已经及时让幸存的士兵就位，并布下一系列巧妙的埋伏。他的部下剿除了从戈加来的两千逃兵。

他对我的入侵计划并不满意。甚至当我挑选他的信徒，并分派他们去补足我们损失的人员的时候，他也不高兴。但是，他没有怎么辩解。

我们没有遇到抵抗。在那些曾属于塔格洛斯的领地和仍由原住民居住的村庄里，我们受到了热烈欢迎。越往南走，当地人则越冷漠，但并无敌意。他们认为我们好得难以置信。

从戈加往南走了六天后，我们遇到了第一支敌军巡逻队。他们没有与我们交火。我告诉大伙儿要拿出一副职业军人的模样，还要表现得异常凶狠。

奥托和老哈赶了上来，还带来了从堤坝工程抓来的三万人。我看了一下他们的情况，发现他们的待遇肯定不太好。有些人非常愤慨，有些人充满仇恨。老哈说，他们都愿意出力打败暗影长老。

“哎呀，”我说，“一年半前，我们只有七个人。现在，我们是一大群。挑出状态最好的，把缴获的武器配发给他们，把他们编入各军团，这样，在莫盖巴和欧奇巴的军团里，每四个人中有一个是新兵。也就是说，训练有素的人绰绰有余，所以，把他们拨给辛达维，也给他四分之一，应该可以补足他的兵力。其他武装起来的人可用作附属人员，守卫一些小城市。”

从河流到这里的这片乡村，人口并不稠密。但是，离德加戈越近，情况就变了。“剩下的紧跟其后，说不定能派上用场。”

但是，怎么养这些兵呢？我们自己的补给早就用完了，已经开始用从戈加缴获来的给养了。

现在看来，德加戈是块难啃的骨头。一些被解救的囚犯来自该城，他们说城墙有四十英尺高，住在这里的暗影长老是个让他们永不停歇的恶魔。

“顺其自然吧。”我想。

盛况难在，一切都需要从长计议。再者，军队士气比朝戈加挺近的时候还要高涨。

接下来的几天，我们进行了一些小规模战斗，但局势并不紧张。通常是奥托和老哈的人详细盘查那些跑得不够快、没逃掉的敌军。骑兵团终于开始表现得专业了。

我允许手下去搜寻粮秣，只在主人已经逃走的地方找食物，并且要求他们遵守纪律。大多数时候士兵们都能照此执行，问题在我的意料之中。就只有独眼出问题，因为，他的信条是：任何没有被钉牢的东西就是他的，任何他可以撬松的东西都算没钉牢。

我毫不费力地征服了一些镇子和小城市，把最后几个城市留给得到释放的囚犯，无所顾忌地让他们发泄拯救我优良军队时积下的愤怒。

离德加戈越近，地形就越单一。它的官名叫风暴关，是暗影长老起的。穿过布满梯田和灌溉渠的群山，我们结束了最后一天的行军。所以，从山里走出来，又看到了城市，真令人振奋。

风暴关四周是平原，方圆有一英里。除了几处约有十英尺高的小丘外，这个地方平坦如桌面，整个平原看起来像被修剪过的草坪。“我不喜欢那个样子，”我告诉莫盖巴，“太不自然了。夫人，看到这里，你想起什么了吗？”

她面无表情地看了我一眼。

“通向塔的路。”

“的确如此。不过，办法还是有的。”

“白天还有点时间，我们就在这里安营扎寨。”

莫盖巴问：“怎么加固帐篷呢？”最近，我们几乎没看见木材。

“把马车拆了。”

平原上一点动静也没有，只有城市上空弥漫的炊烟表明这里有生命。“我想走近点看看。夫人，等到了那里，把服装拿出来。”

我的大部队纷纷涌入了平原，仍然没有迹象显示风暴关里有人对我们感兴趣。我派人去召唤摩根和军旗。人们认为，佣兵团处在南境此地，也许会让风暴关不战而败。

夫人穿上索命人的服装后，看起来很可怕。我想，我看起来肯定也很恐怖。这些服装真不赖。要是我看见有人穿着它们朝我走来，我也会被吓住。

莫盖巴、欧奇巴和辛达维主动跟随。他们穿上在吉-埃克斯利穿过的衣服，个个看起来都非常凶狠。莫盖巴告诉我：“我也想去看看城墙。”

“可以。”

这时，地精和独眼来了。突然，我发现地精有了个想法，独眼打算率先采取行动，生怕地精抢在前面说出要点。“不要扮小丑，你们这些人。知道吗？”

地精咧开嘴笑了，“当然，碎嘴。当然，你知道我的。”

“问题就在这儿，我了解你俩。”

地精假装心里不好受。

“你们穿这服装看起来好酷。听到了吗？”

“你们会把他们吓得魂飞魄散，”独眼肯定地说，“他们会尖叫着从城墙里逃出来。”

“他们当然会。大家都准备好了吗？”

他们准备好了。“从右边包围，”我告诉摩根，“慢跑过去。能靠多近，就靠多近。”

他骑马出去，我和夫人跟在他后面二十码的地方。我正要出发，两只巨大的乌鸦飞来扑通一声落在我的肩膀上。一群乌鸦从山里飞出来，飞快地往前飞，盘旋在城市上空。

我们离得够近，可以看到城墙上乱作一团。守备森严，城墙至少有四十英尺高。令人无不称叹的是该城建在一片高地上，高出平原足足四十英尺。

说到攻城，这可真是难上加难。

一些箭晃晃悠悠地射出来，没射中。

手段、狡诈、诡计，只要稍用一点，就可以攻上城墙，碎嘴。

我让被释放的囚犯绘出了地图。对于城市的布局，我已了然于心。

城堡有四道门，有四条铺好的道路从方位圈的刻度盘延伸过来，就像轮子的轮辐。大门边设有危险的碉堡和塔楼。沿墙还有很多座塔，用来布置纵向射击，以应对正面攻击。真让人不爽。

站在城墙上，可以居高临下。他们一只眼睛注视着我们，另一只眼睛注视着从山里涌出来的千军万马，想知道我们究竟是从哪里来的。

风暴关的南面着实令人称奇。

这里有一座军营，在距离城墙大约四百码的地方设置了一个大营。

“噢。”我边说边朝摩根喊。

他误会了。他也有可能是故意的，不过，我也不可能去证实。他踢了踢马，飞快地朝城墙中间的缺口跑去。

箭从城墙和军营里射出来，奇迹般地掉落在地，丝毫没有造成伤害。当我们进入要塞口的时候，我回头一看。

地精这个小浑球站在马鞍上，弯着腰，裤子都掉了下来，他试图告诉众人他觉得这些暗影长老如何，他们的小兵又如何。

自然而然，那些人会反抗，正如他们在歌谣里唱的那样，箭雨遮天蔽日。

我肯定，现在是决定命运的时候了。但是，我们已经跑得够远够快，风暴般的箭落在了我们身后。地精怒吼起来，嘲笑他们。

这让某些人更加愤怒了。

此时，在我们的头顶上方，忽然劈下一道闪电，在草皮上撕开了一个洞，还冒着烟。摩根跳了过去，我也跳了过去，我的心都提到嗓子眼了。我敢肯定，下一个霹雳会把一些人的靴子烧焦。

地精向右前往昏黄的风暴关。骑兵开始从军营里倾巢而出，他们倒不成问题，我们可以超过他们。我试着把注意力集中到城墙上。万一我能活着从这里出去呢。

第二个闪电灼伤了我的眼球。但是，它也打偏了。不过，我觉得它是在击中我之前就改变了路线。

当我的视线变得清晰起来之后，我发现一匹巨狼从右方冲来，大踏步地跑着，超过了我们的黑色战马。我的老朋友化身，来得正是时候。

另外两个闪电也没劈中。草坪上的草皮都被掀起来了，这个花园的主人肯定要大发雷霆了。我们跑完一圈，朝军营走去。追赶我们的人也放弃了。

在我们下马的时候，莫盖巴说："我们引起了众怒。现在，我们总算知道即将面临什么了。"

"有一个暗影长老在里面。"

"那个大营里可能还有一个，"夫人说，"我觉得……"

"化身去了哪里？"他又消失了。大伙儿耸了耸肩。"我还是希望他能坐进来，一起出主意。地精，这可真是个引人注目的花招。"

"当然是啦。让我觉得年轻了四十岁。"

"要是我想到了就好了。"独眼抱怨说。

"哦，他们知道我们在这儿，也知道我们不是好人，但我没见他们逃跑。我猜，我们必须想一个打败他们的法子。"

莫盖巴说："显然，他们的意思是在城墙外打。要不然，军营早就不存在了。"

"是的。"一些事掠过我的脑海：绝招、诡计、策略。仿佛我天生就要想出数以百计的点子一样。"咱们今晚不管他们。早上再整队作战，但是，要让他们来打我们。那些城市的地图在哪里？我有个主意。"

我们谈了几个小时，不过军营里混乱不堪的场面仍让我们焦躁不已。天黑后，我派人去做一些巧妙的布置，在军团排队的地方插一些木桩，以便引导他们前进。我说："我们不能太折腾自己。我认为，除非我们离墙太近，否则他们是不会跟我们打的。去睡会儿觉。早上就见分晓。"

一瞬间，许多双眼睛齐刷刷地看着我，然后，又一律转向夫人。一阵笑声响起，然后，每个人都笑盈盈地离开了，留下我们独处。

大桶和部下也并非无所事事，他们进山去把一条灌溉渠改道，以便把水引到大营里。我脑子里盘算着：给这群人每人一杯水，我们需要二加仑；加上牲畜，就是三加仑。但是，人和牲畜不能仅靠一杯水维持。不知道那道渠的流量怎样，不过，没多少水可以浪费。

也没多少人力可以浪费。从猫眼石城来的人挖了一些贮水池，一个留出来沐浴。作为头领，我把战斗部队全都聚在一起。

还是那么沉闷，我确信我真不需要检查莫盖巴做的所有事情。哨兵出去了，路障也有人值守，晚上的命令也传下去了。独眼继续让蛙脸做侦查任务，而不是闲逛。巡视完毕，这大致就是我做的事。

我是在拖延。

这是关键的一夜。

打发完这些闲事，我终于回到了我的帐篷。我取出风暴关的地图，又研究了起来，然后抄录编年史。它们变得更加多余了，我可不喜欢这样。可是，这就是坚持下去的代价。也许摩根会让我……算了，我抄录了三页多一点，就准备休息，我以为她不会来了，不过，这时，她竟然来了。

她也沐浴了，头发湿湿的，身上散发着一丝薰衣草或者丁香花的香味。她的脸色有点苍白，身体有点摇晃，不太愿意看我的眼睛。既然她这会儿在这儿了，我却茫然不知要说什么、做什么。她把帐篷的门帘扣了起来。

我合上书，把它装进一个包着黄铜的箱子，然后，盖上墨汁，洗好钢笔。我也想不出要说什么。

我们这样羞怯地相处，真是太傻了。我们一直都这样，都一年多啦。年龄也渐渐大了，天啊，我们是成年人，我老得都可以当祖父了。据我所知，我可能早就是个祖父了。她也足够当大伙儿的祖母了。

总得有人率先采取行动。两人都在等对方主动，我们永远没法继续。

她为什么就不做点什么？

你才该做，碎嘴。

是的。

我熄灭蜡烛，走过去握着她的手。里面并不是太黑，营地的火光透过帐篷的帆布照射进来。

刚开始，她颤抖得像一只被抓的老鼠。但是，没过多久，她就到了无法返回的高潮。而且，该死的，就这一次，没人来打断我们。

老将军自惊自叹，女人更让他惊讶不已。

凌晨一两点的时候，疲倦的老将军允诺道："明晚继续，在风暴关的城墙内，说不定在风暴之影的床上。"

她想知道他的自信从何而来。随着时间的流逝，她更加清醒活跃。但是此时，这老家伙在她身上睡着了。

第三十九章

风暴关（之前的德加戈）

尽管我也觉得时间尚早，可还是让大伙儿起床了。大家匆匆吃过饭，英勇的指挥官们就围成一圈，不停地追问我的计划。一只乌鸦落在我帐篷前面的一根柱子上，一只眼睛朝我眨眼，或者朝夫人眨眼。我想，这杂种在抛媚眼。真的！其他乌鸦给我们抛的媚眼还不够多吗？

我感觉好极了。不过，夫人看起来不像往常那样优雅自如。大伙儿都明白那是怎么回事，那些爱傻笑的怪胎。

“我不明白，团长，”莫盖巴抗议道，“你为什么都不说出来？”

“少一个人知道就少一分泄密的危险。你只管在我插的木桩处集合队伍，准备战斗。如果他们接受挑战，我们看看进展如何。如果他们没有打败我们，我们就要操心下一步了。”

莫盖巴的嘴唇紧紧抿成了个李子干，这会儿他可不喜欢我，认为我不信任他。他朝克莱图斯和他的队伍那边看，他们正在为部队收集大量的铁铲、篮子和麻袋。他们派一千人到山里的农场搜寻工具、更多的篮子和水桶，并让人把盖马车的帆布裁下来，缝成口袋。

他们只知道我让他们准备好做一些重要且规模巨大的掘土工作。

另外一千人出去搜寻木材。围攻一座城市需要大量的木材。

“耐心点，我的朋友，耐心点。时机到了一切自然会真相大白。”我咯咯一笑。

独眼抱怨道：“他这习惯是从我们老团长那里学来的。不找人用长矛戳他的屁股，他不告诉任何人任何事情。”

今天早上，他们没能撬开我的嘴，他和地精可能会像在塔格洛斯的时候一样大题小做，而我只会回之以微笑。用一团面包把盘子上的油吸干。“好吧，咱们穿上衣服，全力以赴。”

作为四万人中唯一一名在头天晚上尝得甜头的人，有两件事情需要注意。三万九千九百九十九个人嫉妒你到了恨之入骨的地步；但是，你的心情很好，好得能感染他人。

你可以告诉他们，他们的那份子就在那边的高墙内。

我正在穿寡妇愁的服装时，侦察兵来报告。他们说，敌人正从大营和城里出来，而且人数众多。大营里至少有一万，而城里能上战场的人可能都来了。

这后一帮人肯定对参加战斗不热衷，他们也不可能有经验。

我把莫盖巴的军团部署在左边，欧奇巴的在右边，再把辛达维的新人马部署在中间。在他们身后，我安排上了所有能武装的前囚犯，希望他们看起来不像一群乌合之众。前面的编队穿上白色衣服后看起来精神饱满、井然有序、专业且蓄势待发。

这都是威慑人的伎俩。

我按百来人的方阵部署各军团，每个连队之间用通道隔开。我希望对方不要聪明过头，突然袭击。

夫人上马前抓住我的手，捏了一下，“今晚在风暴关。”

“好。”我吻了她的脸颊。

她悄声说：“我觉得我在鞍上坐不住。我痛。”

“做女人的诅咒。”

我上了马。

两只大乌鸦立即落在我的肩膀上，这突然的重量使我一惊。大伙儿呆呆地看着。我扫了一眼山脉，并没有看到我那棵行走树桩的影子。但是，我们这儿也取得了一些进展，这是大伙儿第二次看见乌鸦。

独眼点燃制造幻觉的火焰。我戴上头盔，守在莫盖巴的军团前面，夫人出来站在欧奇巴的队伍前面，摩根把军旗插在辛达维的军团前面，在大伙儿前方十步远。

看到对方正在进行消防演习，试着整队，我想立刻向前冲锋。不过，最终我给了他们一些时间。看他们的样子，大多数从风暴关出来的人不情愿待在那里。让他们看看我们，所有的队伍整整齐齐，统一的白色装束，已准备好将他们碎尸万段；让他们想想，回到那坚固的城墙内该多好。

我向摩根发信号。他向前小跑，然后在敌人面前飞奔展示军旗。箭齐齐飞来，但没有射中他。他大声嘲笑他们，吓得他们抱头鼠窜。

我的两只乌鸦在他身后拍打翅膀，然后不知从哪里飞来成千上万只乌鸦加入它们。生死的兄弟，振翅飞过必败的一方。太令人感动了，老树桩。但还不足以让敌人闻风而逃。

两只乌鸦回到我的肩膀。我觉得自己像个雕塑，希望乌鸦比鸽子的举止更优雅。

摩根第一轮没怎么激怒敌人，于是，他从另一个方向往回骑，喊声更大。

我注意到敌人的编队中出现了一阵骚动，在往前移动。有人或者有东西坐在莲花座上，一袭黑衣，在离地面五英尺的高度漂浮着，飘到离其他敌人十二码的地方停了下来。暗影长老？一定是。穿着耀眼夺目的假冒服装的我光看一眼，就觉得毛骨悚然。

摩根的嘲弄激怒了一部分人。先是少数骑兵，然后是一群，在他身后飞速追赶。他在鞍上转过身，朝他们怒吼。当然，他们没法抓住他，只要他在那匹马上，他们就不可能抓住他。

我有些抱怨起来，我可不想这种无纪律的行为经常发生。

摩根拖着时间，让他们靠得越来越近——然后等他们只有十二码的时候，突然快速抽身而退。他们追着他，径直跑入我昨晚织在草丛里迷宫一样的绊网。

敌人人仰马翻，更多的马绊倒在已经倒下的牲畜身上。我的弓箭手朝空中射箭，任由箭矢直接落下，杀死了大多数人马。

我拔出冒着烟并发出红光的剑，指挥前进。战鼓敲出了缓慢的节奏。前排的战士砍断绊网，杀死受伤的敌人。奥托和老哈在两翼奏响号角，但没有往前冲。还不到时候。

我的士兵可以直线前进。在这片美丽平坦的土地上，他们保持着队列，穿过前线。从对面看来，这一场面定是震撼人心，敌人也想列队，却还有人找不到队列中的位置。

我们穿过了零星分布在平原上的几个小丘中的第一个。炮兵应该爬上那个小丘，朝合适的地方猛烈开火。我希望克莱图斯和战士们能意识到要反复攻击暗影长老。

那该死的畜生是这儿最大的未知数。

我希望化身在附近某处。要是他不在的话，整个战局就完蛋了，对面的那个杂种恐怕会发起猛攻。

两百码外，他们的弓箭手高举瞄得不准的箭杆，对着我和夫人。我停下来，发出另一个信号，军团也停下了。非常好。纳尔人在密切关注局势。

神啊，他们那边人数可真不少。

那个暗影长老就漂浮在那里，也许正等着我向前。从下往上，看起来就像我在看他的鼻孔。

但是，他什么也没做。

地面震动，敌人的队伍一阵骚动。他们看见它们来了，但已经太晚，来不及反应。

大象以雷霆万钧之势穿过军团间的通道，赢得了优势。当那些巨兽从我身边跑过时，那边的人已在大喊大叫，找地方逃窜。

十二架弩炮拉杆齐射，越过头顶，在暗影长老周围纷纷落下。它们瞄得很准，实际上，有四个打中了他。它们遇到了护身法术，只撞向他周围的地方。暗影长老太迟钝了，他最多能保住性命。

第二次齐射的炮火在大象快要冲入敌阵时击中了他。弩炮瞄得更准了。

我发出信号，命令前锋的四千人和骑兵团呐喊前进。

余下的人组成正规的先头部队，跟着冲锋。

尸横遍野，触目惊心。

我们把他们往后撵、往后撵，但是，他们人数实在太多，无法真正击溃他们。当他们真的逃跑的时候，大多数人往大营里退，没有人回到风暴关。城门已向他们关闭了。他们拽着他们的支持者暗影长老一起跑。我并不干涉。他一直像公猪的奶子一样，毫无用处。

当然，弩炮的第二轮攻击中，有一发打穿了他的护身罩。我想这多少让他分了心。

他的毫无用处是化身所为。

他们身后还剩大约五千人，我这边的督军变得很失望。我希望造成更大的破坏，不过，不打算靠猛攻大营来实现。我让士兵后退，派人清理伤亡人员，部署骑兵对付从大营或者城里跑出来的人，然后继续战斗。

我把右翼阵营布置在通向风暴关的路边，刚好在进门处的碉堡的箭程之外，阵线与路形成直角。我下令让大伙儿休息。

筑坝人开始工作，他们的技能派上了用场。在路的另一头，他们开始挖壕沟，起于城墙的箭程之外，一直到山脚下。战壕将会挖得又宽又深，以便防御来自侧面的攻击。

工人把泥土运到路边，开始修建斜坡。其他人着手修建移动掩体，以便在修建斜坡的人靠近城墙时保护他们。

我们人数众多，可以搬动大量的土方。卫兵看到我们几天内就能修建一个与城墙等高的斜坡，极为震惊，但也无力阻止。

人们像蚂蚁一样四散奔逃。从前的囚犯有旧仇要报，巴不得日落后就去厮杀。

下午三点左右，他们就把战壕挖到了城头，挖得深，而且还在朝城墙挖去。他们并不掩盖正在挖坑道这一事实，也不掩盖其目的是想从地面或者地下攻击。他们也开始在我的左侧破土挖战壕。

三天内，我的军队就会被两条深深的战壕保护，它们会抵御来自斜坡和城墙之上的攻击。没有什么能够阻止我们。

对方在里面应该做点什么。

我希望在他们想出法子对付我之前，先对他们下手。

下午晚些时候，天空开始布满乌云，闪电在南部山脉嬉闹。这不是一个好兆头。风暴会更猛烈地袭击我们，而不是他们。

即便如此，修建工们不顾飘进来的冷风和细雨，只停下来吃了一顿便饭，就打起灯笼，燃起篝火，以便在天黑后继续干。我布置下哨兵以防万一，然后让部队轮流吃饭休息。

总有一天，所有我要做的就是坐在一个地方，看起来儒雅大方，发布已在我脑海中想出的命令。

想想昨天晚上意味着什么，十足的虎头蛇尾。

这是无数个夜晚中的一个，但是与预期不符。就算以一种“哦，我们终于做到了”的方式，也令人失望。

倒不是说我想换人或从头重来一遍。那是不可能的。

有朝一日，当我老了，退了，没有要事可做，只能思考，我要坐着待上一年，弄明白为什么期待总是比圆满的结局还要好。

我派蛙脸四处转转，查看敌人的士气。天已黑了，被大象猛撞之后，他们无心恋战。

风暴关的城墙并没有严密巡逻，大多数男性早上列队出去后，就没有回来。但是，蛙脸报告，在中央城堡并没有太多伤亡，那里住着另一位暗影长老。事实上，他察觉到了对方最终会取得胜利的信心。

风暴往北去了，它可真是个讨厌鬼。我把队长召集起来。“一场恼人的风暴马上就要来了，可能会使我们要做的事情变得棘手。但是，我们还是要做，甚至出其不意。地精、独眼，你们那久置不用的可靠的瞌睡咒语可以重新派上用场了。”

他们一脸狐疑地瞧着我。地精埋怨道：“又来了，因为一些愚蠢之极的原因，今晚又不能睡觉了。”

独眼告诉他：“我要找个星期日，在他身上用那个咒语。”然后大声向我，“好吧，碎嘴。咋回事？”

“我们。等你把哨兵催眠后，我们爬上城墙，把大门打开。”

连夫人也感到惊讶，“你们要浪费花在斜坡上的所有功夫？”

“我就压根没打算用。我只是想让他们相信我会走某条路。”

莫盖巴微笑着，我怀疑他早就明白了。

“不会有用的。”地精抱怨。

我看了他一眼，“在城头挖战壕的人都武装好了。我向他们承诺，报仇的时候，他们打头阵。我们把门打开，然后，要做的就是静观其变。”

“没用。你忘了暗影长老在那里，你以为你能偷偷地靠近他？”

“是的，我们的守护天使会帮我。”

“化身？要是我能甩出一头怀了崽子的大象，我就信他。”

“我说过信任他了吗？他想把我们当成借口，另有图谋。他一直让我们保持完好无损。对吧？”

“你心不在焉，碎嘴，”独眼说，“你在夫人身边待得太久了。”

她面无表情，那可不太像是恭维话。

“莫盖巴，我需要十二个纳尔人。等地精和独眼把哨兵催眠后，蛙脸会带根绳子爬上城墙，然后拴在上面。你的人顺着绳子爬上去，从后方夺取碉堡，然后打开大门。”

他点点头，“什么时候行动？”

“随时。独眼，派蛙脸去侦查。我想知道那个暗影长老在做什么。如果他正在监视我们，咱们就不去。”

一个小时后，我们采取行动。就像照着教科书里的步骤操作一样，也像被神佑护的一样。又过了一个小时，除了那些已经被召入我们军团的囚犯外，每个被释放的囚犯都进到了城里，他们在抵御形成之前抵达城堡，并闯进去。

他们怒气冲天地穿过风暴关，全然不顾暴雨和雷电，恣意发泄着深仇大恨，也有可能大部分的发泄方向不对。

十五分钟后，等大伙儿都冲进去了，我穿着寡妇愁的服装昂首阔步地走进敞开的大门，索命人骑马走在我旁边。尽管有些当地人看起来在欢迎他们的解放者，但他们还是离我们远远的。走在城堡的路上，夫人说：“这次，你把我也糊弄了。你说今晚在风暴关的时候……”

一阵狂风和瓢泼大雨使她闭了嘴。闪电突然间猛烈劈来。就着闪电，我看见一个通道，里面有两只豹子；没有闪电的话，我肯定不会看到。虽然凉彻肌骨，而让我凉的却不是这冷雨。我还年轻的时候，在另一座被敌人围困的城市里见过比那更大的。

它们也正朝着城堡走去。

我问：“它们上去干吗？”信心已经不那么足。外面的风暴里没有乌鸦，我意识到我一直在靠它们交好运。

“我不知道。”

“最好核实一下。”我加快脚步。

城堡的入口有很多死人，大多数是我的工人。里面仍然传来打斗的声音。咧着嘴的守卫笨拙地向我致敬。我问：“暗影长老在哪里？”

“我听说她在大塔里，老高啦。她的人正在疯狂地战斗，但是，她不帮忙。”

整整一分钟，电闪雷鸣，雷电肆掠着城市。雷神疯了吗？要不是有这倾盆大雨，可能上百处地方都着了火。

我同情守卫在外的军队，也许莫盖巴会带他们进来，免得淋雨。

最后一阵疯狂的肆虐之后，暴风雨停了，变成了一般的雨，只有几个不轻不重的闪电。

我抬头看那座赫然屹立于众城堡之上的高塔——似曾相识。借着闪电我发现一只正在摸脸的猫的影子。

“该死！”

雷声使我没有听见马来了。我往回看，独眼、地精和还在炫耀佣兵团军旗的摩根。独眼正抬头看塔，他的脸色也不对。

他的脑海里也闪现着相同的记忆，“邪兽，碎嘴。”

“化身。”

“我知道。我在想上次是不是他。”

“你在说什么？”夫人问。

我说：“摩根，咱们把军旗插在太阳出来后全世界都能看见的地方。”

“好。”

我们昂首阔步地走进城堡，夫人试着打听我和独眼之间发生了什么。我假装没听到。独眼带头，我们爬上黑暗的楼梯，因为血和尸体，脚下充满了危险。上面没有打斗了。

真邪乎。

双方最后的斗士在距离塔顶两层的一个房间里，全死了。“这儿有巫术。”地精嘀咕着。

“我们上去。”独眼怒喝。

“我知道。”

他们的意见完全一致，这是头一次。

我拔出剑，上面没有火焰。现在，我的衣服也没有颜色了，地精和独眼脑子里想着别的事情。

我们在塔的护墙处追上了化身和暗影长老。化身现了人形，他把暗影长老困住。它是个黑色的小东西，几乎很难让人相信它有危险。化身的跟班不见踪影。我告诉地精：“少了一个，当心一点。”

“明白。”他知道怎么回事，我从来没有见他这么严肃过。

化身开始对暗影长老步步紧逼，它已无路可退。我示意夫人挪到化身的右边，我挪到左边。我不确定独眼在干吗。

我朝城南的大营瞟了一眼。我们在塔里的时候，雨已停了。就着大营的灯火，它已清晰可见。我有感觉他们知道这儿有什么不对劲，但是，他们并不打算出来看个究竟。

他们美好而亲密。把大炮架到墙上，生命对他们来说会很痛苦。

暗影长老后退到护墙边的城齿，显然无计可施。为什么他们会无能为力？这个是谁？风暴之影？

化身现在已近在咫尺，一只手飞快地伸出去，撕下暗影长老身上的黑色长袍。

我呆呆地看着，听到十五英尺外夫人的吸气声。

独眼说："活见鬼。风暴使！但是，她应该死了啊。"

风暴使，原十大劫将中的另一位。在杀死吊男和……和化身后，另一个应该在查姆城之战中死亡的劫将。

啊哈！我对自己说。啊哈！该报仇雪恨了。化身一直都知道，从一开始，化身就在外面抓风暴使。

一个神秘幸存的劫将为她自己做事，就没有更多的劫将了吗？比如说三个？

"到底怎么回事？除了吊男、瘸子和搜魂，他们都还在？"我亲眼看见那三人倒下。

夫人站在那里摇头。

连那三个也跑了？我有一次亲手杀了瘸子，他又回来了……

我又觉得浑身冰冷。

当他们是暗影长老的时候，他们只能像平常的事情一样让我痛苦，是无名的恐惧。但是，劫将……因为一些特殊而个人的原因，他们之中有些人痛恨佣兵团。

这一惊人的真相使得这场战争的类型变得全然不同。

我不知道化身和风暴使之间怎样了，但是，空气中似有电火般的恨意噼啪作响。

风暴使看起来软弱无力。为什么？几分钟前，她还发起那阵狂风来折磨我们。化身的力量比不上她，除非，他不知如何地碰到了所有劫将的克星，一个真名。

我看看夫人。

她知道是怎么回事，她知道他们所有的真名。她失去能力的时候，并没有失去知识。

能力。我还没想过我会在这里得到什么，这次几乎全在我的掌控中。她所知道的秘密值得赎回一百个王子。这些秘密藏在她的脑海里，可以征服帝国，也可以使它重生。

如果你知道她知道那些的话。

有人知道。

我没有意识到她有如此超凡的胆量，离开高塔，离开帝国，一路跟随着我。

我得三思，并重定策略。那些暗影长老，化身和狼嚎，他们都知道我刚明白的东西。她太幸运了，还没有被抓走、被榨干。

化身把丑陋的大手放在风暴使身上，只有那时她才开始抵抗。她突然使了个猛劲，把化身猛地甩出了护墙。他在那里躺了一会儿，目光呆滞。

风暴使歇了一会儿。

我手握从月亮那里得来的宝剑，过来挥剑一击，直插她的腹部。没有伤着她，但是挡住了她逃跑的路。夫人在她头上猛砍，她从剑下滚开。我又朝她猛打，可是，她站起来往外跑，同时手指舞动，指间火花跳跃。

哦，糟糕。

独眼绊倒了她。我和夫人又朝她猛砍，但没有用。然后，摩根用插着佣兵团军旗的矛头刺向她。

她像被诅咒的人一样怒号。

究竟怎么回事?

她又开始动。不过这会儿化身回来了。他已变成邪兽的模样，几乎刀枪不入、坚不可摧的黑色豹人。他跳到风暴使身上，动手想把她撕碎。

她竭尽全力进行反击。我们退后，躲得远远的，给他们腾出空间。

我不知道化身做了什么，或者什么时候做的，或者他是否做了什么。独眼可能都想到了。但是，就在这个时候，这个小黑崽悄悄贴近我，并轻声说道："是他干的，碎嘴。是他杀死了咚咚。"

那是很久以前的事，我都快没感觉了。但是独眼不会忘记，也不会原谅。那是他的兄弟……

"你打算怎么办?"

"我不知道。做点什么。我得做点什么。"

"那对我们大家有什么好处呢?我们就不再有守护神了。"

"不管怎样，都不会有了，碎嘴。他在这儿得到了他想得到的。有没有化身，一会儿等他把她杀死了，你都得靠自己。"

他是对的。机会正好，化身也会停止再做夫人的忠实老狗。如果要制服他，现在就是时候。

打斗持续了大约十五分钟，他们相互撕扯。我有种感觉，事情不会像化身希望的那么容易。风暴使真能打。

但是，他还是赢了，差不多赢了。她停止了抵抗，而他躺着喘气，动弹不得。她用四肢夹着他，他的血从一百个小伤口里流出来。他轻声诅咒着。我想，我听到他咒骂某人帮了她，并听到他威胁另一个人。

“现在，他对你还有特殊用途吗？”我问夫人，“我不清楚你明白多少，我现在也不在乎。但是，你最好思考一下他脑子里这会儿在想什么，他已经不再需要你和我做借口了。”

她慢慢地摇了摇头。

有东西掠过她身后的护墙边，是另一个小点的邪兽。我觉得我们遇到了大麻烦，但是化身的徒弟犯了一个战术上的错误。她开始变形，变完后只来得及朝独眼尖叫一声：“不！”

独眼用什么东西做了一个大头棒，迅速而勇敢地挥舞了两下，他就把风暴使和化身捶打得失去意识。他们已经斗得虚弱无力。

化身的同伴朝他飞去。

摩根用手中的矛头把她绊倒，朝她砍去，鲜血溅得军旗上到处都是。她尖声叫唤，如同陷入地狱一样痛苦。

此时，我认出了她。我上次看到她的时候，那是许久以前了，她也是喊个不停。

正在激斗之时，一大群乌鸦已经聚集在城齿上，真是罕见。它们开始大笑。

这女人还没来得及反应，大伙儿一齐扑向她。地精施了个快速捆绑的魔法，使得她无法动弹，只能眨眼睛。

独眼看着我，说：“带着缝针吗，碎嘴？我有针，但是线不够。”

什么？“有一些。”我总是带着一些医用的零碎物品。

“给我。”

我交给他。

他又对着化身和风暴使一顿胖揍，“只是确认一下它们都出来了。它们出来后，就没有什么特殊能力了。”

他蹲下，开始缝他们的嘴。缝完化身后，说：“剥了他的皮。他要动，就打他。”

究竟什么情况？

眼前的一幕变得毛骨悚然，而且越来越恐怖。“你究竟在干吗？”我追问道。

乌鸦们正在聚会。

“把所有的洞都缝好。这样，魔鬼就不会出来。”

“什么？”也许他觉得有道理，我可不这么认为。

“防止邪恶的巫医回家的老招数。”等把身上的洞缝完了，他又把化身和风暴使的手指和脚趾缝在一起。“把它们装进口袋，再装一百磅的石块，扔进河里。”

夫人说：“你得把它们烧死，然后把剩下的磨成粉，顺着风把粉撒了。”

独眼看了她足足十秒钟，“你是说我做的这些都白搭了？”

“不是，有用。你总不想火烧的时候他们还那么兴奋吧。”

我吃惊地看了她一眼，那可不像她。我转向摩根，“你不把军旗插上吗？”

独眼用脚趾碰了碰化身的徒弟，“这个怎么办？也想我关照她？”

“她没做什么。”我蹲在她旁边，“我现在想起你了，亲爱的。让我费了点时间，因为我们在杜松城没怎么看见你。你对我的朋友马龙·谢德可不咋样。”我看看夫人，“你打算怎么处置她？”

她没有回答。

“就这样吧，回头再说。”我看着这徒弟，“丽莎·达拉·波瓦克。听到我像别人叫你一样叫你的名字了吗？”乌鸦个个咯咯大笑。“我打算饶了你。你可是罪不可赦。摩根，找个地方把她关起来，等我们准备好出发的时候，把她放了。地精，你协助独眼做所有的事情。”我看看佣兵团的军旗，又一次沾满鲜血，再一次顽强地飘扬，“你，”——指着独眼——“好生看着它，除非你想我们身后再来两个像瘸子那样的。”

他深吸一口气，“是。”

“夫人，我给你说过，今晚在风暴关，咱们去找个地方。”

我自己出了点问题，感觉有点沮丧，稍微有点失望，又一次成为虎头蛇尾的牺牲品，有名无实的胜利。为什么？两个大坏蛋就要从地上消失了，好运再一次与佣兵团同在，我们在胜利榜上又增加了一些不可能的胜利。

我们距离目的地又近了两百英里，这是之前都不敢想的事情。无须担心困在城南大营的军队会有麻烦，他们的首领暗影长老受伤，大多数风暴关的人会接受我们为解放者。

还有什么可烦恼的？

第四十章

德加戈（之前的风暴关）

今夜在风暴关。

今夜在风暴关感觉非同寻常，尽管不满足感越来越多地困扰着我。我一觉睡到天亮。一声军号把我惊醒，睁开眼睛，第一眼就看到一只又大又黑的混账乌鸦盯着我和夫人看。我朝它扔了个东西。

又一声军号响起。我跌跌撞撞跑到一扇窗前，又跑到另一扇窗前，“夫人，起床。我们遇到麻烦了。”

麻烦来自另一支敌军，从南部山脉摸过来。莫盖巴已经让士兵站好队形。在南面的墙上，克莱图斯与他的兄弟们用大炮反复攻击大营，但是，他们的武器并不能阻止敌人投入战斗。城里百姓都走出家门，跑到城墙上观看。

乌鸦到处都是。

夫人看了一眼，立即说：“我们穿好衣服。”然后我们相互帮对方穿好衣服。

我闻了闻我的衣服：“这玩意儿都开始有味道了。”

“你用不着穿多久了。”

“呃？”

“从山里出来的那群人只是他们武装剩下的乌合之众。打败他们，战争就结束了。”

“当然。除了三个暗影长老，他们可不那么看。”

我走到窗前，用手遮着眼睛上方，远眺。我以为可以发现一个黑点浮在士兵间。“现在，没人站在我们这边了。也许我不该这么匆忙地处置化身。”

“你做得对。他已经完成计划了，说不定还伙同他人对付我们，他并不恨他们。”

“你以前知道他们是谁吗？”

“我从没怀疑过。老实讲，直到一两天前才知道的。已经不值一提了。”

“咱们去对付它。”

她吻了我，那是充满了激情的一吻。我们已经走过漫漫长路……她带上头盔，变成了一身黢黑、残忍无比的索命人。我要要魔术，摇身变成寡妇愁。当我们大步流星地穿过街道，风暴关的人如鼠乱窜，既恐惧又敬畏地看着我们。我想，等一切尘埃落定后，我们得把名字改回去。

莫盖巴与我们汇合，他牵来了我们的战马。我们上马，我问：“形势有多坏？”

“还不好说。在我方阵地取得了两场战斗的胜利，可以说，我们的军队更加训练有素。但是，他们人数众多，恐怕你手里也没什么招数了。”

“你说得对。这是我最不希望看到的。如果这个暗影长老使用巫术……”

“不要给战士们提这个。已经警告过他们，我们可能会遇到非常情况，也告诉过他们，不要管那些，做好自己的事情。你还想用大象吗？”

“啥都用，凡是能用的就用。这次可能是一战定全局。赢了，我们就把他们赶出塔格洛斯的后方，也打开了通向南境的所有通道。他们一支军队也剩不下。”

他哼了一声，我们也哼了一声。

我们来到阵地上。顿时，各路信使朝我奔来，大多数的信息显示是想把我的武装人员从城里刨出来。我们需要所有的剑。

莫盖巴已派骑兵团去侦查，并反复进行骚扰袭击。好小子，莫盖巴。

乌鸦看见仗打起来了，似乎很高兴。

那边的暗影长老并不着急，他让士兵从山里出来并整好队伍，全然不顾我的骑兵团，然后，再派他的骑兵把我的撵走。奥托和老哈本来要对付他们，可是，我命令他们不要去。他们只好返回，引着敌军不停地朝他射箭。我想他们在大战开始前，让战马休息，因为我们没有足够的备用马匹来支撑一场完全的骑兵战役。

我挑选了几个人把以前的囚犯集合起来，派他们去阻止从大营里突围的人。带上昨天白天和晚上缴获的武器，现在一半以上的人手里有武器装备。他们没有训练过，也不熟练，但决心坚定。

我传话给克莱图斯和他的兄弟们，让他们把大炮搬到能够支援我们并能炮击营门的地方。

我望着这支新部队，“莫盖巴，有主意吗？”估计他们有一万五千人，至少看起来跟我们在戈加滩遇到的人一样能干。人数有限，但并非生手。

“没有。”

“他们看着不像急于上阵的样子。”

“你会吗？”

“我要有个暗影长老，也不着急。我会希望对方先发动。还有人有主意吗？”

地精摇摇头。独眼说：“暗影长老是关键。你得把他们除掉，不然，就没有机会。”

“班门弄斧。信使，过来。”我有一个主意。我派他去挑一个纳尔人，并让他进城集合一千名武装的囚犯，然后到城的西门。等仗打起来后，他从大营后方袭击对方。

这是个法子。

夫人说：“独眼是对的。”我想，她那么说，心里一定不痛快。“要集中精力对付的是那个精力十足的家伙。现在是使用幻象的时候了。”她勾勒出一个想法。

十分钟后，我命令骑兵向前，猛咬敌人，并试着把他们的骑兵赶出去，看看暗影长老自己会做什么，或者不做什么。

我真希望能依靠囚犯把营里的人拖住。

在这半小时内，暗影长老因受到连续攻击而失去耐心。独眼和地精用尽毕生才能，施展所有宏伟的幻象。

他们开始再次变幻出在北境森林中使用过的佣兵团鬼魂。在那里，我们抓到了强盗。我想，这既有情感上的原因，也因为做之前做过的多少要简单一点。他俩把它们召唤出来，站在军队前面，在我和夫人及军旗的后面。然后，我下令把大象赶到前面，摆开阵线。每头大象由十个最优秀、最残暴的士兵辅助。它们的数量因幻象翻了三倍，看起来就像我们有一大群野兽。我设想暗影长老会透过幻象看到真相，但那又怎样？他的士兵看不见，我就想吓唬他们。等他们知道真相，为时已晚。

交叉手指，祈祷好运吧，碎嘴。

“准备好了吗？”我问。

“准备好了。”夫人说。

骑兵团撤退了，正是时候。暗影长老开始发火了。我紧紧地握住夫人的手，握了一会儿。我们相互偎依，轻声说着大家在公开场合都难为情说的那三个字。我可真是个愚蠢的老头儿，就说给一个人听，也觉得怪怪的。挽歌为失去的青春响起。当我能够向任何人说那几个字的时候，意味着那一小时里，我是全心全意的。

“好吧，摩根，咱们行动吧。”我和夫人举起火焰之剑，军团开始反复高喊：“塔格洛斯！塔格洛斯！”然后，我的幻影军团开始前进。

演技。我要是站在对面，也会被这些大象吓得屁滚尿流。

我究竟从哪里得来的想法，将军应该在前面带队？人数不到一千的我们要去鞭打一万五的他们？

迎接我们的是万箭齐发，它们伤害不了幻象，并从真正的大象身上滑落下来。它们从摩根、地精、独眼、夫人和我的身边弹开，因为我们被护身法术罩着。真希望敌人看到我们刀枪不入的样子会感到坐立不安。

我指示加速前进。预感到那群大象的威力，敌人前线开始颤抖，队形开始溃散。

是暗影长老出手的时候了。

我放慢速度。大象轰隆隆地跑过去，喇叭一响，它们加快速度，立刻转向，直冲暗影长老。

千军万马，只为围困一个人。

大象还在一百码之外的时候，他意识到它们攻击的目标是他。它们朝他围拢，要从他身上践踏过去。

他使出所有准备好的咒语。有十秒钟，似乎天崩地裂，大象和大象的肢体像儿童玩具一样四处横飞。

现在，敌人的整个前线陷入混乱之中。我听到命令骑兵再次向前、步兵前进的信号。

幸存的大象滚到暗影长老漂浮的地方。

一只象鼻抓住了他，把他抛向三十英尺的高空，然后不停地摔打他、翻滚他。他落在大象巨大的灰色身体中间，尖叫着，又往上飞，可能是用自己的力量。由于跟着大象的士兵用他当靶子练，每支箭都射向他，其中一些箭射穿了他。似乎纯粹出于本能，他不停地像烟花表演一样抛出咒语。

我笑起来，并朝他靠近。我们逮住了这杂种，还有他的全部崽子。我作为将军的记录将毫无缺憾。

当暗影长老被第三次抛入空中时，摩根也在场。等他落下的时候，摩根用长矛刺穿了这个家伙。

暗影长老尖声叫喊。神啊，他尖叫了。他就像一只被针刺中的臭虫一样，手脚乱动。他的重量使他从矛杆上往下坠，直到被卡在支撑军旗的横木上。

摩根使劲把长矛举直，顶住他的压力。我们的士兵是他的劲敌。大伙儿都举起弓，不停地朝暗影长老射去。

我快马加鞭，来到摩根旁边，帮他运走战利品。

现在，这杂种不再念咒语了。

前进的军团大声高喊了两次塔格洛斯的口号。

莫盖巴的军团前面一片混乱，奥托和老哈猛冲过去。这里的混乱并不像我想象的那样严重。尽管敌军还没有整好队列，但已意识到他们被挫败了。

他们遭受了大象和骑兵团的冲锋，伤亡惨重，但是，他们似乎放弃了逃跑的念头。老哈和奥托在军团到达之前撤离，但是，大象仍与敌人混在一起。倒也无妨，它们已经失去控制了。它们中了太多的标枪、矛头和剑伤，痛得发狂，已不在乎踩的是谁了。

我朝摩根喊："咱们把他搬到那个土丘上，这样大伙儿就可以看到咱们抓到他了。"平原上零星分布着几座土丘，一百码远的地方就有一个。

我们奋力穿过迎面而来的步兵，爬上土丘，面向战场。暗影长老在旗杆上面又踢又叫，再加上他本身的重量，得我们两人合力才能稳住军旗。

从战术上讲，把他搬到这儿很好。他的士兵本来就节节败退，这下更可以看到，他们一下就失去了最大的依靠；而我的士兵也可以看到，他们无须再担心他了。他们继续奋战，估摸着午饭休息的时候战斗会结束。老哈和奥托不服管束，把敌人牢牢困住，然后从后面袭击。

我喝骂他们，不想他们跑那么远。但是，现在事情已无法控制了。

从策略上讲，我们的行动没有产生最好的效果。大营里的士兵嗅到了这汹涌而来的灾难，决定绝地反击。

他们一窝蜂地出来，跛脚的暗影长老飘在前方。他像个醉汉东倒西歪，却念出了几个杀人的咒语，使得武装的囚犯惊慌失措。

克莱图斯和他的兄弟们从城墙上开火，猛击二号暗影长老周围，打伤了他一点。这使他怒不可遏，停下手头一切，朝他们念咒语，把他们连人带武器一起吹下城墙。然后，他带着人出来，那架势是要让我们剩下的人吃尽苦头。

他那帮人从来没有整过队，我的囚犯也没有，这就有点像酒吧里的斗殴，双方只是挥剑狂砍。

西城门的战士溜出来，从后面袭击大营，轻松地越过了城墙。他们对付伤员和大营的守卫，以及所有挡着他们道的人。但是，他们的成功并不能左右大局，从大营出来的人仍对我们紧追不舍。

我得做点什么。

“咱们把这东西插好。”我告诉摩根。下马前，我放眼眺望这片混乱，到处都找不见夫人，我的心都提到嗓子眼了。

那座土丘的泥土松软而潮湿，我俩气喘吁吁，用上吃奶的劲儿把长矛的底部往下插，使它能够独自竖起来，并承受住暗影长老随时扭动和尖叫引起的摇晃。

相较囚犯而言，来自侧面的袭击取得了进展。一些胆小的人朝最近的城门跑去，加入那些根本没想出来的人。欧奇巴试着延伸并轮换部分战线，以应对突击，但是，没什么成效。辛达维的人马纪律不怎么严明，已经迫不及待想快快消灭面前的敌人。他们没有注意到来自右方的威胁。只有莫盖巴纪律严明，队列完整。如果我有半点脑子，就会在出发之前，将他的军团与欧奇巴的调换。他在现在的地方已经没有多大用处。当然，我们消灭了敌人的整个右翼，但还是不能阻止整个战局的溃败。

我感觉不好，觉得要变糟糕。

“我不知道怎么办，摩根。”

“我觉得你这会儿也做不了什么，碎嘴。只能手指交叉，硬抗到底。”

欧奇巴负责的区域情绪激昂。有一阵子，他们凶猛无比，我以为他们会阻止那里的溃败。地精和独眼各司其职，但是，脚残的暗影长老使出浑身解数，让他们安静了下来。

我能朝他扔什么？能做什么？什么也不能。我无兵可派。

我不想看了。

一只乌鸦落在钉在军旗长矛上的暗影长老身上，他在蠕动。它看看他，看看我，看看战斗，发出一声貌似惊奇的咯咯笑声。然后，它开始啄暗影长老的面具，并试着啄他的眼睛。

我无视这只鸟。

人们匆忙跑过。他们来自辛达维的军团，大多数是几天前才招进来的囚犯。我阻止他们，骂他们，叫他们懦夫，命令他们转身排好队。有些效果，大多数人照做了。

老哈和奥托袭击了与欧奇巴对战的人。也许他们希望能减轻压力，这样，他可以向前应对来自大营的威胁。但是，来自后方的袭击却又推着敌人往前走。当奥托和老哈的人正在酣战的时候，他们正在屠杀的人攻破了欧奇巴的阵线，迎头对上一侧的武装囚犯。

即便如此，欧奇巴的军团仍试着挺住，但是看来他们遇到了大麻烦。辛达维的人以为他们要逃跑，于是决定在这场赛跑中看看谁跑得更快，他们溃败了。

莫盖巴开始移动攻击的轴线，以便从侧面支持辛达维。但是，等他打完了，已经没有可支持的了。

有一会儿，他的军团犹如混沌大海中唯一一座井然有序的岛。敌人也不比我的军队更组织有序。战场一团混乱，世界一片喧嚣。

我的人朝城门跑去的越来越多，一些人光是跑。我站在军旗下，责骂、喊叫、挥舞手中的剑，并流出了许多泪水。神助我啊！一些傻瓜听见了，听进去了，开始与已经组织起来的人站好队，向后转，形成了紧密的小分队重返战场。

勇气。一开始，他们就告诉我塔格洛斯人有勇气。

越来越多的人，我，还有摩根，在军旗周围建了一座人墙。越来越多的敌人集中在莫盖巴那里，他的军团拒绝溃败。暗影长老的士兵的尸体在他周围堆积起来。他似乎没有看见我们。尽管有诸多抵抗，他坚持朝城里走去。

在命运决定之前，我猜，我和摩根共召集了三千人，是时候再咬一口了。

一大群敌人朝我们冲来。我站在军旗旁，高举宝剑，岿然不动。我已经没有多少表现力了。如果地精和独眼还活着，他们也是自顾不暇。

看来我们可以轻松把他们赶走。我们的战线被死死地封住。他们只是一群号叫的暴徒。

这时，不知从哪里射出箭来，正中我的胸口，把我射翻下马。

第四十一章

夫人

夫人认为，在战场上辛辣的老姜并不见得最好。显然，她早已在他人之前看到了即将发生的事情。就在摩根刺穿暗影长老后，她还希冀局面会扭转。但是，从大营里突如其来的敌军造成兵力巨大悬殊，已势不可逆了。

碎嘴就不该出击！他应该多等一会儿，让他们来攻击，他不该死盯着暗影长老。要是他允许南部的军队去阻止从大营里出来的人，他就可以用大象猛攻，也不会有右方的危险。但是，为这些“要是”而哭泣为时已晚，是时候试着创造奇迹了。

一个暗影长老出来了，另一个腿瘸了。要是她有已失去力量的十分之一，甚至百分之一就好了。要是她有时间培养并疏通那即将恢复的一丁点力量就好了。

要是，要是，一辈子都是要是。

独眼的小妖究竟去哪里了？他可以扭转局势。对方无人能阻止他穿过那些像长柄大镰刀一样的人，即便能阻止，也阻止不了太久。

但是，到处都没见蛙脸。独眼和地精正团结合作，为扭转局势尽微薄之力。蛙脸没跟他们一起，他们看来太忙了，没有觉察到。

小妖的缺席至关重要，着实让人无法相信这是纯属偶然，或一时疏忽。为什么？在这个节骨眼上？

没时间了。没时间想他了，扫过所有暗影，试着找到小妖在与不在的意义，这已经困扰她很久了。只有时间能证明并确定这个怪物是安插在独眼身上的间谍，根本完全不受他的控制。

是谁呢？

不是这些暗影长老，他们会直接操纵小妖。不是化身，他没必要。不是狼嚎，他应该已经为自己报仇了。

这世上到底还有什么脱离在轨道之外？

一只乌鸦拍着翅膀过去了，那呱呱的叫声使她觉得它是在笑。

碎嘴和他的乌鸦。他都抱怨乌鸦一年了。任何重大事情发生的时候，它们就会出现在他周围。

她看了一眼碎嘴和摩根插战旗的土丘。有一对乌鸦栖在碎嘴的肩膀上，一群围着他转。他伪装成寡妇愁，手里挥舞着炽烈的宝剑，试着重整即将溃败的军队，不祥的鸟儿围着他转。他的形象极富戏剧性。

当思绪还在继续追赶敌人，身体却在做别的事。她挥舞武器，既像一位优雅的舞者，又像一位致命的女神。起初，她意识到自己正接近一种许久以来未曾达到的境界，虽然是以一种相似却不同的方式，她的心里一阵狂喜。然后她变得非常冷静，自我与肉体的神秘分离实际上合并成一个更强大、更明亮、更致命的整体。

在这种状态下，既无恐惧，也无任何其他情感。就像沉浸在冥思苦想中，自我游荡在微微发光的顿悟之原，而肉体却精确而完美地行使着致命的任务，最后，尸体在她和威风的战马周围堆积如山。

敌人你推我搡想远离她。她的伙伴杀到她周围的安全空地上。尽管右翼已经开始崩溃，她却使之形成了一个坚固的磐石。

自我浮现出鲜活的记忆。夜间，两个身体汗涔涔的，相互抱紧，在这个过程中，她获得了绝对的快感，在这之后，她也无比快活。她的生命绝对由自己控制。然而，对于肉体的控制又是无能为力的，在她这个年纪。

她又看了看碎嘴，这会儿他正被敌人袭击。

暗影悄悄爬进完美的厮杀，并向她展示为什么她拒绝自己这么久。

她想到了失去的东西。

这些失去的东西很要紧。

这要紧的事强加于自我，分散了它的注意力。它想控制住肉体，迫使事情照她的意愿发生。

她开始艰难地往碎嘴那边移去，周围敌人的关节随她而动。但是，敌人能够觉察到她已不再那么可怕，她此时不堪一击。他们步步紧逼，她的同伴一个接一个地倒下了。

然后，她看见箭射中了碎嘴，把他射倒在军旗下。她尖声叫喊，策马向前，不管马蹄下踩踏的是敌是友。

她的痛苦和怒火只把她带到多如乱麻的敌人中间，他们从各个方向攻击过来。她砍倒了一些，但是其他人来把她拽下亲手养育的骏马，然后夺走了马儿。她灵巧而绝望地与这些缺少训练的敌人战斗，但是敌人还不够笨拙。她的身边堆满尸体，最终他们把她拽倒了……

打斗中，一阵混乱横扫战场，人们四处逃离、追逐。等这一切过去后，只见她的一只胳膊从尸体堆里伸出来。

第四十二章

树桩

我大多数时候仰面躺着，左手紧抓长矛。军旗飘扬，暗影长老也在头顶飘动。我觉得箭没有射中要害。但是，这狗东西射穿了我的胸甲，也把我射穿了。我想有两英寸透过了背。

保护我的护身符咒究竟怎么了？

以前从来没有伤得这么严重过。

有两三只乌鸦在暗影长老身上。它们正在自娱自乐，试着啄他的眼睛。有四五只在下面徘徊，不过它们没来烦我，倒像在站岗。

刚才出现一群乌鸦的时候，一些敌军正在紧追军旗。它们密密麻麻地落在他们身上，直到他们离开为止。

噢，那支该死的箭，真疼！我能反手过去把箭杆折断吗？能够去掉箭头后把箭杆拔掉吗？

最好不要那样，箭杆可以防止里面出血过多。我以前见过这种情景。

情况怎样了？我不太敢动，看不到周围。太疼了。我从这儿能看到的就是漫山遍野的尸体，大象的、马的、一些穿白衣服的、更多没有穿白衣服的。我想我们让他们好多人陪葬了。我想要是保持队形，我们准能打败他们。

听不见声音，一片静寂。我吗？那是什么？沉默之石？我从哪里听到的？

我累了，累死了，真想躺下睡一觉。不行，这箭。不过，可能一会儿我就很虚弱了。我口渴了。不过，不是腹部受伤的那种口渴。感谢众神！我从没想过肚子带着伤死去，哈！我就压根儿不想死。

我一直在想脓毒症。假使弓箭手在箭头上抹了大蒜或者粪便该怎么办？血就中毒了。坏疽。臭得就像已死了六天，但还在出气儿。总不能把我的胸口截肢吧。

我又羞又愧，把佣兵团带到这步田地。我可不想成为最后一名团长。估计他们也不想。我今天不可能战斗了，当然也不能冲锋了，不过想想幻象和大象就够了。它走得近了。

我现在知道该怎么做了。我就待在他们瞧不见我的山上，让他们来攻我。我应该在周围埋伏，用佣兵团的老法子对付他们。朝一个方向展示军旗，再从另一个方向攻击。但是，我得跟着他们到这儿。

穿着内衣和胸甲躺在这儿，我感觉像个傻子。不知让摩根穿上寡妇愁的衣服去扭转局面有没有好处？他敢丢下战旗，莫盖巴会切了他的命根子。

可是，我在这儿，背上还插着箭杆。

也许我死之前就会有人来。我变成这样，说不定对方的一些人看起来还好点。这该死的箭，把它拔出来，搞定它。

有东西在动……只是我那匹该死的马。它正在吃午饭，把草变成马粪。对它来说，这只是生命中的另一天。去给我拿桶啤酒来，你这杂种。你不是应该很聪明吗，怎么就不能给要死的人拿最后一回啤酒？

世界怎么这么安静、这么明亮、这么让人快乐，明明刚刚才死了这么多人。看看这一片混乱。就在那儿，一丛野花里有五十个死人。几天内他们就会臭得四十英里外都能闻到。

怎么要这么久？难道我要成为一直碎碎念的人吗？

那里有东西，有东西在动。远着呢。乌鸦在盘旋……我的老朋友树桩迈着悠闲的步子，正穿过尸横遍野的平原。它的脚步很轻，看起来心情不错。之前说过什么来着？还不是时候？乌鸦？死神？难道我躺在这儿，亲眼看到自己的死亡吗？

它拿着什么东西。是的，一个盒子，大约一英尺长、一英尺宽、一英尺高。我记得以前见过，但没怎么注意。从没听过死神拿盒子，通常是一把剑或者一把大镰刀。

管它什么，它是来这儿看我的。它直奔我来，悬在那儿，碎嘴。也许，将死之人还有新的希望。

我向上瞅瞅长矛，都弯得变形了。我觉得他对这进展并不高兴。

这会儿它更近了。显然不是行走的树桩，是一个人，或者用两条腿走路的东西，非常矮。真有意思。从远处看总觉得大一点。它这会儿够近了，要是我能从头罩里看到眼睛，我们定能四目相对了。好像里面什么也没有。

它正往下跪，空空的头罩，是的，几英寸远。那该死的盒子就在我身边。

它的声音像春柳中的一丝微风，轻柔得像微弱的呼吸，柔柔的，软软的，令人愉快。“现在是时候了，碎嘴。”它半是哧哧地笑，半是咯咯地笑。它抬头看穿在矛上的人，“你也到时候了，你这老杂种。”

完全不同的声音。不仅语调不同、曲折不同，是完全不同的声音。

我猜所有其他死人都活过来了，静候我即将来临的命运。我立即认出了她，就像是我内心某处一直等着她的到来。我喘着气：“你！不可能！”我试着起来。“搜魂！”我不知道我究竟想做什么。逃跑？怎么逃？逃到哪里？

我浑身疼痛，倒了下来。

“是的，亲爱的，是我。你还没做完就走了。”一个小姑娘的咯咯笑声，“我等了好久，碎嘴。不过，她最后还是与你交换了咒语。现在，我要为自己报仇，从她身边拿走比生命还宝贵的东西。”她又咯咯笑了，就像在谈论简单而无丝毫恶意的恶作剧。

我没力气争辩。

她用一只戴了手套的手做了一个上升的手势，“来吧，宝贝。”

我浮起来，离开地面。一只乌鸦落在我的胸口上，盯着我移动的方向，仿佛在负责导航。

这也有好处，没那么疼了。

我没有看见长矛和上面的重负在动，不过感觉它也在动。我的捕获者带路，也漂浮着。我们动得很快。

我们肯定被大伙儿看到了。

黑暗吞噬着意识的边沿。我抗拒着，担心这是最后的黑暗。我睡着了。

第四十三章

瞭望塔

疯狂的笑声从瞭望塔塔顶高大的水晶屋里传来。有人为北境即将发生的事情感到欣喜若狂。

“他们三个倒下了，功夫完成了一半。难的那半就在那儿。抓住另外三个，就都归我啦。”

更多狂笑。

暗影长老注视着外面白茫茫的明亮大地，“是时候把你们从牢房里放出来了吗，我的夜美人？是时候又让你们在世间任意驰骋了吗？不，不，不是现在，得到安全岛坚不可摧的时候。”

第四十四章

发光石

平原上遍地是沉默之石。这是一片不毛之地。但是，深夜时分，暗影就在柱间飘动，栖在圆柱顶上。夜色如隐身衣一样包裹着它们。

对于粗心的陌生人来说，这样的夜晚凶险万分。如此深夜，沉默之石会被尖叫声震碎。然后，暗影们享受盛宴，不过它们总是饥肠辘辘，无法饱食。

由于这些暗影的存在，猎物越来越少。有时候，几个月才有一个笨拙的冒险者闯入发光石的地盘。随着年岁增加，饥荒变得愈加严重，暗影们都盯着对面的禁地。但是，它们不能去，它们不能饿死，虽然它们可能巴不得死去。它们死不了，因为它们是不死之身，与沉默之石休戚相关。

它属于长生不老的一类。